案件现场直播

退戈 著

湖南文艺出版社
HUNAN LITERATURE AND ART PUBLISHING HOUSE

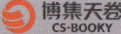
博集天卷
CS-BOOKY

目录

副本一　新人资格测试

第一章　欢迎进入游戏　　002
异常应该是从一个秋天开始的，只是当时谁也没有注意。

第二章　103 号宿舍　　018
不知道过了多久，平静的夜里突然多了一些特殊的声音。那声音很细碎，从最开始的模糊，到后来逐渐变得清晰。

第三章　NPC　　035
"所有玩过游戏的人，都会下意识地认为，NPC 负责剧情指引，不会说谎。但其实，NPC 扮演的角色是人，人会说谎，会犯错，会被迷惑。"

第四章　项清溪　　048
哪怕穹苍第一眼见到项清溪的时候，就有一种对方会是关键 NPC 的直觉，却还是下意识地避开了她。

第五章　疯子　　059
他们需要保护，因为他们还很脆弱。
他们又需要防备，因为他们非常危险。

第六章　证据　　　　　　　　　　078
"听说你看见的世界是特别的,在你眼里,
那些人是什么样子的?"

第七章　追寻　　　　　　　　　　094
"逃避的话,不管多少年,恐惧都会追赶在你的身后。"

第八章　真相　　　　　　　　　　114
有时候,清醒地目睹一场舆论风暴,
是一件无奈又愤怒的事情。

第九章　寻找王冬颜　　　　　　　128
所有爆发过的情绪,都转化成了新的力量,无声地掀起一场名
为拒绝网络暴力的网络革命。
随后一场浩大的"寻找王冬颜"的活动,开始在市内自发举行。

第十章　穹苍　　　　　　　　　　145
"你是不是把她想得太玄幻了?"

副本二　百万悬赏活动

第十一章　新身份　　　　　　　　　　　　158
"早餐，书房，十分钟，我是你男人。
为了破案，谢谢配合。"

第十二章　跟踪　　　　　　　　　　　　173
穹苍翻了一遍，未有收获，转而打开地图导航软件，
在路线的下拉框中，看见了一排来不及清除的选项。

第十三章　戏精　　　　　　　　　　　　189
"事情发展到这个地步，没有一个戏精是无辜的！
全都特别能演！"

第十四章　从零开始　　　　　　　　　　204
"我将刀尖对准了别人，并深深刺了下去。"

第十五章　不在场证明　　　　　　　　　219
"他的行为其实是多此一举。可是他不知道。"

第十六章　搜证　　　　　　　　235
当众人看着摆在橱柜上的巨大玻璃罐时，
竟有一种哑然失笑的荒谬感。

第十七章　入戏　　　　　　　　253
问题来了，这应该算是影帝还是影后？

第十八章　江凌　　　　　　　　264
"对不幸的人来说，命运是一个迷宫。"

你所谓的光明与黑暗，
全凭你看见了哪一面，又在经历哪一面。
可这并不是完全对立的，
心向朝阳砥砺前行的人，总有希望可以重见天光。

副本一　　新人资格测试

欢迎玩家来到全真模拟直播游戏《凶案解析》（新人资格测试），您申请的身份是【受害者】。案情相关记忆已封锁，请根据人设提示，努力逃离死亡结局，或协助【凶手】与【缉凶者】，完成情景还原。

身份：王冬颜（化名）

死亡方式：自杀（已入档）

玩家评分：92（天才如你，一定能破茧重生吧）

与角色契合度：36%（你与死者是截然不同的两类人）

自杀进度：87%（你的角色已在精神崩溃边缘）

【注】本游戏基于大数据与刑事档案自动生成。请积极探索各种剧情！

【副本载入完成，直播正式开始。欢迎ID为QC1361的玩家。】

【请在死亡条件正式触发前，积极探索副本剧情。】

第 一 章

欢迎进入游戏

异常应该是从一个秋天开始的,只是当时谁也没有注意。

"嘟——嘟——"

"喂。"

"喂,你好,方起医生。"

"是我。"

"你好。这里是三夭总部,我是《凶案解析》的负责人贺决云。"

"你们迟到了。"方起的声音听起来没什么波动,似乎早就在等这通电话,"预告的直播时间是上午九点半,现在已经九点四十五了。穹苍的精神测试持续了将近半个小时,我认为这不合常理。"

"临时收到了一些新意见,我们正在加紧查证。你知道,《凶案解析》是比较特殊的一档全真模拟游戏,影响范围广,标准一向很高,我们不希望场景里出现一些不可控的发展。"贺决云点出穹苍的相关资料,调整了一下界面大小,"你是她的心理评估师,现在需要就穹苍的情况,再跟你做一次确认。"

方起几不可闻地叹了一声,随后又吸了口气,说:"请讲。"

贺决云的视线在右上角的人物照片上多停留了一会儿,食指敲击,将画面放大。

照片上的人其实长得很漂亮，然而让人第一眼注意到的不是她的五官，或者说她生人勿近的冷淡气质很容易让人忽略她的长相。

她的皮肤苍白得略显病态，在高清的画质下，还能看见她眼睛周围的淡青色筋脉。半合着的眼皮显得人好像没有精神，但是身上莫名其妙带着一种让人难以忽视的危险气场。

当然，也可能只是他的心理作用。

这是一个没有姓氏的人，有一个奇奇怪怪的名字。

曾用名一栏写着"祁无"，听起来并没有好到哪里去。

"穹苍，女，26岁。"贺决云照着资料念道，"无业。"

方起补充道："一个月前还在A大教学，刚刚辞职。"

贺决云继续道："无犯罪记录，但是警方给出的评价是应再观察。"

"不合理、无根据的评价。目前看来她只是很聪明而已，没有反社会倾向。"方起说，"从大数据上来说，智商高低跟心理变态与否没有任何关系。他们也不应该从穹苍身边的人来推断她个人的品行。他们根本没有了解过她。"

"她接受过三位心理医生的测评。其中两位都表示，测试通过，但无法肯定结果的有效性。只有你——"贺决云抬高眼皮看向半空，他的这个动作让他原本就上挑的眉眼显得更加冷厉，"你给的评价是：测评通过，健康无异常，可参与游戏。"

方起说："有什么问题吗？她完全按照三天的要求进行了测试。出题目的是他们，说没有用的也是他们，这样也太耍赖了，对吧？自己制定的规则，人家已经遵守了，你还要额外加个备注，这就没有意思了。我不是那样的人。"

贺决云问："她在测试的过程当中，有什么异于常人的表现吗？"

方起顿了顿，然后如实说："她很冷静。"

"嗯？"

"过于冷静。无论我谈及什么话题，她都没有过多的心理波动。她会从各个角度的利益最大化和你交流看法，很少带有个人主观情绪。"方起补充说,"哪怕是在聊自己的事。"

贺决云问:"所以,你的评价能保证准确吗?"

方起答道:"我能保证的是,穹苍人格健全、智力超常、自我认知清晰、善于控制情绪。唯一能被攻击的点大概就是不大喜欢交际,但是那并不算什么,很多高智商的人都有这个毛病。她的测试结果表明她非常适合《凶案解析》这个项目。"

贺决云又看了眼资料上的照片,感觉对方的眼神有种特别的穿透力,他微微失神,突然问了一句自己也没搞懂的话:"如果她在伪装呢?"

方起声音拔高:"这位先生,你不能这样讲。如果你要跟我探讨人类本性中的自私与阴暗的部分的话,那么多数人,在极端条件下,都可能会做出不那么符合大众价值观的事情。可如果真的出现那些情况,相信我,她绝对会比多数人更加冷静可靠。你们不能从最坏的角度去揣度她,进而判定她是一个坏人。在没有证据的情况下,她就是一个遵纪守法的'好人'!"

"我知道,喀。"贺决云低下头,说,"我没有别的意思,我只是转述别人的问题而已。"

方起语气缓和了一点,继续说:"其实你们大可不用那么紧张。她只是能看见普通人看不见的东西而已。"

贺决云被他冷不丁冒出的这句话给说得愣了一下。"你说什么?"

"不要误会,我是说,人类的大脑是很神奇的,它会影响你所看见的世界。"方起发现自己的话有歧义,解释道,"就像有的人,有着绝佳的动态视觉,能捕捉到高速移动的物体的运动轨迹,这样一个没有接受过任何训练的人,能轻易打中速度超过两百公里每小时的发球。他们的世界,就像有一个慢放功能。也有人对几何形状有着天生的敏感,跟开了自动画线的外挂[1]一样,即使不依靠任何工具,也能对图形做出最精准的分析。"

贺决云问:"那穹苍的世界是什么样的?"

"谁知道呢?"方起笑了一下,"她对任何细微的变化都十分敏感——位置、形状、距离、表情,乃至颜色上的。她也没告诉过我她眼中的世界

---

[1] 在网络游戏中专指各种作弊程序。

究竟是什么样的,也许就像网友说的,学神的世界里早已写满了答案。"

贺决云也笑了起来,说:"这么说来,她确实很适合《凶案解析》的设定。"

"说实话,她很难得会对这款游戏产生兴趣。她是一个无可替代的人才,你们可以任用,也不用担心她会做出什么过激行为。"方医生说,"除非……"

贺决云挑眉:"除非?"

"打她的头?"方医生说,"她很讨厌别人打架打头。"

贺决云说:"啊?"

方医生笑着戳了戳自己的额头。"她的大脑受过伤,可能觉得自己被打一下就会变笨了。跟一个人讨厌吃香菜一样,特别讨厌有人打她的头。如果有人找死的话,我无法保证对方的安全。"

贺决云笑道:"真是幼稚的习惯。"

"不要觉得她幼稚,很多习惯确实就是小时候养成的。"方医生说,"那么,还有什么问题吗?"

贺决云说:"没有了。"

方医生说:"我很期待这场直播。"

"很遗憾让你久等了。打扰了。再见。"

"再见。"

贺决云关掉所有的界面,拿起东西,走出房间。

皮靴踩踏的清脆声音在安静的走道里有节奏地响起,不紧不慢,不轻不重。他来到"直播603号"室前的时候稍顿一下,拉开房门,走了进去。

"老大!"正在里面工作的人抬起头,见到是他,立马问道,"直播还要开始吗?她已经在里面等很久了。"

一个年轻人小跑着把手上的资料递过来,上面写着由系统测算出的玩家评价。

"这个副本[1]是她自己挑的,人物匹配度不到40%,但是玩家评分有92。"年轻人很激动地说,"牛×,我第一次见到这样的人才!"

---

[1] 指游戏中的一种玩法。

要知道，《凶案解析》的准入门槛原本就高得变态，能通过它的测试的人，已经是万里无一。而正式玩家的评分大部分在60上下浮动，能上90的寥寥无几，基本都是专业相关的内部人士。

"开始吧。"贺决云扫了一眼，把东西还回去，往办公室的深处走去，同时道，"多加一个账号。我也进去。"

穹苍保持着一贯的姿势，耐心地等待系统读取完成。即便那个据说从来不会迟到的三天，已经晾了她将近半个小时，她的表情也没有流露出任何的不耐烦。

游戏开始前的测试题已经连续刷新了三遍，而在第四套题刷新出来的时候，她终于不再理会，目光焦点上移，落在上方某点红光处。

她的脸上分明没什么表情，眼神也很平静，身上却仿佛有股令人毛骨悚然的寒意，化作实质，穿过完全不透明的模拟机舱，刺在屏幕之后的技术员身上。

在她抬起手指，即将按下结束按钮的时候，进度条终点处那个不停转动的小菊花终于加载完毕，出现了一个绿色的标志。

系统宣告正在载入副本场景。随即一阵眩晕的感觉朝着穹苍袭来。

穹苍不喜欢那种昏昏沉沉的感觉，等片刻的不适过后，勉强睁开眼睛，视野已经被一片朦胧的灰雾所笼罩。

她能看见周围有模糊的人影在走动，也能听见一阵仿若很遥远的谈笑声，周遭的环境表明她此刻身处的地方是一间教室。

一排黑色的字体在半空浮动，迫使她注意。

欢迎玩家来到全真模拟直播游戏《凶案解析》(新人资格测试)，您申请的身份是【受害者】。案情相关记忆已封锁，请根据人设提示，努力逃离死亡结局，或协助【凶手】与【缉凶者】，完成情景还原。

身份：王冬颜（化名）
死亡方式：自杀（已入档）

玩家评分：92（天才如你，一定能破茧重生吧）

与角色契合度：36%（你与死者是截然不同的两类人）

自杀进度：87%（你的角色已在精神崩溃边缘）

【注】本游戏基于大数据与刑事档案自动生成。请积极探索各种剧情！

【点此查看副本详情】

穹苍的记忆有一点模糊。她点开详情，视线从简略的几行文字描述上面扫过。

《凶案解析》不会在开场给出太多的信息，仅仅是提供背景而已。甚至连角色人设也不会直白告知，需要自己探索。但是周围的人物会对此做出反馈，提醒玩家进行调整。

异常应该是从一个秋天开始的，只是当时谁也没有注意。

大四上学期，经济学院的一位学生跳楼自杀。

学生跳楼不是什么罕见的事情，尤其是大四生。警方、学校、家长在经过三方沟通之后，确认该名学生长期精神不稳定、家庭经济条件不宽裕、专业学习成绩不理想，判断应该是出于精神压力而选择自杀。

现场没有发现可疑痕迹，家长也没有追查的意思。在商讨好赔偿款项及后续处理之后，事情被平淡地解决。

一个多月之后，同班另外一个女生跳楼自杀。

随后到了春末夏初，第三个学生选择在同一地点跳楼。

根据通话记录显示，第三人曾经拨打过两次报警电话，可是最后什么都没说。

这样的死亡频率与巧合，实在说不上正常。

穹苍现在的身份就是第三位死者，王冬颜。

通关的首要目标是弄清王冬颜自杀的原因。

穹苍快速阅完资料，点击关闭。

【副本载入完成，直播正式开始。欢迎ID为QC1361的玩家。】
【请在死亡条件正式触发前，积极探索副本剧情。】

最终的提示过后，所有的雾气全部退去，声音跟画面瞬间清晰起来。穹苍能感受到从窗外吹拂过来的暖风，以及裸露在外的手臂上的微微热意。

讲台的黑板上方，时钟的指针指向九点五十分。

她站在一张书桌后方，位于教室最后一排。

穹苍扭过头，视线从室内的每一个角落扫过，想要记住教室里的所有细节，以及每个学生的面部特征。

大课间休息的时间，这所学校一片嘈杂。明亮的阳光从侧面的窗格里照进来，渲染出一种名为怀旧的情绪。

根据黑板上的笔记，这应该是他们专业的一节必修课。

穹苍正观察到一半，脑袋突然被一个横空飞出的物体击中，连身形都被冲击力带着趔趄了下。伴随着沉闷的撞击声，视野内划过一个橙黄色的篮球。

穹苍嘴唇微张，脸上第一次出现了愣神的表情。她半合着的眼皮朝上掀起，转动着眼珠，以缓慢的速度转头看向门口。

罪魁祸首站在靠门的位置，嬉皮笑脸地看着她，边上还有几个男生，与他勾肩搭背地站在一起，显然没有太大的歉意。

屏幕之外，方起一口水喷了出来。

这……这么劲爆的吗？

穹苍抬手摸了下自己的后脑。

虽然三天的模拟系统并不会给她带来太强烈的痛感，但是一旁由系统标注出来的痛级和大脑眩晕的提示，证明刚才她受到了来自同学的挑衅跟伤害。

穹苍用腿将凳子推向后方,听着金属在石板上滑出的噪声,面无表情地转过身,朝门口走去。

众人以为她会像往常一样,默不作声地去某个角落龟缩起来,不料她停在了动手的那个男生面前,直勾勾地盯着他。

她的眼神很是阴森,或者说令人不适。被她盯着的男生渐渐感觉到不妙,脸上的笑容开始凝固,最后变成了尴尬的弧度挂在嘴边。

正当他准备说两句话糊弄过去的时候,穹苍猝不及防地抓住他的头发,猛地往边上一按,磕在一旁的铁门上。

"砰"的一声巨响,犹如一道惊雷落地,教室陷入万籁俱寂的真空地带。

数十道惊悚的目光,一齐朝着这边扫来。

"啊?谁——准——你,"穹苍一字一顿,声音平缓地往外蹦,"撞我的头?"

方起喉结滚动,咽了一口唾沫。

希望大家不会因此怀疑他身为心理医生的专业性。

直播室的评论也在瞬间呈现爆炸式的增长。

"来了来了!终于开播了!我还以为这场直播要吹了!"

"我刚刚退出准备学习,结果这边就开始了。我只错过了一分钟吧?这场面怎么那么奇怪?"

"这个案件我好像看过一次。上个玩家低调得令人窒息,一直在跪着做人,结果连一半的剧情都没探索出来。新人竟然有胆识选这个副本,厉害。"

"众所周知,这是一款搞笑游戏。你永远不知道玩家会'作'出什么样的死法。"

"这男的就是本次玩家吗?怎么感觉有点弱啊?开场就是校园暴力现场?那后期努力翻身做主不就能赢了?"

"好好看看副本资料。什么男的,人家只是一个可怜的NPC[1]罢了。惨!"

"92分?我酸了!从来没出现过这么高分的新人吧?这个是小姐姐吗?是不是技侦类的专家来了?"

在几次沉重的喘息之后,青年终于反应过来,震颤的瞳孔再次聚焦。他粗蛮地抬高手臂,朝边上抽了过去。

穹苍快一步松开手指,脚步后撤,堪堪躲过。

沉默被打破,教室里的尖叫声成倍爆发,透过走廊,惊动了远处的老师。

奔跑的脚步声嗒嗒响起,一群人闻声仓皇地赶了过来。

穹苍的情绪在无数的噪声中再次冷却,摆出一副比谁都置身事外的无辜表情来。

"你疯了吧?你打我?"名叫许由的青年满脸的不敢相信。

穹苍力气不大,他又身强体壮,撞击的声音虽然剧烈,但额头的伤口其实并没有多疼。他抬手抹了下,果然没有出血,可仍旧被气得打了个哆嗦。

穹苍用余光扫了眼角色的自杀进度。

"王冬颜!"许由见她没有反应,暴跳如雷,上前拽住了穹苍的衣领,"你这是什么态度!"

"都住手!"尖细的、带着点崩溃情绪的年轻女声阻止了对方的动作,"你们在干什么?"

人物提示上面写着来人是辅导员。在确认穹苍已经看清之后,浮空的黑字一闪而过。

许由被打断,狰狞的表情放缓了些,指着穹苍控诉道:"她打我!"

辅导员见没人出事,冷静下来,随后腾起满腔的怒火。她瞪了圈周围的人,吼道:"你们两个跟我过来!其他人都散了,干什么呢!看什么看!"

这节课的上课地点就是在经济学院的大楼,辅导员的办公室在三层。

---

[1] 指游戏中的非玩家角色。

五月初,办公室里已经开了空调,只是冷气吹不散众人心头的那股烦躁。

　　穹苍一直沉默着,眼神在各处游离,观察周围老师的表情和桌案上的东西。

　　许由嘴唇快速张张合合,翻来覆去地讲述自己挨打的心情,顺便给辅导员展示自己额头上的红肿。

　　或许是穹苍的安静在这种时候过于突兀,在许由的声音停下之后,那莫名其妙出现的空当,让空气里瞬间弥漫起令人无法忽视的尴尬。

　　辅导员与许由一起看过来,问道:"你有什么想说的?"

　　穹苍张开嘴,淡淡吐出三个字:"是意外。"

　　辅导员用手指敲桌。"你管这叫意外?"

　　穹苍皱眉道:"他用球砸我的头,是一个意外,为什么我用手砸他的头,就不能是一个意外?"

　　辅导员气道:"你不要强词夺理!"

　　她看着穹苍的眼神,透着浓浓的失望。"你到底还想干什么?王冬颜,你闹够了没有?"

　　穹苍问:"你对我很失望?"

　　辅导员说:"你说呢?"

　　穹苍问:"为什么?"

　　辅导员激动道:"你说呢!"

　　不肯给出剧情信息。

　　穹苍顿了顿,还是说了一句:"是他开战的。"

　　辅导员严肃道:"他的球意外打到你,和你故意撞他的头,是两件性质完全不同的事情!你看班里的同学都被你吓坏了!"

　　"究竟是不是一个意外,大家心里都有数。判定意外的标准也很难确定,但是,"穹苍说,"在教室里面玩球,这是一个已经确定的错误,对吧?"

　　辅导员被气得说不出话来,因为确实好像无法辩驳。

　　"你俩这有来有往的叫互殴,谁都别想跑!"辅导员说,"两千字的检讨，周一交给我！不许敷衍，不然我就报告给学校！"

见从辅导员这里问不出有用信息，穹苍随意应了声："哦。"

两人获准回教室的时候，已经开始上课了。穹苍安静地坐下，整理桌上的教材和练习册，随后在一个拱起的空隙里，发现一小包橙子味的硬糖。

穹苍稍仰起头，巡视一圈，目光移动到窗边位置的时候停了一下。那里坐着一个女生，五官出色，且很有特点，是让人过目不忘的类型。哪怕是在一群光鲜靓丽的大学生里，也漂亮得有点突出，像是三天自动给她加了高级美颜特效。

穹苍只看一眼就收回视线，从兜里摸出手机，躲在桌子下面偷看。

首页有一条最新短信。

12点半，学校操场左侧超市等你。——正义伙伴周警官

"……"

有毛病。

她退出主界面，查看手机当中的留存信息。

网友目睹这情景，纷纷在评论区狂吼。犹如看着一个勤奋的学渣，在错误的道路上策马狂奔，令人心痛不已。

"载入游戏的第一天基本上是安全的，但是后面就不一定了。这位小姐姐根本就是在浪费时间，我看她即将达成【死得不明不白】成就。"

"你这样是不行的啊。[苦口婆心]手机上不会留下太多直白的证据，哪儿有那么简单？"

"玩家不跟NPC打好关系，怎么套消息？"

"真的不去对话触发剧情吗？小姐姐很A[1]，但是太新了。"

---

[1] 这里指帅气。

"感觉她在五分钟的时间里，得罪了所有的 NPC。[允悲]"

"无数的经验教训告诉我们，社交障碍患者在这个游戏里是进展不下去的，她根本拿不到推进剧情的证据。"

"92 的评分？就这？"

"评论区大型膨胀表演。"

方起刷着评论，声音低沉地笑了出来。

他的快乐，是如此简单。

学校超市的旁边有一条昏暗的走道，里面只安了几盏年代久远的白炽灯。虽然空气潮湿，但是比别处阴凉。天热的时候，很多学生喜欢蹲守在这个地方吃饭。

午休时间，穹苍一手拿着辣条，一手举着酸奶，腋下还夹着一包薯片，背靠着墙面等待正义伙伴。

此时正是人流量最多的时候，来来往往的学生络绎不绝。

穹苍吃得正高兴，头顶罩下一片阴影。许由和他的几个兄弟停在她面前，一脸复杂的神色，瞪着她，或许是想用威压来震慑她。

几人眼神里有不加掩饰的愤怒、不屑、厌恶，乃至同情。

她……她瞎想的。

一帮长时间沉迷电脑或学习的大学生，不是死鱼眼就是双目无神，若能表达出那么丰富的情感，就可以跑去干大事了。

穹苍咀嚼着嘴里的食物，似笑非笑地同他对视。

许由想说什么，面对她诡异的反应，话又哽在喉头难以出口。最后只放了句堪称莫名其妙又必不可少的狠话。

"王冬颜，你等着！"

穹苍被他的尿样给逗笑了："那你可得快点，我不喜欢等人的。"

许由几人恼怒地离开，不久后，正义伙伴姗姗来迟。

贺决云其实一直在边上看她，从她出现开始就在观察，一直到许由等人离开，才从暗处走出来。

对比起穹苍本来的面貌，游戏里"王冬颜"的长相明显要普通很多。这也让他确定，穹苍身上摄人的气场，不是因为她的长相。

"你好。"贺决云友善地笑道，"等很久了吗？"

穹苍瞥了他一眼，那道视线飞快掠过，没有任何的停留，如同在看周围那些没有生命的物品一样。快到贺决云以为她看的根本不是自己。

那种极度疏离又极度平静的眼神，让贺决云前所未有地紧张了下。

他忽然明白了自己那个好友对穹苍讳莫如深的原因。人类当然会对自己看不懂的人保持戒心。

对方的语气同样没有起伏，如同亡者的心电图。

"玩家？"

"准确来说是三天的工作人员，兼免费陪玩。当然，不该知道的信息我也不知道，我是一个公平的玩家。"贺决云将游戏里的工作证展示给她看，告知她自己现在的身份，"周奇。警察。"

穹苍说："今天就是你迟到了对吧？"让她在模拟器里被晾了半个小时。

"不好意思，一点意外。"贺决云虽然这么说，脸上却没有太多抱歉的意思。他笑了一下，说："没想到副本才刚刚开始，你就玩得挺愉快。"

穹苍用同样的话回复他："一点意外。"

贺决云指了个方向，两人朝着人少的地方走去。

等确定附近没人能听见他们的对话，贺决云才问道："所以，王冬颜自杀跟刚才那些人有关系吗？"

穹苍说："没有。"

"这么肯定？"贺决云问，"是没有关系还是非主要关系？"

"没有关系。"穹苍说，"无论是他打我，还是我打他；是老师质问我，还是我回怼老师，角色在自杀倾向的数值上都没有任何变化。说明王冬颜想要自杀的欲望，跟这些无聊的事情没有关系。而且，我的身上并没有什么明显的伤痕，证明这些人平时最多只是小打小闹，暴力情况并不经常发生。"

贺决云点头。

他发现和方起说的一样,这个人比他预想的还要冷静,而且跟她站在一起,心境会跟着平和。

这样的人可能会给你带来安全感,也可能会带给你恐惧。

"随意讨论一下,出现这种集体性自杀的原因可能会有哪些?"贺决云自问自答道,"信仰洗脑?"

穹苍接了一句:"暴力压迫。"

贺决云说:"环境压力过大引起的连锁反应。"

穹苍说:"寄生虫或药物导致的大脑病变。"

贺决云说:"或者干脆都是谋杀。"

"这个猜测不错。"穹苍点头,难得赞许道,"最好是抱着这种求知的态度去解题。"

贺决云突然被夸,受宠若惊:"谢谢。"

他问:"那么,请问你有什么线索要告诉我吗?"

"暂时没有。"穹苍去边上把手上的垃圾扔了,顺便问道,"我想知道,前两个自杀学生的情况。"

贺决云问:"你想从哪里开始听起?"

穹苍答:"盘古开天辟地吧。"

贺决云一时没反应过来,因为在他的想象里她应该是一个不会开玩笑的人。以至当穹苍说完这句话之后,他因为大脑混乱而沉默了。

穹苍转过身道:"自杀地点和时间。"

她淡然自若得仿佛刚才的一切都只是贺决云的错觉。

贺决云回神,抬手朝前一指:"前面就是她们跳楼的地方。"

穹苍顺着望去。

这栋楼的位置不尴不尬,楼层高度不高不低。介于宿舍区跟教学区之间,又被挡在了一家小卖部的背面。是一栋老旧的宿舍楼,学校一直想要对它进行翻修或重建,但苦于没钱。

由于这栋楼的水电系统经常出现问题,住在里面的学生其实不多。后来K大将它单独划分了出来,有想要住单人或双人宿舍的学生,可以申请住在这里。

此外，这是一栋男女混住楼。

穹苍看着楼顶，又看了眼边上的楼房，突然问道："一个想要自杀的人，会在意仪式感吗？"

贺决云偏过头问："你指什么？"

穹苍说："没什么。我是说，为什么偏偏就是这栋楼？"

贺决云沉默。

穹苍问："往年跳楼自杀的学生都是在哪栋楼？有过吗？"

"按照往年记录来看，是在后面的一栋，被叫作云霄楼。从它建成开始，大部分想要自杀的学生都会选择那里，连附近的外校学生也曾慕名来过。"贺决云指着远处冒出半截的楼层道，"那也是K大最高的一栋宿舍楼，带电梯。"

"如果是我的话，我会选择死亡率最高的一栋楼。"穹苍比了下旧楼的高度，"这栋楼的下面还有一个车棚，从这里自杀，会损坏他人财产不说，还可能因为缓冲摔得半死不活。那是最恐怖的事情。连续三个人都选择在这里自杀，不大合理。除非是什么特别的缘分。"

"第一位死者，死于今年二月份，随后放寒假。三月底的时候，第二位死者跳楼。再后面就是王冬颜。现在距离王冬颜的自杀时间还有不到一个星期。"贺决云说，"目前警方没有查到三人之间的自杀有什么重要联系。"

他回忆了一下，继续道："我翻看了警局留存的笔录跟信息。如果非要找联系的话，一号死者和二号死者是老乡，二号死者跟王冬颜是室友。一号死者跟王冬颜关系马马虎虎，没什么交集。因为当时警方没有起疑，当作普通的自杀案件处理，所以只留下了这些零散的信息。"

穹苍点头："我知道了。"

贺决云勾起唇角，笑道："听说你很厉害，那我这次是不是能跟着你刷通这个剧情？"

穹苍闻言也笑了下，道："你可以试试。"

这是贺决云第一次见她笑。他还没回过味来,穹苍已经转身离去,贺决云立马跟上。两人又走了一段路。穹苍一直不说话,贺决云以为她是在思考案情。

突然,穹苍脚步一顿,开口道:"前面就要到女生宿舍了,中年怪叔叔就留步吧。"

贺决云:"……?"他这年龄顶多叫青年。

这位朋友怕是没有经历过金钱的抽打。

第 二 章

103号宿舍

不知道过了多久，平静的夜里突然多了一些特殊的声音。
那声音很细碎，从最开始的模糊，到后来逐渐变得清晰。

103号宿舍。
这间宿舍本来住着五个人，二号死者自杀之后，变成了四个。
二号死者名叫周南松。她的东西还放在原本的位置上，包括床褥跟书本。家属过来取走一些重要物品，其余的都留下了。
在几位室友的强烈要求下，校方没有处理这些遗物，而是把它们存放在原处，准备等学生全部毕业之后再做处置。

穹苍进门的时候，宿舍里空无一人。大四了，有门路的学生早早开始准备实习，想考研的同学也开始泡在图书馆里。
穹苍找到王冬颜的床铺，在小格子里翻找了一会儿，从显眼的位置抽出一把小钥匙，打开一旁的衣柜。
学校的木柜里有着一股潮湿的霉味，与此同时还有强烈的樟脑丸的味道。两种气味混合起来，冲出柜门，带着令人上头的刺鼻感。
穹苍大开柜门，让里面的气味散掉一些。
王冬颜的物品摆放得很整齐，可谓一目了然。女性用品放在最下面一层，衣服按照春秋款一件件叠好放在左侧，裤子摆在右侧。柜子门上挂了一袋子零食。可见王冬颜平时应该是一个相对自律、喜欢整洁的女生。

靠近柜门的位置，有一个水晶收纳盒，里面有各种发夹、发带，以及手链和挂件。

穹苍从里面翻出一串用红绳编织的手链，手链上绑着一个小小的金属方块，方块正面刻着两个字母"XY"。

穹苍用手指抚了下褪色的金属块，脑海中第一时间闪过的想法是：道格拉斯的 XY 理论，还是染色体？

穹苍："……"

她知道，她活该单身。

人类的潜意识真可怕。

穹苍掏出手机，对着红绳拍了一张，用扫一扫的功能搜出网上同款。

倒也不是多稀奇，××月老庙的姻缘红线手绳。

穹苍："……"

可以。说明王冬颜喜欢漂亮，且有生活追求。

穹苍把首饰盒放到旁边，开始翻找里面的衣服。

王冬颜的衣服并不多，款式也比较相近。在穹苍将东西搬到一半的时候，看见了一个红色的小包。

包拆开后，里面放的竟然是一张黄符。黄符上画的到底是什么她不知道，但是符纸的背面写着"安息"，它的作用不言而喻。

穹苍再次用手机扫了一下，发现了一件不得的事情。

这玩意儿居然是热卖品，25 块一张，月销过万。而卖得最火的，是祈求发财的符包。

人类的本质还真是相通。

不过这符大概对店主最有效。

穹苍唏嘘了一声，把东西全部放回原位，再去正对面的周南松的桌边查看。

这次她没有动手翻找，只是站在边上，往桌上跟床底扫视了一圈。

周南松的桌面上摆着一张照片，照片里的两位女生穿着一模一样的衣服，靠在一起比手势大笑。正是前两位自杀者。

其余地方似乎没什么显眼的东西，书，卷子，一大杯的笔。

穹苍神色如常地对着它们拍了张照。

此时直播间里很热闹。最让网友兴奋的就是这种初露端倪又欲盖弥彰的场景。

"我本来还想说她到底在干什么，连衣服都翻，又不是来拾荒的。没想到居然真的翻到了关键线索。[是我太年轻]"

"这个副本我记得。上个玩家在 NPC 那里装了两天孙子，问出了重要剧情，结果居然是错的，自杀进度直接爆满。这个副本迷惑性信息很多，照目前来看，我有预感，这个玩家也要踩中陷阱。[先知者的同情]"

"[思考]周南松死了，王冬颜还为她祈福安息，说明两人关系应该挺好。"

"学校不做科学思想教育吗？王冬颜怎么还买符这种东西？"

"名侦探上线了！王冬颜跟周南松是好室友，而周南松跟田韵是闺密，三姐妹关系铁，相继自杀，一个也没逃过，绝对是场阴谋。说不定是她们目睹了什么违法现场，然后遭到对方的威胁报复。"

"对校园生活猜得简单一点不好吗？你们怎么还往惊悚片方向猜啊？"

"不是所有的名侦探都叫小五郎，还有可能叫臭皮匠。说的就是你们。"

在网友们还将注意力都放在那张照片上的时候，穹苍已经转身去了阳台。

她半靠在阳台的栏杆上，用手按着后脖颈，大幅度地转动脑袋。活动完脖子，用力按动自己的手指，让骨节发出"咔咔"的清脆响声。

做完准备工作，穹苍摸出手机，开始编辑文本，给贺决云发送短信。

她手机上的内容，被投映到直播间屏幕右侧，方便观众查看。

穹苍：关于三位死者之间关系的推断。

穹苍：一号死者田韵与二号死者周南松，关系亲密。[图片]
穹苍：而周南松与王冬颜，室友关系不佳。

前两行字出现的时候，网友还觉得确实如此，然而当第三行字出现的时候，好些人都蒙了下。

"啊？"
"我就说！哪个接受过义务教育的学生会因为姐妹情去买安魂符？太邪门了！还不是因为自己心里有鬼！大佬，英雄所见略同！"
"没有明确证据可以证实吧？单因为符咒的话站不住脚。很多人就随便买买，那个小锦囊做得还挺好看。国人很多所谓的迷信都是随便信信，当不了真。"

贺决云那边很快给了回复。
贺决云：怎么说？
穹苍的打字速度很快。
穹苍：二人桌面上的文具、杂志、摆件、杯盘等物品，没有任何重合或相似的地方。但两人分别与其他室友有同系列物品。
穹苍：[图片]王冬颜的凉拖与其余几位室友的是相同风格相同材质的，推断来自同一商铺。周南松的水杯与其余几位室友的，都属于自印水杯，图案自绘，风格相近。
穹苍：根据两人身处同一宿舍却刻意避开同款的这种行为，推断她们关系十分紧张。王冬颜喜欢拍照，但是相册中没有任何与周南松的合影，可以侧面证明。
贺决云：说得过去。
穹苍：[图片]没有在王冬颜的私人物品中发现其他与宗教相关的物品，手机当中也没有相关的信息显露。黄符是爆款，造型别致，王冬颜应该是玄学式信仰，顺手式购物。
贺决云：同意。

穹苍：在二人关系交恶的情况下，王冬颜购买这种功能敏感的符咒，并存放在自己的衣柜里，行为反常，或许是下意识地在寻求心理安慰。大胆推测，王冬颜与周南松的自杀有一定关系，且王冬颜怀有愧疚。或许是直接相关，或许只是知晓内情。

贺决云：确实有道理。

相比两人聊得火热，直播间的评论速度渐渐放缓下来，刚刚大声说过的话犹在眼前，瞬间就被"啪啪"响在耳边的打脸声所代替。只有一批人在那里发着大笑的表情，无声地嘲讽刚才那些信誓旦旦的观众。

不过很快，网友就从难堪的情绪中抽离。

掩饰自己错误最好的方法就是夸奖你的对手，于是评论区里的网友开始敷衍地吹嘘穹苍的明察秋毫，然后当作无事发生，继续思维发散地预测局势。

都是多年老网友了，怎么能没一点心理素质？

屏幕里两人还在交流。

贺决云：还有吗？

穹苍：还有，等我阅完作业再告诉你。

贺决云：什么作业？

穹苍：企业案例分析、财务管理、CPA 经济法模拟题。不知道她是想考公、考研，还是考 CPA。

贺决云：……

穹苍说的阅作业，那就是真实地批阅作业。

多数人都有写写画画的习惯，尤其是在枯燥无聊的时候。王冬颜既然已经有强烈的自杀欲望，又没有可倾诉的现实对象，那么多半会在不经意间留下一些线索。而作业或者草稿，是很能反映学生心理情况的东西。

尤其是草稿纸。

人在无聊的时候，什么都干得出来。

备考生的辅导书有很多——各个科目，各个版本，各个品牌。穹苍在桌面的书海中挑选了一下，从里面翻找出书页有卷边的几本，一页一页地查找起来。

穹苍翻看的速度很快，每隔几秒就会翻动一次，像是在走马观花，但是又每一页都认真地看了。

游戏中的时间流速，在没有剧情发生的时候，会相应加快。在太阳落山时，穹苍终于翻完了手上几本辅导书的内容。

她的表情太过平静，网友也不知道她花费了大半天的时间，究竟查出了些什么。然而她没有停止动作，又开始翻找其他书册。

这是一段完全安静的视频，穹苍看书的时候几乎是全情投入的，仅有少许的小动作，导致画面就跟反复重播一样，毫无变化。唯一的休息时间，是中途她出去吃了顿饭。

导播还将作业上的习题放大到了屏幕上，让观众一起体验学习的快乐。

网友们从来没有体验过这么枯燥的凶案直播，也是"叹为观止"，更加神奇的是居然还有不少无聊人士真的坚持了下来。

如果说从为了毕业而做的备考工作中还有可能稍稍看出一点端倪的话，那么当穹苍开始翻找草稿纸的时候，在苦海边缘挣扎了无数遍的网友再也不能淡定了。

"看她放下书的时候，我大大地松了口气，我想我胜利了。然后她把刚才清理到角落的草稿纸给拿了出来。[微笑]这是什么苦修行？"

"这真是一个狠人，我服还不行吗？"

"我就是来看个直播想放松一下而已，为什么要这样对我？[憔悴]说好的搞笑游戏呢？妹子你不去攻略NPC吗？"

"搜查证据要搜得那么细致的吗？居然还得从草稿下手？"

"靠对话取证对方可能会说谎，这样的物证可信度确实更高。"

"她看书的速度也太快了，要不是她评分那么高，说真的我还以为她是在装×。"

"我怎么觉得没有用呢?她搜集线索的速度太慢了。教材跟作业里应该都没发现什么可用信息,才会转战草稿吧?说不定草稿里也没有啊!"

网友一片哀号,穹苍自顾自快速翻动草稿纸。她的耐心简直足到令人恐惧。

大学生的草稿纸基本上用得比较随性,没什么规律可言,穹苍翻动的速度也比前面快了很多。

在进展到一半的时候,她从一沓装订好的白色草稿纸里,看见了一个铅笔描出来的漫画人物。

那个人物的线条勾勒得很粗糙,但是神态十分灵活,正鼓着嘴在吃饭。可见是王冬颜无聊时画的东西,对画中人物又有那么一点喜欢。

穹苍手指顿了下,从画里感觉到莫名的熟悉,对着草稿纸上的人物头像多看了两眼,然后将纸撕下来放到手边,继续往后面翻查。

没多久,她又看见了一个在打哈欠的男生半身像。

穹苍加快速度,在本子的末尾处,看见了第三幅图——几个在玩叠高高的男生,然而只有一个人的脸部是有五官的。

后面两张图的人物动作比较有标志性,穹苍马上回忆起来了。穹苍一一拍摄下来,发给贺决云。

穹苍:[图片]

贺决云:这是什么?能说明什么?王冬颜喜欢漫画?

穹苍:你知道什么是 XY 吗?

贺决云:染色体?

贺决云:王冬颜难不成还是个男的?!

穹苍愣了一下。

穹苍:??

穹苍:你可以,你很敢想啊。

贺决云:……没有。以前办过一个男性给自己隆胸常年伪装成女人然后进行性犯案的案子。印象有点深刻。

穹苍将贺决云的回复来来回回看三遍,大脑有点放空。知道了一个能让人生阅历变得很丰富，但是又没有用的知识。

她现在印象也很深刻。

穹苍将脑海里的奇怪东西甩掉，切到手机的相册界面。

今天她在教室里翻查手机的时候，搜索过相册。里面有五百多张照片，一部分自拍，一部分截图，还有一部分是在教室里抓拍的照片。

当时穹苍着重关注了几位被抓拍的同学，推测应该是与王冬颜关系较好的朋友。毕竟王冬颜不大可能会抓拍自己讨厌的人，还把他们一直存放在相册里。

但是她那时候没找出哪里不对劲，只觉得都不过是普通大学生的日常生活记录。

穹苍：[图片]

穹苍：看背景里那个男生。

穹苍一连给贺决云发了三张照片。每一张照片，都是以别的女生为主角，镜头却总会那么"不经意"地拍到半截男生的身影。

那个男生就是许由。

许由打哈欠。

许由吃饭。

许由跟别的男生在地上玩叠高高。

与那个漫画风的男生动作一模一样。

许由的眼尾有一颗痣，而漫画角色脸上相同部位也有一颗痣。

无数的细节证明，这是一个女生在隐晦地表达自己的暗恋。

穹苍：许由，就是今天中午堵我的那个男生。我刚载入副本的时候，他还砸了我的头。

穹苍：[图片]王冬颜买的淘宝同款。

穹苍：XY。

穹苍：哟嚯。

这个哟嚯，就很有灵魂了。贺决云觉得自己听出了那么一点骄傲的味道。

网友也被这发现弄得异常兴奋，萎靡了许久的精神终于抖擞起来。

"这个剧情她发现得也太早了吧？我看的那个玩家到死前才知道这件事啊！"

"唉，年轻人啊。"

"想想许由对她的态度……这是个刚开始就已经 BE[1] 了的故事啊。"

"那么多张照片里占了不到四分之一界面的人物，她也看得出来？〔瞳孔地震〕她是人形系统吗？还能自动进行图像分析？"

"确实有 92 分的那味儿了，大声地说我可以！"

"当我以为这个副本是以校园暴力为题材的时候，你突然告诉我，它其实是一部青春恋爱剧？"

"等一下，可是玩家之前不是推断过，说王冬颜自杀跟许由的行为没关系吗？"

"可能是因为已经习惯了，所以数据没有及时出现波动。《凶案解析》里出现推断错误，很正常的啦。"

贺决云马上问了一个跟网友一样的问题。
贺决云：可是你说，今天许由打你的时候，你的自杀进度没有变化。
穹苍：是啊。
穹苍：可能是王冬颜终于看穿了情爱的扭捏，回归科学的怀抱了吧。毕竟照片的拍摄时间，都在周南松自杀之前。
对面贺决云又是惊了一下。这货究竟是哪个冷笑话学校进修毕业的？
贺决云：……？
穹苍：如果她没什么特殊的癖好的话，应该不会喜欢上一个恶意欺负自己的男生，且许由对王冬颜的厌恶表现得十分真实、明确。说明许由对她的欺凌很可能是近期才开始的，开始的原因与她自杀的倾向有直接关系。王冬颜的精神压力很大，已经没有余力去在乎同学或者许由对自己是什么

---

[1] BE 是 bad end 的缩写，指非大团圆结局。

样的看法。

穹苍：当然，不能完全排除其余可能。也可能是因为自杀进度无法展示小数点后的变化。

思路很清晰，分析也挺客观，没有基于智商的骄傲或独断。

穹苍比贺决云想象的要更靠谱一点，与传闻有些许不同。

过了一会儿，穹苍经过反思，又发了条不大走心的短信过来。

穹苍：哦，也可能只是他们之间互相吸引注意力的一种情调而已，我反应过激搞成了暴力伤害。难怪当时许由的表情跟见了鬼一样。毕竟我不大懂大学生的爱情。

贺决云：……

令人窒息。

直播间里一批直男直女看见这条短信内容，也是后知后觉地反应过来，顿时内心感到无比憔悴。

"我懂了。普通女生被打：红眼眶，委屈巴巴。男生：好了好了，我错了，我请你吃饭道歉好不好？钢铁直女：我一巴掌把你狗头打掉！男生：×！[完美][微笑]"

"爱情产生的要素：文明、含蓄、委屈巴巴。"

"这是考点，请大家记住。"

"这个发现听起来好令人心酸。"

"这对 BE 了 BE 了，大家放弃吧，这对 CP[1] 没希望的。"

贺决云继续等了很久，却没等到后续。对方就那么戛然而止，连个招呼也没有。

贺决云：然后呢？

穹苍似乎没了聊天的兴趣，过了四五分钟才回。

---

[1] CP 指配对、搭档、情侣等。

穹苍：就一个小发现而已，你要什么然后？

贺决云：基于现有信息的预测推断。大胆猜测，小心求证嘛。

穹苍：我求证了，就是不知道什么样的猜测才能算大胆。

穹苍对爱情类问题的预测分析一向不是很准确，因为恋爱中的人大脑好像会转弯，她永远无法知道对方下一个骚操作是什么，拐点又在哪里。

穹苍：兄弟，你单身吗？

贺决云心口一酸。感觉被嘲讽了。

他诡异的迟疑，给穹苍传递了这个信号。

穹苍：我懂了。那我不问你了。

贺决云：……谢谢你的体谅啊。

穹苍：倒是不用客气。

贺决云再次心里一酸。

这货是真的不客气。

贺决云把手机放下，继续忙手头的事。

他的手上还存着前两起自杀案件中搜罗出来的证据没有翻阅，比如监控。

他看各种口供记录和视频已经看到身心疲惫，感觉泪腺都快被屏幕熬干。

等他忙活了半个小时，手机再次一闪。

穹苍：再给你一条线索吧。

穹苍：我刚才翻看了王冬颜的各科习题跟教材。她应该是一个认真学习的学生，前期她的作业字迹清晰，运算过程完整，且正确率在90%以上。但是从3月23日开始，她的作业明显开始变得潦草，过程简略，无运算过程，部分习题的错误率也大幅提高。根据我的经验，她有多科作业是抄写完成。说明王冬颜在3月23日遭遇了什么变故，受到重大精神冲击。

苍穹：周南松的自杀是在3月25日。所以王冬颜的自杀焦虑在周南松跳楼之前就已经开始了。两人最终选择自杀的原因是否相同，还待进一步求证。

还在闲聊的网友瞬间被拉回主题,脑袋跟被敲了一棍似的。

"天哪!这算不算是重大发现?对啊,其实还能用作业来梳理时间线,这是个人才啊!"

"所以还是杀人灭口,几个人知道了她们不该知道的事情。周南松因为讨厌王冬颜,故意将她拉下了水。后续可能会往灵异片,也可能往《走近科学》的方向发展。我真是一个天才!"

"……她解题的过程和步骤,怎么跟之前的人都不大一样啊?这线索明显跳了一个阶段啊,上一任玩家好像是在逃课三天之后,才从与班主任的对话中得到的线索。"

"这个副本的迷惑性线索太多,一不小心就掉坑里了。NPC也很会骗人。所以她直接翻查物证,才是最正确的。"

"我为我居然敢质疑92分的高级玩家而感到羞耻。"

别说网友,贺决云也是虎躯一震。
贺决云:两个时间段靠得很近,你确定无误?
穹苍:确定。各科作业一般是由研究生批改的,下面都写了日期。没道理那么巧合,错到一起去。
贺决云:这难道不是很重要的情报吗?为什么对它只是顺便一提?
穹苍:在有更多证据之前,无法推断出有效结论。我没想明白的线索,就只配得上顺便一提。有问题吗?
穹苍:不是我带你过关吗?我知道就可以了。
贺决云在精神上沉默了。
贺决云:没有问题。就是想问,还有什么不重要,可以顺便说说的线索吗?
穹苍:其实也没什么了吧?
穹苍:今天收到了一包橙子味的水果硬糖。

贺决云那边很快给了回复。然而他的关注点也是如此与众不同。

贺决云：糖，鉴证科？

穹苍：这倒不用。

贺决云：为什么？

穹苍：吃了。

贺决云：还健在吗？

穹苍：活着。

贺决云："……"

穹苍跟贺决云胡扯完一阵，宿舍外面正好传来了嘈杂的谈话声，是图书馆关门后，学生陆续回来了。

她们的宿舍在一楼，一向是比较吵的地方。

王冬颜的三位室友在不久后出现，几人疲惫地拉开门，走了进来。穹苍将桌上的东西整理好，然后换了睡衣，半坐到床上。

如果没有案件相关的剧情，夜晚这一段时间会很快过去。

几名室友把书本搬到床上，坐着休息了一会儿，等精神放松，再次活跃起来。互相间开起玩笑，排着队洗漱准备就寝。

看得出来三人之间的关系很好，同为室友，却没人来跟穹苍搭话。

她们或许并不想自己表现得太过明显，但是那种眼神闪避的行为，在穹苍的眼里刻意到难以忽视。

这么狭小的空间，她们居然都不会往她所在的方向瞟上两眼。

不过王冬颜自杀前的这段时间的确表现得很反常，与朋友处不好也没什么奇怪的。

普通玩家这种时候应该会去和室友打探消息，试图修复彼此的关系。穹苍没有这个打算。她将被子一盖，倒头躺下。

没过多久，宿舍断电了。

穹苍这两天原本就没怎么睡，在环境的影响下，真的开始犯困。她闭着眼睛，意识迷迷糊糊的，无法正确感知时间的流逝。

不知道过了多久，平静的夜里突然多了一些特殊的声音。那声音很细碎,从最开始的模糊,到后来逐渐变得清晰。

穹苍刚刚积攒起来的困意,成功被那没有规律,却越来越响的杂音驱散。她集中精神,听出声音是来自紧贴着她床尾的位置。

可能在床底,也可能就在她的脚边,或者其他什么临近的地方。这个发现让她的呼吸停了一下。

那是一种近似磨牙的声音,分辨不出究竟是什么材质互相摩擦而产生的。在它的掩盖下,周围的一切细节都被放大,输送进穹苍的五感。

任何细微的声响,都让她有一种危险在拉近的紧张感。穹苍缓缓睁开眼睛。

宿舍很昏暗,走廊上的灯已经关掉了,但是窗户外仍有光透入。那是一道淡黄色的光线,不知道由什么光源射出,穿过玻璃,正好将影像印在防盗门上。

穹苍所躺的位置视角,在睁开眼睛之后,可以直直看见那个人形的斑驳光影。

穹苍被吓到,感觉没呼出去的那口气现在噎得胸口生疼。

靠窗上铺的女生突然用气音小声问道:"你们睡了吗?是谁在磨牙啊?"

一人回应:"我没睡。"

"也不是我。"

穹苍沉默。

片刻后,有人主动发问:"喂?冬颜,你醒着吗?"

穹苍说:"醒着。"

她说完之后,角落里的声音出现不自然的停顿,而后又加快了咀嚼的速度,还多了些嘎吱的晃动声。就差没明白地表示这个地方在闹鬼了。

那熟悉的声音犹如一根引线,点燃了已经多年不曾引爆的炸弹。穹苍感觉自己的肾上腺素瞬间激增。心跳加快,血压上升,立毛肌收缩,汗毛直竖,身体陷入一种强烈恐惧的状态。

夜色在她眼中变得过于幽深,像深渊巨口一样笼罩了周围的世界,不露一丝缝隙。光怪陆离的记忆再次从大脑的各个角落里冒出来,快速占据她的视觉与听觉。

她最讨厌的失控的感觉,又出现了。

黑暗里,穹苍舔了舔嘴唇,将情绪压下,等待那种全身僵直的错觉过去,没有表现出任何的异常。

"吓死我了,这到底是什么声音啊?"对床女生压着嗓子叫了下,说,"冬颜,就在你那个位置,你爬过去看一下。"

"不会是鬼吧?"

"我觉得也可能是老鼠。"

一人低声笑道:"我们宿舍能有什么鬼啊?有也只能是南松啊。大家都是姐妹,她怎么会出来吓人?对吧冬颜?"

几人的对话声让穹苍从失常状态里恢复过来,她用力眨了下眼睛。

"从科学的角度来讲,"她语气冰凉地道,"只要不去动它,它就不会来找你。"

众人愣住:"啊?"

一女生问:"这是什么科学啊?"

"伪科学。"穹苍声音愈加平缓,"就像有人相信这个世界上居然有鬼存在一样。"

几人被她的话噎到,消停了一阵。

这时,窗外的灯突然变了颜色。从原先的淡黄转成了红色,闪动数次过后,彻底消失。

惊悚的变化发生之后,几个女生用力深吸一口气,想要叫出声来。但因为另外一面的穹苍过于安静,毫无反应,让她们的表演无法自然继续,最后只突兀地发出几个不大真诚的音节。

尴尬的气氛在空气中弥漫开来,配合着磨牙的嘎吱声,将方才的恐怖感击得稀碎。

穹苍被几位室友气笑了。她余光轻扫,终于注意到人物面板上的自杀进度,已经在短短的时间内从87%激增到92%,最高数值达到了95%,随后快速回落,现在正在不断震荡。

好的。现在她知道王冬颜买那劳什子的安魂符是为什么了。

对床的女生没安分一会儿，又叫道："喂，冬颜，冬颜！你听我说啊！"

穹苍侧转过去。对方突然打开了手电筒，朝上照着自己披头散发的脸。

女生抬了下头，脸上光影交错。她说："要不然，我们玩手心手背，谁输了谁出去看一下，怎么样？"

另外两人快速响应。

"好啊。"

"可以吧。"

"冬颜，反正你说不怕鬼，行吗？"

穹苍一动不动地盯着那个女生。

穹苍并没有刻意营造恐怖的氛围，只是此刻她的脸色苍白，神色也很是憔悴，嘴唇几乎没有血色，配上她阴恻恻的目光，对面女生在她的逼视下不禁胆寒，心生退意。

穹苍掀开被子坐了起来，几人惊讶于她的大胆，以为她真的要出去了。

但是穹苍并没有起身进行下一步的动作，她把两手放在膝盖上，摆出了正坐的姿势，调整好语气，平和地说："要选人是吗？手心手背并不公平，如果你们事先进行串通的话，那么选我出去的概率就是100%。"

女生拔高了音量："你什么意思啊？"

"意思就是对你们不信任，听不出来吗？当谁傻呢？"穹苍冷笑了一声，"真想选人的话，用排列组合的方式来吧。两两对决，一局定胜负。赢的计分输的减分平局记零。最后谁的分低就谁去，怎么样？你们可以好好商量一下该怎么作弊，让我有更大的概率拿到低分。这是高三的简单知识，不难吧？我可以吃亏一点，算作对你们智商的补偿。但是，谁要是出去了，看看今天晚上我还能不能让你进来。"

从穹苍的语气完全听不出她已经生气了，然而没有人怀疑那里面夹带着威胁。她绝对是认真的。

无人搭腔。三人似乎被她爆发出来的气场稳稳震慑住。

穹苍耐心地多问了一句："都不想去是吗？"

寂静。

穹苍："如果不去的话，那就安分一点，不要再给我装神弄鬼。"

她走到床尾的位置，在床垫下面摸索了一阵，翻出一个小型录音机。在她拿到机器的时候，开关被远程按停了。宿舍里终于恢复安静，只剩下几人紧张的呼吸声。

　　似乎有凉风从窗户的缝隙里吹进来，让众人的皮肤带上冷意。穹苍手指握紧机子，抬高手臂，直接朝着对面的床铺砸了过去。

　　东西撞在墙面上，发出一声巨响，又因为撞击力而碎裂成多块，反向弹往四面八方，之后散落在地上各处。

　　尖叫声响了起来，对床女生惊恐失措，又很快意识到现在已经熄灯，赶紧把即将发出的声音咽了下去。她用被褥捂住嘴，在压抑中短促地抽气。

　　穹苍拂了拂手上莫须有的灰尘。"谁要是下次还敢，不管什么原因，我一定让她近距离闻一闻厕所下水道的味道。这样不是更有趣吗？怎么样？"

　　哽咽的声音更大了一点，但是没人敢再出声。

　　早听话多好？该睡觉的时候就应该好好睡觉，摸黑找什么黄泉路？

　　穹苍扯开被子，重新躺下。

第 三 章

NPC

"所有玩过游戏的人,都会下意识地认为,NPC 负责剧情指引,不会说谎。但其实,NPC 扮演的角色是人,人会说谎,会犯错,会被迷惑。"

直播间的弹幕早就被一排鲜红色的标语所覆盖,紧跟着就是各种大吼大叫。

"之前是谁说灵异片和《走近科学》的?[锤子]你出来,我知道你是潜伏在这里的策划。"

"我差点吓哭了!还好现在是白天,我还在宿舍里。"

"说真的。有一刹那我真的信了这个大佬,如果不是三天的情绪波动警告都要闪瞎了,我不敢相信她居然怕成那样。"

"要素过多,我……我先打 call[1]!"

"这宿舍怎么回事?这么恨王冬颜的吗?居然还搞这一套。"

"峰回路转,扫除封建迷信之后,最终还是因为校园暴力?"

"周南松不会是被吓死的吧?[沉思]"

"也有可能是在为周南松报仇?我感觉她们开始说的几句话仔细品一

---

[1] 打 call,网络流行词,指对某人表示支持。

下，还蛮有意思的。还有外面的灯是谁打的？"

"大学生的生活原来这么丰富的吗？是在下太平凡了。"

方起有些诧异。穹苍会出现那么强烈的生理反应，显然是进入了应激状态，甚至已经不是普通的应激心理反应，可是他的资料里没有任何关于此的记录。

穹苍的应激源是什么？怕鬼还是怕黑？也可能是当时场景里突然出现的某一要素，磨牙声，或者光影。

游戏里的夜晚很快过去，日光从边际线上照出。众人走出宿舍，感受晨间沁凉的风，空气里多了股清新的微甜味。

人群从宿舍拥向食堂，又从食堂拥向教学楼。

穹苍提着裙子，姿势不大雅观地蹲在一块石头上，跟前来碰头的贺决云讲述昨天晚上发生的事情。

贺决云摩挲着下巴道："你说，你宿舍的人，联合别的学生，在装神弄鬼地吓唬你——王冬颜？然后你的自杀进度出现了明显增长？"

穹苍点头。

贺决云尝试接受并消化这个信息，又问："除了你的室友，还有谁？"

穹苍摇头。

贺决云惊讶道："你没出去看吗？"

穹苍平静地答："给吓蒙了。"

她说这话的神态简直跟"今天的菜太咸了"没有任何区别，让人难以信服。

贺决云认真地看了她两眼，无法想象这张面孔会表达出任何关于恐惧的情绪。或者说，能让她恐惧的，应该是什么世界级的谜团。

他迟疑了一阵，还是说道："你开玩笑的时候太冷了，不大好笑。"

"哦，是吗？"穹苍抬起头，干巴巴地道，"那我可太失望了。"

贺决云低垂着视线与她对视，穹苍睁着一双无辜的眼睛。

半晌，贺决云惊道："你认真的？"

"嗯。"穹苍说，"我怕黑的。"

贺决云："……"

穹苍补充说："特别怕。"

贺决云只能搜肠刮肚地寻找形容词来安慰她："就……挺正常的?"

穹苍说："是啊。"

一片死寂。

穹苍忍不住道："你别想了，你的头脑风暴很吵，只会不停地喊'哎哟哎哟''咋办咋办'。"

贺决云冤得慌："你别诬陷我啊!"

穹苍说："你脸上都写出来了，我看见很烦。"

贺决云心说：这个女人怎么那么难搞?他出生这么多年还是第一次有人说他烦，且是在他半个字都没说的情况下。

"直男的安慰嘛……"穹苍吐槽着停不下来，"大概就是'黑有什么好怕的''这世上又没有鬼''鬼怕你还差不多''没事没事，心理作用而已'，诸如此类。"

"那已经不是普通的直男。"贺决云深吸一口气，"我申请给直男分个等级，你这是对我的污名化。"

穹苍吊着眼尾斜睨他。她觉得这人可能脑子不大好。

贺决云自己也觉得挺掉智商的，手指朝下勾了勾。"你能不能先下来说话?"穹苍从石头上跳了下来，站到他对面。

两人相顾无言。

贺决云抬手挠了把头发。说真的，他见过许多脾气古怪的天才，他手底下就有不少。但是没有哪个像穹苍一样让他"心动"。只不过普通人的心动是触动，他的是心梗。心脏承受了它不该承受的疼痛。

穹苍已经先走开了。

贺决云跟过去问："你对室友的评价怎么样?周南松会不会也经历过类似的事情?"

此时不着饭点，时间又早，学校里闲聊走动的只有寥寥几个。

穹苍说："根据我之前的搜查，王冬颜跟室友的关系以前应该还算可以，会恶化到这种程度，明显是有别的因素在诱导。"

穹苍想了想，又说："昨天在提到鬼的时候，她们说了周南松的名字。提起来的语气太过刻意，很明显是故意说给我听的。"

贺决云沉声道："假设，她们认为，王冬颜就是杀害周南松的凶手，而她们是在行使正义……"

"嗯……"穹苍说，"她们装神弄鬼的把戏不算高明，不至于将王冬颜逼迫到自杀的地步。而且如果真的只是室友的原因，以王冬颜的家境，她完全可以改成走读，摆脱暴力影响。"

贺决云思忖道："除非……"

穹苍说："除非王冬颜本身对周南松的死怀有强烈的愧疚感，室友的行为只是让她不断回忆起自己过去的所为，进而在精神上自我惩罚，并在长期的折磨之后，选择自我了断。"

贺决云捋了一遍，觉得哪里不对，穹苍已经摇头道："但是我不认为，一个道德感那么强烈的人，会在没有缘由促使的情况下做出什么过激且持续的举动。王冬颜在周南松自杀前，明显已经察觉到了什么。整个逻辑里有很多违和的地方。"

贺决云侧过视线，看向身边这位完全退去稚气的女大学生。诚恳来说，跟穹苍共事是一件很令人享受的事情。只要她不突然开玩笑。

两人不知不觉间，又走到了通往那栋宿舍楼的道路前。穹苍抬头看向那栋老旧的宿舍楼。

因为年代久远，没有清理，藤蔓爬满了侧面的高墙。深绿色的枝叶在背光处野蛮生长，并没有显出生命的美感，反而有点阴森。

贺决云站在旁边等她。

穹苍看了许久，开口问道："你看过周南松死亡那天，这栋宿舍楼附近的监控录像了吗？"

"看过。当天周南松是一个人过来的，从时间上推断，她上楼之后就去了天台，没有犹豫，直接跳楼身亡。王冬颜并没有出现，她有完美的不在场证明。"贺决云知道她想说什么，肯定地说，"周南松肯定不是被王冬颜直接杀害的。"

穹苍问:"你查的是哪个监控?"

"宿舍楼大门口前面的一个摄像头,以及这条小路上,架在那根杆子上的一个摄像头。两个摄像头都能拍到所有的出入人员。那栋宿舍楼也只有这一个入口。"贺决云用手比画给她看,又想起昨天翻监控时的痛苦,忍不住用手按住鼻梁舒缓,"不过说实话,那些摄像头已经是好几年前的产品了,像素不高,只有单纯的记录功能。我看了很久,还是靠着时间线才把人给认出来的。想要找到什么细节性的证据,恐怕很难。需要更多的技术更多的时间。"

穹苍问:"只有她们死亡那一天的记录吗?"

"对。物证里只存了当天的视频。"贺决云尽心解答,"K大的监控视频只保存半个月到一个月不等,王冬颜自杀的时候已经是五月了。就算警方发现不对劲,再去K大找监控,也已经拿不到了。所以系统里也不会有。"

穹苍点点头,转过身,看向一旁的小卖部,说:"我先进去买点东西。"

贺决云随口问道:"买什么?"

穹苍答:"打狗棍。"

贺决云茫然:"啊?"

这家小卖部是私人开设的,店面虽然不大,但是什么乱七八糟的东西都有。

穹苍先是去卖扫把的地方选了一根木质的扫把,放在手上试了试力道,发现太沉了,影响自己发挥,又拐去卖晾衣杆的位置,挑了一根不锈钢材质的长杆。

轻巧易携带,这个不错。今天晚上谁要是还敢来,就让他来尝尝铁鞭炒肉的滋味。

不,作为重要剧情,是肯定会来的。

穹苍挑好武器,又去旁边的走道买了几款零食,揣在怀里过去结账。

她把饭卡放到刷卡机上,若无其事地扫视四周,听着"嘀嘀"的电子音,挑眉看向老板。

这个老板在扫码的时候,用余光多看了她几眼。那不是单纯的目光,而是带着一点审视。

一般人的感觉可能只是感觉。但是穹苍的感觉一般都是对的。

她试探性地说了一句:"好久不见。"

老板含糊道:"是啊。"

穹苍顿了下,又问:"我常买的东西还有吗?"

"整蛊玩具啊?"老板说,"不多了。第一排货架的下面。"

穹苍顺着他的指示过去看了一眼。货架上摆的都是比较普通的小玩具,跟某段时间网上流行的小商品一样。平平无奇的包装外观,里面加设一个小机关。

她只是看了一眼,没有购买,又走了回来。

老板把结完账的东西递给她,穹苍接过,走出门口。

贺决云百无聊赖地在空地上走着圆圈。

穹苍单手捏着酸奶,说道:"你去那里面,找那个店主问一问。"

贺决云说:"嗯?问什么?"

穹苍说:"你先去问问看,我感觉他对我有印象。"

贺决云多瞅了她背后那根"金箍棒"两眼,甚至怀疑是穹苍在里面把人给打了,骗自己进去善后。他带着疑问走向小卖部。

店主是一个穿着短衫的中年男人,头发偏长,形象看起来有些邋遢,正端着碗饭,目不转睛地盯着电脑追剧。

贺决云在里面转了一圈,随后在柜台边停下,弯下腰,用手指向卷门的上方:"你好老板,最近生意怎么样啊?"

店主嘴里含着东西,头也不回道:"还行吧。"

贺决云:"忙的时候转得过来吗?这里学生往来那么多,很不好管吧?"

"还行。"老板终于放下碗打量他,"不是,你谁啊?"

"不好意思,打扰一下。"贺决云从胸口的袋子里拿出证件,"警察,随便问两句话。"

他说是随便,但正常人对着警察很难随便得起来。

"哦,我知道了。"中年男人从自己的沙发椅上站起来,清了清嗓子,说,"你来查那两个女生自杀的案子对不对?"

贺决云把牌子收回去。"对。虽然案子已经作为自杀结案了，但死者家属还是很难释怀，他们想知道自己女儿选择自杀的深层原因，恳求我们能继续调查。不正式，就随便问问。"

中年男人深有体会地点头说："你们这样的警察负责，挺好的。好好的孩子就这么没了，对家长来说，是该给个交代。"

贺决云问："你有什么线索吗？"

老板有点不好意思地道："其实也没什么有用的线索。之前你们的同志来找我问过一次口供，可是当时我太紧张了，好多细节没说明白。你们离开之后，我越想越觉得不应该，就把监控给留下来了。我是看不出有什么不对，但是说不定你们能呢？如果你要的话，我现在就可以给你。"

为了防止偷窃，确保能拍到学生的正脸，老板在卷门的内外都安装了一个摄像头。根据摆设位置，大概能拍到外面半条街的范围。

由于这家小卖部位于通往宿舍楼的必经道路上，尸体刚发现的时候，阅遍刑侦片的他就非常自觉地把监控录像保存下来了，后来存在电脑里，一直没删。

老板笑了一下，眼角堆起密集的皱纹，显得有点憨实。"虽然我的摄像头拍不到你们想看的地方，但是我的摄像头高清啊！比学校里的那种好用多了！"

贺决云惊呆了，没想到还能有这种走向。

"周南松——不是，是第二位跳楼自杀的女生，她自杀那天的监控你还留着？往前一段时间的监控有吗？"

"两个女生自杀那一周的监控我都留着！我没见过这样的大世面，一下子死了两个学生，实在是太稀奇了！刚开始的时候，我还以为有什么阴谋呢。"中年大叔说得激动，口水喷洒出来。他扯过一旁的纸巾用力擦了擦嘴，继续道，"很少有人在这栋宿舍楼跳楼自杀的，这回一连出了两个，而且这两个人我印象都挺深刻的。太巧合了。"

贺决云立马来了精神："学校里来往的学生应该很多吧？你认得出她们？"

大叔说："我其实不知道她们两个具体叫什么名字，但是眼熟啊。第一个跳楼的女生，她就住在这栋宿舍楼里。她的经济条件不大好，好像是贫因生,为了省钱,经常来我这里买一些快要过期的东西。我看她挺可怜的,也会主动留给她。"

贺决云点头,时不时"嗯"一声给他回应。

"第二个学生家境就好很多。女生不是都很喜欢看起来漂漂亮亮的东西吗?我经常会进一些好看的文具,她可是我的大客户!什么书、笔、胶带、贴纸,她都很喜欢。"老板说,"两个人应该是闺密。长头发的女生比较大方,偶尔会请另外一个女生吃饭。"

贺决云问:"那,自杀前几天,她们两个有什么不寻常的地方吗?"

"人都打算自杀了,那肯定不能正常啊。第二个跳楼的女生自杀前就不来我店里了。我在路上看到过她,她整个人失魂落魄的,明显有问题。"老板摇头唏嘘道,"啧啧,快毕业的学生压力太大了。我听他们讲,第一个女生家境不好,爹妈给她的压力也很大,挂了几门课,受不了就跳楼了。第二个女生受了她的影响,也好惨。听说现在好多学生都有抑郁症,一不小心人就没了。"

贺决云问:"你觉得呢?真像他们说的吗?"

"我不知道呀!我要是能看出什么我就报警了!"老板身体前倾,真诚地望着贺决云的眼睛问,"同志,你还有什么想问的吗?"

真是一个热心群众。

贺决云浅浅地笑了一下,又问:"那有没有别的学生,让你印象比较深刻的?"

"有,就刚刚出去的那个女生。"老板放低了声音,借着玻璃门往外一瞧,指着穹苍的位置说,"就是那个女生。她会来我这里买些奇奇怪怪的东西,类似整蛊玩具什么的。有一次我还看见她跟那个谁……就第二个自杀的长头发女生,吵起来了。两人吵得面红耳赤,差点还要动手,还好被一个长得很漂亮的女生给拉住了。哎呀,那个女生长得是真漂亮,说话也柔柔弱弱的。"

贺决云问:"那你听见她们吵什么了吗?"

"女孩子之间嘛,能吵什么啊?"老板掐着嗓子道,"你不要脸,你才不要脸,你更不要脸!你最不要脸!你为什么要这个样子?你管我啊?"模仿得惟妙惟肖。

贺决云被他逗笑了。

老板做完模仿的表情，又快速恢复了正经，叹道："都难，都难。我看外面那个女生最近也没什么精神，学校里有些话是挺不好听的，针对她。要是真的能查清楚说明白就好了。K大应该加强一下学生的思想健康教育，不要再有人出事了。"

贺决云闻言很是感慨："希望吧。"

老板说："你在这里帮我看下店，我进去把文件拷给你。"

"好。"贺决云挥手，"谢谢大哥。"

五分钟后，老板拿着一个硬盘走出来。他走到一半的时候突然放缓脚步，抬头瞥向贺决云，抿了下唇，看脸色似乎有点犹豫。

贺决云笑道："你说吧，想到什么就说什么，没事。说不定什么线索就在里面。"

老板于是道："我刚刚提到那个很漂亮的女生，长头发，温声细语，真的很漂亮的那个，她每次过来都会有男生跟在旁边偷看，所以我印象特别深刻。我想起来，她跟几个人关系都挺好，你可以去问问她，她知道的肯定比我多。"

贺决云问："跟谁？"

"就门口那个，还有跳楼的那两个。"老板说，"那两个人出事之前，都跟那个漂亮女生走得蛮近。不过听说她们本来是一个班的人，走在一起好像也正常。"

贺决云眉心一跳，隐隐有了一种抓到关键的预感，严肃道："那个女生有什么特征吗？"

"K大校花呀，"老板说，"公认的，随便去问一下就知道了。"

"好。"贺决云笑说，"谢谢啊大哥，很有帮助。"

老板连连点头："有帮助就好。"

三天直播间里的网友很是纠结。

"老板说得挺直白的了，现在看来就是王冬颜整蛊周南松没有分寸，导致周南松精神崩溃选择自杀。王冬颜是校园暴力的施害者，最后又成了受害人。唉。"

"大家都猜到了的话，说明它肯定是错的。[狗头]"

"对玩家的要求是逃离死亡结局，在这种情况下，怎么消除王冬颜的愧疚心理才是最难的吧？去找受害人家属跪下道歉？"

"别了，我求求你们。上个玩家就是这么搞的，最后看得我身心不适。这什么报社[1]剧情？最大的问题是最后也没通关。"

"你们觉得这个会打狗棍法的神级玩家干得出下跪道歉的事吗？我觉得真到那地步，她宁愿直接跳楼。"

"目前证据指向性太明显，想不出第二种答案。但是凭我多年蹲直播的经验，又觉得没那么简单。"

一刻钟后，贺决云从店里走出来，出门就看见穹苍坐在地上，一动不动地对着面前的小花小草发呆。她身后的晾衣杆垂直朝上，跟个搜信号的天线似的。

贺决云把手在她面前一晃："喂。"哪个频道啊？

穹苍眨了下眼，保持着姿势不动，问道："怎么样？"

贺决云说："拿到监控视频了。"

穹苍总算有了反应，仰起头惊讶道："还有监控视频？"

这个视角下的贺决云身形显得特别高大。他扬了扬手中的硬盘，说："老板看来是一个悬疑剧爱好者，还挺细心的，把当周的监控都给保留下来了。三天会把这份数据载进来，说明里面可能会有关键性的证据。"

穹苍点头，然后又陷入跟之前一样的麻木状态。

贺决云绕着她走了半圈，斟酌片刻，开口说道："对了，王冬颜可能不是个完美受害人。装神弄鬼的那个人，或许是她。"

穹苍平静地接过话题："准确来说，是上一任装神弄鬼的人。更准确地说，整蛊，跟装神弄鬼之间，还是有着一定差距的。"

---

[1] 即报复社会。

"对。她的室友可能算是……青出于蓝而胜于蓝的正义使者?"贺决云说,"店主曾经看见王冬颜和周南松两个人发生争吵,学校里有针对她的相关流言。她身边的人也在因为周南松的死亡而排挤她。事情脉络还是挺清晰的。"

贺决云扯了扯嘴角,露出一个略带讽刺的笑:"不管从哪方面想,都是一笔烂账。"

穹苍没有回应。

贺决云盯着她看了一会儿,实在读不出她此刻的情绪,干脆在她身边坐下,陪着她一起发愣。

不知道过了多久,校园里的铃声响起,四面八方的喇叭都播放起同一段旋律。

部分学生醒了,起来吃早饭,生活区也慢慢热闹起来。

贺决云忍不住问:"这位朋友,你在想什么呢?"

"我在想,好像到目前为止,各种各样的证据,都在将原因往校园暴力的方向引导。"穹苍挪动了下,将身体稍稍倾斜向他,说,"不管是周南松的自杀,还是王冬颜看似自食其果的赎罪,本质都是因为校园暴力。哪怕所有人都没有预料到这个最糟糕的结果。"

"证据还能引导?"贺决云拧着眉毛道,"证据就是证据啊,除非它是伪造的。"

穹苍缓缓摇头道:"不能这样讲。这是一款全真模拟的游戏,参与者的线索,是从NPC的身上找到的。所有玩过游戏的人,都会下意识地认为,NPC负责剧情指引,不会说谎。但其实,NPC扮演的角色是人,人会说谎,会犯错,会被迷惑。"

贺决云觉得她的想法很大胆,甚至有点跳脱。"所有的NPC一起犯错?"

穹苍说:"嗯。我捋了一遍案情。目前来说,我们获取证据的两个途径,人证和物证,从物证上看,没有任何细节明确表明,这是一起校园暴力事件。所有关于校园暴力的猜测,都是由周围人的反应反馈出来的。会出现这种情况,是因为在大氛围里,多数人真的认为,王冬颜直接或间接地导致了周南松的死亡。起码认为她应该占据最主要的原因,然后把这种想法传达给了我们。对吧?"

贺决云表情凝重地点头:"对。"

穹苍就着他的话尾问:"为什么?"

贺决云不解:"什么为什么?"

"假使这些猜测都成立,"穹苍说,"从周南松的人缘来看,她不是一个孤僻的人。一个进行着正常交际的人,会因为同学整蛊似的玩笑,而激进地选择自杀吗?她不应该是个逆来顺受,没有反抗能力的学生。"

贺决云说:"因为她的好朋友跳楼自杀了,给了她强烈的心理刺激。我是说,她可能本身就有一定的心理疾病。王冬颜的整蛊,只是一个诱因而已。"

"对啊!"穹苍说,"从周围学生的反应来看,他们怀有一定的正义感,且没有多少的愧疚心理,说明他们从心底认同自己的行为。如果王冬颜的整蛊做得太过分的话,她的室友跟同学应该会趁早阻止。可是如果她做得不过分,只是一个诱因,为什么大家又会把最主要的错误,归结到王冬颜的身上呢?难道不应该是一号死者自杀所带来的精神冲击吗?还是说普通的大学生,就是这么偏激?"

贺决云被她一说,终于抓到了直觉中让他觉得诡异又难以言说的地方,大脑中的某条思路瞬间通畅起来。

他炯炯有神地看向穹苍。

"王冬颜自己,又为什么要怀有那么强烈的愧疚感呢?仅仅是因为恶意整蛊?可是根据之前的推断,她在周南松自杀之前,已经出现了强烈的焦虑情绪。这似乎无法解释。摆在明面上的逻辑链看似很通畅,但更像是利用了学生的某种焦虑心理。没有办法说服我。"穹苍换了个姿势,单手托着下巴,咂舌道,"真的想不明白。难道是因为我没正经读过大学?"

贺决云喃喃道:"你说得对。你是对的。只要将周南松的死引导到校园暴力上,再等王冬颜自杀,好像事情就能结束了,这是一个最简单、最可信,又最有噱头的理由。校园暴力这个词,光是听起来就有足够的热度吸引人的注意力。"

如果真的从阴谋论的角度去分析的话,这件事背后隐藏的恶意简直令人遍体生寒。

事实是，它并不会因为谁的自杀而结束。

穹苍的语气始终很平淡。她以最冷静的姿态做着最清晰的判断：“而且，到目前为止，这明明是三个人的电影，有一个人却一直神隐。没有任何关于她的信息跟证据。”

贺决云眯起眼睛。“一号死者，田韵。”

穹苍说：“这里面肯定缺了某个关键的人物，一个能将所有人都连起来的角色。”

贺决云喉结滚动：“有。有一个。”他看向穹苍，几不可闻地松了口气。"你们班上最漂亮的那个女生。小卖部的老板说，那个女生跟王冬颜三人的关系都挺好。田韵和周南松自杀之前，曾跟她走在一起。"

穹苍脑海中立即浮现出一个窈窕的身影。对方靠坐在明亮的窗边，披着半身阳光，有着能一眼吸引他人视线的美貌。

系统关于她的介绍很简单。

"项清溪。"穹苍垂在两侧的手指紧了紧，直起上身，"她也是一个贫困生。"

直播间里的一众网友深感震撼。

"我跪了。"

"男人沉默，女人流泪，网友沉默着流泪。[卑微]"

"下次能不能别这么快打脸？很不好意思的。给点面子啊大佬。[溜了溜了]"

"[打扰了] 原来相同的试卷相同的题干，真的能得出两个截然不同的答案。受教了。"

"虽然我想的跟 92 分大佬的推理有着九曲十八弯的差距，但是我们得出的结论是一样的！四舍五入，我是个大佬。[超棒的]"

"我就说，建模那么精致的 NPC，肯定不是一个打酱油的。"

"我怀疑她提前拿了剧本，而且我有证据。"

第 四 章

项清溪

哪怕穹苍第一眼见到项清溪的时候，就有一种对方会是关键 NPC 的直觉，却还是下意识地避开了她。

项清溪。

穹苍仔细咀嚼了一下这个名字，胸口生出一点异样的情绪。反常的感觉当然不是因为这个虚假的名字，而是因为人物背后的原型。

本场《凶案解析》的副本剧情，是根据一桩多年前的真实案件改编生成的。人物全部是化名，外貌做了大幅调整，部分背景也做了模糊修饰，但还是很好推断它所处的具体年代跟地点。毕竟每一年，每一个地区，都有不同的考试热点跟时政热点。

这应该已经是三十多年前的虚拟世界了。

项清溪这样的年龄，这样的条件，哪怕三天为了游戏公正而屏蔽掉了穹苍相关的记忆，她依旧可以轻易地推测出项清溪的原型。

穹苍在潜意识里并不希望这个美丽的女人被查出什么不堪的过往，同时又觉得这样的想法太过天真，会影响她的思维，使她无法保持清醒。毕竟她本身对这个女人并不了解，甚至应该说是陌生的，不应该做出太多的预判。

穹苍很难得会产生这种矛盾又无用的想法，偏偏对方出现的时间很短暂，给她留下的影响却太过深远，如影随形一般存于她漫长的生命岁月里，甚至扎根成一种固化思维，让她无心改变。

不管她有多聪明，却依旧有着人类该有的劣根性。

所以，哪怕穹苍第一眼见到项清溪的时候，就有一种对方会是关键NPC 的直觉，却还是下意识地避开了她。

也因此，当穹苍在宿舍门口恰好撞见这个不断在她脑海中闪现的女人的时候，还是有一丝不自在。

项清溪同样看见了她，快速走过来问道："冬颜，你没事吧？"

穹苍第一次在游戏里听见她的声音。清澈柔软，和她本人的形象非常贴合。询问的时候语气中带着急切，能让人清晰感受到她的关心。

看起来像个性格温柔的人。

穹苍怔了下，摇了摇头。

项清溪盯着她瞧了一会儿，又问："你今天早上怎么没去上课啊？老师点名了。"

穹苍说："不想上课。"

项清溪问："昨天晚上发生什么事了吗？我听见隔壁好大的动静。"

穹苍说："没什么。"

项清溪迟疑了下，又说道："你的室友没问题吧？你今天没上课，我去问她们，她们的反应奇奇怪怪的。"

穹苍依旧是摇头。

项清溪的眉头轻轻皱起，脸上带着愁容。"你真的没事吗？"

穹苍的视线越过她的肩膀，往后方贴着萌版海报的防盗门上看了一眼，问道："你宿舍今天有人吗？"

项清溪说："应该没有吧。下午我们一起去市区参加一个志愿者活动。"

穹苍说："那我能不能在你宿舍里睡一会儿？"

"可以是可以……"项清溪小声问道，"你下午也不去上课吗？我记得你选了门刷分的课。"

穹苍说："我累了。"

项清溪担忧的神情不似作伪，嘴唇张合，欲言又止，最后像是想起什么,在身侧的兜里摸了摸,摸出一小把橙味硬糖。

她抓起穹苍的手,将东西塞过去。

项清溪跟穹苍记忆里的人截然不同。不知道是三天对这个角色人设做过太大的调整,还是那个时候的母亲就是这样的人。

然而就算如此,她还是很难不将这两人联系起来。对方也总是喜欢用这样的方式作为对别人的安慰和奖励,一度让她觉得敷衍又幼稚。

穹苍低头看着手心里橙黄色的糖果,问道:"你很喜欢吃这种糖吗?"

"对啊。"项清溪笑道,"你不觉得这种味道的糖很好吃吗?吃了就能让人心情好,学校里卖得也不贵。"

穹苍握紧手,揣回兜里,说:"谢谢。"

项清溪说:"我现在要去上课了,你好好休息吧。如果不想回去,晚上留下来也可以的。"

她把钥匙留给穹苍,挥了挥手道:"我先走了,燕子还在外面等我呢。"

项清溪一路小跑着离去,而直播间里正因为她的出现不停地冒着与往常不同的粉色泡泡。

"这是什么小天使?看起来不像是个坏人。"

"只要永远跟着网友反押,我肯定是对的。凶手就是她!"

"这建模建的,太偏心了,是其他人不值得吗?你看连三天的工作人员都只能拿到中年怪叔叔的外观,美工没有心。"

"她是关键人物是肯定的,说明多半知情。是不是凶手不一定,是不是好人也不一定。"

穹苍捏着钥匙,进了项清溪的宿舍。

她拉开椅子,在桌前坐下,粗略翻看对方桌上的物品。

她本意是来找线索的,出乎她意料的是,项清溪的宿舍非常"干净",几乎没有留下任何与剧情相关的信息。

留在宿舍的辅导书跟草稿纸稀少,字迹清晰,成绩稳定。物品摆放得十分整齐,且都是生活必需品。衣柜中的服装皆是大众款式,带着一股肥皂的淡淡香气。抽屉里存放着的是最普通的发绳,没有昂贵的饰品。

所有的细节都符合项清溪贫困生的人设,让人找不出违和感来。

穹苍提起自己的袋子,坐在桌子前面认真地吃零食。这样的结果,连她都要忍不住怀疑,项清溪只是一个单纯的NPC而已。

穹苍拿出手机看了眼时间。她查找得很快,但现在已经是游戏时间的下午三点。

宿舍楼里的下一条线索,可能要等晚上才会出现了。穹苍正迟疑着要不要去别处逛一圈,门上的锁孔里突然传来一阵扭动的声音,随即一个女生从门外走了进来。

对方看见穹苍在屋里,脸上稍显惊讶,又很快隐了下去。

一行小字在她身边浮动。

"徐蔓燕,会计专业学生,项清溪闺密,贫困生。"

穹苍将唇边的饼干末舔干净,朝她点了点头以做招呼。

徐蔓燕问:"冬颜?你怎么在这里啊?早上必修课你是不是没去?"

穹苍慢吞吞地道:"不想上课。"

"是不是因为许由?"徐蔓燕翻了个白眼,冷笑道,"他要是还犯病,我找人帮你教训他!还没完没了了!"

穹苍说:"不用了。只是不想上课而已。你呢?也是吗?"

徐蔓燕说:"给小溪带点东西。"她将手里的袋子分了一个出来,放在项清溪的桌子上。穹苍看着,问道:"这是什么?"

"这个月的贫困补助啊。我顺便给她领了。"徐蔓燕怀疑地看着她,问道,"你真的没事吧?"

穹苍说:"没事。"

徐蔓燕嘀咕了一句,上前拍了拍她的肩膀,安慰道:"想开点,跟你没关系的,别管他们怎么说。"

穹苍抬起头，注视着她，说道："他们说的也算对吧。"

"对什么对啊！我说你们——"这句话似乎戳到了徐蔓燕的怒点，她表情瞬间激动起来，但在说了一半的时候，又给强行压了下去。

她抿了下唇，重新调整好情绪，只道："我先走了，下午要去勤工俭学的地方打工。"

穹苍说："好。"

徐蔓燕走到门口，又回头看了她一眼，然后才合上门离开。

穹苍打开袋子，清点了一下里面的东西。

一个红包。穹苍拆开数了，里面有一千块钱现金。

一张商场购物卡。看卡片的面值，是五百块钱。

一沓食堂抵用券。粗略估算一下，在六百到七百之间。

两件换季的衣服。都是快消品牌，不是很贵，但布料摸着还挺舒服。

还有几本书。看着是旧的，但保存得还算完整，几乎没有损毁。

穹苍拿起手机，在手心里转了两圈，点开屏幕，给贺决云发送短信。

穹苍：K大的贫困生补助很高啊。

贺决云：多高啊？贫困补助差不多就是提供个温饱，还能发家致富怎么的？

穹苍把袋子里的东西报了一遍发送过去。

贺决云看完后震惊了。

这生活费比普通的大学生都要高上不少。

贺决云：这是不是一个学期的？我记得K大普通的贫困补助好像是一学年一千五百块。

穹苍：送的人说是这个月的。宿舍的柜子后面放着几个类似的袋子，应该的确是按月发放。

贺决云：怎么可能？

贺决云：小卖部的老板说，田韵为了省钱，经常会去他那里买一些快要过期的东西，有时候还要靠周南松请吃饭。如果她的贫困补助也有这么多的话，根本不需要这样。

穹苍：所以K大的贫困补助分等级，而且等级差距很大？那么判定的标准是什么？成绩？个人喜好？

贺决云那边安静了一会儿。

贺决云：刚接电话。

贺决云：因为你之前说田韵跟项清溪都是贫困生，我回来后特意查了下相关的信息。

穹苍：这所学校的贫困生多吗？

贺决云：多。为了响应号召，K大特招了一批贫困生，校方打过多次宣传广告，教育局也拿他们做正面案例，给了挺多优惠。[图片]

贺决云：K大在本地口碑很好，这两年定向招生为贫困生争取了很多名额。响应国家政策，还吸引到不少社会人士的爱心捐款。

穹苍：这些贫困生的去向呢？

贺决云：我刚联系K大的人问了下，等出结果了告诉你。

穹苍在看见项清溪的贫困补助之后，才觉得宿舍里的情况有些奇怪。

项清溪有那么高的金钱补助，却过得很是朴素。一般的小女生，在经济条件允许的情况下，很难忍住不买些漂亮的东西，除非她有非常强烈的危机意识或理财意识。

穹苍准备向项清溪借点钱试探一下，但是向贫困生借钱的理由又很难找，还在思考措辞，贺决云那边来结果了。

贺决云：有了。

贺决云：饭吃了吗？建议你先吃饭。

穹苍：不饿。

贺决云：那我说了。

贺决云：学校会推荐他们去相关的企业工作。

贺决云：今年的贫困生名单里，有一个人叫徐蔓燕。她的平均绩点很高，拿过好几次奖学金。项清溪的话要稍稍差一点，但是从她的成绩看，考上研究生的概率很高。

贺决云：对方还给了我一份贫困生名单，我看着有点意思。[图片]

贺决云：K大特招的贫困生里，男女比例差距很大。这一届男女比例是1：5，往年大概在1：6到1：7之间浮动。

贺决云：按照K大校方的说法，贫困生中女性的处境要比男性艰难得多，而在义务教育中，女生的成绩普遍好于男生。所以出现了这样的情况。

穹苍：倒是说得过去。

穹苍并没有觉得上面的内容能影响到她的食欲，那么后面才是最关键的内容。

贺决云：因为牵涉到了学校，我刚刚翻查了一下我们局里的出警记录。在前年八月份的时候，警局曾经接到过一通报警电话，来自K大的毕业生。对方声称自己受到了校方领导的威胁跟迫害，多年遭受不正当的关系困扰。还举报说学校的扶贫工作造假，校领导涉嫌利益交换。

贺决云：报警人没有留下姓名，警方根据电话号码找到了她本人，可是她的表现很慌乱，几次改口供，之后又反悔说要撤案。最后说，是因为自己没有拿到研究生的保送名额，所以恶意陷害校领导，不想让他们好过。

穹苍：警方没有接着查证吗？

贺决云：警方询问了另外几位贫困生，那些人都说没有遇到类似的情况。又询问了学校里其余的老师和学生，他们都表示不相信这样的指控。因为实在没有证据，就没有继续了。

穹苍：哦。

贺决云：K大贫困生补助的来源，除了政府拨款以外，还有社会热心人士的捐款和学校自己的补贴。如果有人指定捐赠给某位学生的话，项清溪拿到这个数额的钱款也不算奇怪。

贺决云端过桌上冷掉的咖啡，猛灌了一口。

当事情从学生之间的校园暴力，牵扯到社会底层的贫困生，最后又联系上学校本身的时候，敏锐的直觉和丰富的经验让他下意识地产生了抵触心理。

越往深处想，会越觉得恶心。仿佛扒出了一潭冒着气泡的腥臭黑泥，只要涉足，就令人不住作呕。

这里面是阶级的差异和跨纬度的打击。是未成年人的低微与社会人的狡诈。

贺决云本身是不抽烟的，但是出于人设需要，他的身上总是会带着一包烟。此时他看着桌角上的红色烟盒,也有一种想要点上一支的冲动。

他需要做点什么来分散自己的注意力,让自己保持冷静。

贺决云:大胆假设,假使报案内容是真实存在的,且田韵就是因此而自杀——也可能不是自杀——那么今年的保送生徐蔓燕就很可能与案件相关。周南松与田韵的关系很好,或许她从田韵的口中知道了什么,又因为田韵的死亡而受到刺激,抑郁症发作,选择在相同的地方自杀。校方为了遮掩,故意将焦点跟责任转移到了王冬颜的身上。

贺决云:项清溪长得非常漂亮,且周南松和田韵死前都与她有过接触,我猜她应该知道详细内情。只是不知道她是什么立场。

穹苍:逻辑上可行。

贺决云:你怎么看?

穹苍的短信在片刻后发送出来。

穹苍:不要想得太多,预测得越长远,出现错误的可能性越高。在证据链不完全的情况下,不必强行推断出所有因果,更不要试图去推敲细节。

贺决云看见穹苍的文字,脑海中自动浮现出对方波澜不惊的脸,那仿佛有种特别的力量,让他剧烈的心跳缓和下来。

愤怒只会影响人的判断,他需要更加清醒。

不管是多沉重的帷幕,已经被田韵跟周南松的鲜血灼烧出一个坑洞。他们要做的就是从缝隙里窥觑到真相,并将幕后的荒诞表演搬到台前,让所有双手染着罪恶的"演员"直面现实的评判。

贺决云:你觉得应该从哪里开始分析?

穹苍:王冬颜的自杀。上一个提出后还没有解决的问题。

穹苍:为什么学生们普遍认为,是她的整蛊害死了周南松。

穹苍:以学校的权威性,的确很容易引导学生的思想跟风向。王冬颜为什么被当作校园暴力致人死亡的元凶?谁在做舆论引导?推测出主导的人,才能有下一步的进展。

贺决云:舆论引导必然是有痕迹的。如果真是学校做的,应该很好查找痕迹。

学校想要引导校园风气，简直是轻而易举。

周南松自杀之后，他们肯定会在第一时间过去询问周南松的室友。

如果一个平时关系还算不错的室友有天突然跳楼自杀，任何人都会深受触动。死者家属、警方、校方，无数的人盯着她们，想从她们的身上得到答案，那种情绪下，人的思维很容易陷入混乱。

在外界的多次询问下，她们说出了王冬颜与周南松之间的交恶关系。

哪怕她们起初的时候，并不认为王冬颜的整蛊是一种多么严重的校园霸凌，或者说，她们并没有发现，但是，因为对校方的信任和对家属的同情，她们会下意识地想要寻找一个可以寄托那种无措情绪的对象，而一直与周南松不和，且对周施行过冷暴力，又正好失魂落魄，看似心虚愧疚的王冬颜，就成了必然的选项。

环境的影响是很强大的。在多方不断的暗示之下，几名室友将王冬颜做过的事情扩大化，并且对此深信不疑。同时，她们并不知道周南松抑郁症的情况有多严重，下意识地认为，王冬颜看似伤害不大的整蛊举动，会对周南松造成莫大的影响。

"看哪，她自己也心虚了，说明就是她做的。""看哪，领导和老师也是这么认为的。""王冬颜当着大家的面都敢整蛊，背地里一定做过更过分的事。""周南松有抑郁症的，精神很脆弱。她太可怜了，受不了刺激，其实就是王冬颜害死她的。"……

诸如此类。

穹苍用手机点开K大的校园官网，又点开活动栏目下面的more（更多）。

穹苍：首先，将事情宣传出去，对学生做不点名公开批评。虽然不点名，但是学校里所有人都会知道校方说的是谁。

穹苍：加设相关内容的思想教育，作为反例屡次在校园内提及。

穹苍：当有学生对王冬颜做出报复行为时，偏帮性地进行处理，让学生潜意识中认为，校方是在默认他们行为的正义性。

穹苍：缅怀死者，为她默哀，让人铭记，不断正面化死者的形象。

穹苍把图片截下来，发送了过去。

穹苍：[图片]田韵死于今年二月，校方压下了相关的信息，做低调处理。同时段的活动公告只有寥寥几条。

穹苍：但是周南松死的时候，从官网的活动记录来看，他们组织了两次缅怀行动。还从医院专门请了心理专家到校开展讲座。响应教育局发布的关注学生心理健康的号召，在学校里举行了一次重大的家长研讨会。

穹苍：你可以再去查找一下相关的新闻报道数量，可以作为参考依据。

贺决云按照她说的，进行了精准搜索。

局里还留有近期的纸质报纸，但是他觉得没有必要去看了。

贺决云按着鼠标的指尖有点发白，在看完网页下跳出的搜索结果之后，无力地发了一条回复。

贺决云：你是对的。

穹苍：嗯。

穹苍：想要逼死一个人，有时候还是挺简单的。

她说得平静，网友已为逐渐暴露出来的恶意而感到无比愤慨。

"事情突然朝着恶心的方向展开了。"

"好气哦！"

"盲猜一把吧。像项清溪那么漂亮的人，如果真的要选，没必要为了每个月一两千块钱出卖自己。而且她成绩不错，可以靠自己，又没有拿到最终保送名额，生活相对独立。但是她的好朋友可能不大清白，她也因此受到限制。她对王冬颜很好，因为她知道王冬颜只是一个背锅侠。所以，她是这个副本最关键的NPC，唯一的突破口。"

"虽然是上帝视角的帮助，但是，连续死了三个人，校方必然有着不可推卸的责任。只是我没想到责任这么大。"

"真的是……恶人做过的一切都必将留下痕迹。"

贺决云整理了一下情绪，再次给穹苍发送短信。

贺决云：目前来看，真正的突破口是项清溪跟徐蔓燕。徐蔓燕有明确利益相关，或许不会告知。项清溪的立场比较存疑，她为什么能拿到那么高额的贫困补助？

穹苍：她的贫困补助是徐蔓燕帮她领取的，可能是徐蔓燕为她谋到的福利。也许是为了封口，也许是纯粹关系好。不一定。项清溪性格不大强势，我猜测两者都有。

穹苍：另外，项清溪没怎么用这笔钱，她的日常生活极其朴素。我在她的桌上看不出无关的生活物品。

穹苍：之前我猜测她在攒钱，可能也只是不想用。不知道她把钱用到什么地方了。你能查出她的资金流向吗？

贺决云：所以你对项清溪保持正面看法？

穹苍：不确定。我尽量中立。

贺决云茫然了下。

什么叫尽量中立？

不可以正面吗？

哦，懂，因为要保持对世界的怀疑，才能足够谨慎。

贺决云起身又去泡了一杯咖啡，然后坐在屏幕前开始盯今天从小卖部拿到的监控。一个小时后，他重新拿起手机，发现穹苍还给他回复了一条莫名其妙的短信。

穹苍：橙子硬糖挺好吃的。

"橙子硬糖？"贺决云想了想，小声道，"橙子味的糖哪里有菠萝味的好吃？"

第 五 章

疯 子

他们需要保护，因为他们还很脆弱。
他们又需要防备，因为他们非常危险。

穹苍梳理完已知的信息，又在原地出神地坐了一会儿，然后才从项清溪的房间出来。

夜色快速深了下来，宿舍楼再次响起了各种喧哗。

穹苍的几位室友也相继出现。

由于昨天发生的事情，寝室的氛围极其尴尬。

几个女生原本说说笑笑的，推开房门的一刹那，瞥见穹苍的存在，一致地选择闭上嘴巴。而后踩着碎步，跑向自己的床位。

穹苍也没有要和她们处好关系的打算，穿着白天的衣服，两手环胸，一副高深莫测的姿态，坐在桌子前面。

不久，宿舍随着熄去的灯火，陷入暗沉的夜色中。

穹苍眼皮半合，无神地看着手机上不断跳动的时间。在值班老师的脚步渐渐远去之后，和昨天一样的一束灯光从窗口打了进来。

穹苍动了一下，准备起身。椅子在地上滑出一声极度刺耳的声音，对床的女生先行失态地叫道："不是我！跟我没有关系！"

穹苍还没被窗外的人吓到，倒是先被那个女生叫得一个哆嗦。她去门边抓过今天刚买的晾衣杆，又打开一个高功率的手电筒，塞进兜里，走向阳台。

她的宿舍是在一楼。底下有一个小小的台阶。翻过小阳台,直接能跳到后面的草地上。

穹苍调整了一下手电筒的位置,循着光源看过去。在光的背面,清晰地捕捉到了一个黑影,对方站在不远处,正摆弄着手里的照明器械。

穹苍凭空出现的时候,黑影的动作明显顿了一下,似乎没料到她会露面,错愕之后马上转身逃跑。

此时两人之间的距离只有不超过两米,穹苍反应比他更快,纵身扑了上去,同时握着手中的棍子顶向对方的后背。

这一块草地并不平坦,背对着主路,不会影响校容,平时也少有人来,学校就没让人仔细修整。过长的杂草里藏着不少的碎石。

黑影显然也对这一片不熟悉,惊慌跑路之中,脚步不慎被磕绊了下,紧跟着后背又被穹苍击中,差点摔跤。只是一个趔趄的工夫,穹苍已经追了上来,又一棍子抽在他的腿上。

"好痛!"

穹苍从短短的两个字里听出了熟悉的音色。

"许由!"

她就说!她不懂男女生的爱情。但那不是她的错,因为那根本就不是爱情!

许由见躲不过,干脆转过身,把头上的帽子也扯了下来,光明正大地站在她面前。

他先发制人地问了句:"你想干吗?"

穹苍被他逗笑了:"这话你来问我?那你要不要脸,是不是也得来问我?"

许由说:"你不知道我想干什么?"

"说话的时候,少用反问句,多用陈述句。"穹苍坦然说,"我不知道。"

她拿出手电筒,避开许由的眼睛,在空中晃了一圈。"老实点,自己说。"

许由红了眼睛:"你可别说,南松怎么死的你也不知道!"

穹苍说:"跳楼。"

"是你逼的!如果不是你故意排挤恐吓她,她不会抑郁症发作跳楼自杀。学校帮你赔了钱,道了歉,安抚了家属。但是我告诉你,没那么简单。你以为只要写两份检讨就够了?所有人都知道这件事情,你一辈子都不会好过!"许由冷笑着说,"怎么,这就受不了了?我只是让你体验一下她生前的感觉而已,那是你应该负责的!"

穹苍思考了一遍,笑道:"你做的事情我可没做过。别把你升级发散后的错误扣到我的身上。"

许由说:"我都听见了!南松死前跟她妈妈打电话,说她受够了担惊受怕的生活。你明里暗里吓她,背地里还做过什么谁知道?"

无数好奇的人从阳台上探出了头,躲在深夜的暗处,朝着这边窥视偷听。

穹苍哂笑道:"你这蠢货。"

许由用力咬着牙关,听到她的指责,激动得颤抖道:"我蠢货?我蠢货怎么了?我告诉你,凶手就是凶手,不管你怎么遮掩都无法改变!你就是凶手!"

"你骂我两句凶手,你就可以轻松了?"穹苍的语调在黑夜里听着甚至有点轻佻,"你的正义那么廉价,那么容易得到满足啊?"

许由带着不可置信的震惊:"你就没有一点愧疚感吗?"

"我为什么要对你愧疚?"穹苍问道,"我做对不起你的事情了吗?还是周南松委托你向我寻仇了?"

许由嘶声咆哮一声,冲上来狠狠揪住她的衣领。

穹苍扒开他的手,手电掉到了地上,滚向一旁。

两人的面容混在夜色里变得模糊,唯有愤怒异常清晰。周围是一圈看好戏的,甚至还有人在怂恿许由快点动手。

所有躁动的情绪,都在刺激着这个青年的神经。

穹苍平坦的声音在这狂躁的洪流里,甚至显得有点格格不入。她说:"错得荒谬。"

许由吼道:"我哪里有错!"

"谁都觉得自己没有错,然后谁都没有做对的事情。是吧?"穹苍扯起嘴角，脸上的肌肉僵硬地扯动，她是真的被气笑了，"好，来，咱们算算。我做过的事情，如果已经是死不足惜，那你，你们，现在做得更过分的事，该用什么来还？啊？用你那完全站不住脚的正义？"

许由说："你再觉得我站不住脚，你也没有办法否认你自己干过的龌龊事！"

穹苍一点点扯开对方的手道："你觉得自己师出有名，所以没有错？"

她拉住许由的手腕往前一推。"你去监狱里问一问，有多少人，天生就是一个杀人犯，是一个暴力狂？你让他们给你讲讲，他们是怎么被生活逼到最后一步，又是怎么成为一个普世意义上的罪人的。他们每个人，都能说出比你更深刻、更合理的过去来。你这样的，连个冠冕堂皇都算不上！但是那又怎么样？法律放过他们了吗？他们的罪行被原谅了吗？他们的责任，可以一笔勾销吗？你会觉得那些人，就是对的？这个社会的稳定跟对错，是由你个人的道德标尺来衡量的是不是？这么多年的义务教育就教了你这个？"

许由用力挣脱，大声喝道："你别推我！"

穹苍直接一巴掌甩了过去。

许由瞪着眼睛，无措又惊骇地看着她。半晌后才缓缓抬手，捂住了脸。

世界安静了。

许由说："你……"

"对，是我。"穹苍说，"我要是你，利落一点。找出证据来，甩到别人的脸上，要打要骂来个痛快。别靠着所谓的猜测和推理，又要道德，又要报仇，私下做着一些登不上台面的丑事，手里举着彰显正义的牌匾。你厉害啊！厉害到也就只能欺负欺负老实人了，要是真碰上一个跟你不死不休的人，还只是一巴掌的事？王冬颜要是个狠角色，第一天就报警抓你了！"

两人的吵闹声惊动了宿管员，宿管阿姨披上衣服就赶了过来。

"你们那边的人在干什么！"

一道微弱的光线晃动着打了过来，穹苍眯起眼睛，松开自己的手。

"不许动！"宿管员跑得气息紊乱，怕两人逃跑，大喊道，"报名字！学院！班级！你们辅导员是哪个！都不许动！"

穹苍扭了下脖子，感觉手上有一点湿意，皮肤上也有火辣辣的痛感。

在刚才的争执里，许由的手被穹苍抓挠出了好几道口子，她的脖子也留下了痕迹。她可以想象自己此时的狼狈，但应该比蓬头垢面的许由要好很多。

一阵兵荒马乱，许由满脸怨愤地被人拽走，尖锐的目光还落在她身上。宿管员在穹苍后面催促着道："你也跟我过来，我已经通知你们学院领导了。这闹的都是什么事！"

一声声遗憾的叹气声在楼道里响起。穹苍看见人物显示的自杀进度在不断地攀升。

NPC之间的交流，穹苍基本没有插手的余地。之后的画面，就像剧情被快进了一样，快速被敲定。

已经睡着了的辅导员与校方领导从被窝中被喊了出来，赶到学校。还有他们陌生的班主任也穿着外衣匆匆而来。

一帮中年人在值班室里探讨着对学生的处置跟解决方法。两个"犯案"的学生，则在隔壁的房间里，坐在冷硬的木椅上，在教师的看守下等待着校方的处理结果。

穹苍后仰着头，闻着空气里细微的霉味，对着墙角那些蛛网发愣。

在墙上钟表转过夜里两点的时候，一群人拥到他们面前，静静看着他们。

人群中的班主任出声问道："你们有没有好好反省？"

穹苍坐正，将视线转过去。

许由先一步喊道："我没有错！"

众人失望地摇了摇头。辅导员将目光投向穹苍，带着温和的劝导，希望她能服软。

穹苍用平静却同样坚定的语气说道："我也没有错。"

院校领导叹了口气，用手揉着隐隐发疼的太阳穴。

深夜处理这样的状况让他们的身体异常疲惫，而这两位学生的态度更是让他们心力交瘁。考虑到学院里已经有两位学生接连出事，他们随便说句话都要小心措辞，生怕又有哪里触动到学生敏感的神经。

可是学校出现这样影响恶劣的斗殴事件，知情的学生又有不少，他们没有办法不进行处理。

"叶老师，你跟他们好好谈谈吧。大四了，为自己的前途多考虑考虑，不要逞这样的一时意气。"

班主任点了点头，对这棘手的问题也实在是左右为难，随后道："把你们家长叫过来，我需要跟他们谈谈。"

穹苍细致观察着他们的面部表情，用拇指摩挲着自己的指腹，心下飞速考量。

校方这样的处置方式，从逻辑上来讲合乎常理。对学生的担忧、气愤、无奈、失望，都展现在彼此复杂的眼神中。想要息事宁人、大事化小的劝和态度，也表现得十分真实，不像是知情，并在背后刻意推波助澜的模样。

这与她之前的推理，有一定的违和。

穹苍按照他们的要求，给通讯录上标注为"妈妈"的人打了电话，然后把手机交给班主任，让他去进行沟通。

第二天早上，学校的处理方案还没正式下发，班主任临时召开了一次班会，让班委去申请一个教室，将学生召集过来，想跟他们好好讲讲这一次的事件。

班主任找来了学校的心理辅导老师，请专业人士来测评学生心理状况，希望不要再因为田韵和周南松的离世，酿成更多的悲剧。

学生们的兴致都不是很高，在下面听得心不在焉。一些人在做作业，还有一些人干脆在玩手机。

班主任和辅导员在一旁看得焦急，又无可奈何。三个大人正在用眼神互相交流的时候，许由举手道："老师，我有话要说。"

学生们都看了过去。

班主任问："你有什么话要说？"

许由说："我要道歉。"

班主任表情缓和，心生欣慰，指着讲台道："那你上来吧。"

许由走上讲台，清了清嗓子，对着众人道："我叫许由，周南松是我的女朋友。"

穹苍勾唇笑了一下。

班主任眉头紧皱，握紧了自己的手，有种不祥的预感。辅导员朝中间走了两步，见心理辅导老师没有制止，迟疑片刻，最后还是退了回去。

不让学生说开，事情可能永远无法结束。

"不久前，她跳楼自杀了。

"跳楼之前，她给她妈妈打了个电话。她说：'我很疲惫，我受够了担惊受怕的生活，我没有想到，学校有一天会变成这个样子。我不是一个勇敢的人，我辜负了田韵对我的信任。我可能没有办法再继续下去了。希望你们能为我报仇。'她是这样说的，可是她死了以后，应该负起责任的人，却还逍遥法外。而我今天站在这里，要向她道歉。"

一瞬间，无数的视线朝穹苍的位置射了过来，同利剑一般，带着冰冷的寒意。

"对不起。"许由敷衍地说了一声，然后走下台。

穹苍站了起来，表示自己也有话说。班主任点了点头，示意她上去。

穹苍缓步踏上讲台，底下响起了一阵嘘声。起先只有三两声，到后面跟风的人越来越多，连成了一片。

几位老师在一旁试图打断，抓拉了下率先惹事的几人。无奈人数太多，他们阻止不住"民意"的大势所趋。

等穹苍站定，正面朝向众人的时候，那些嘘声又变成了哄笑。各种意味不明的笑声蔓延在空气之中，恐怕连他们自己也不知道自己在笑什么。

穹苍站在略高处，从人群的一端看向另外一端。她的瞳孔被光色照得有些黯淡，衬得她的脸色越发苍白。

原来，当被无数双带着恶意的眼睛盯住的时候，会有一种毛骨悚然的惊颤。当那些密密麻麻的嘲笑声一起涌来的时候，会有一种令人胆寒发怵的恐惧。

荒诞的景象，如同一张巨网，罩在她的面前。穹苍静静地看着，最后竟然笑了出来。

一众师生被她突然的笑弄得有点发毛,叫嚣的声音渐渐小了下去。
直播间里的观众同样也是。

"我不怕大佬生气,但是我好怕她笑……"
"R.I.P.[1],提前祝他们一路走好。"
"这镜头拍下去太吓人了,感觉让人很不舒服。"
"换作我,我只想打爆他们的头。这群人气得我无法思考!"
"欢迎收看大型连续剧:憨憨们的世界。"
"我希望它的后续剧情是:憨憨们的忏悔。"

其实从穹苍上台,也没有多长时间。台下一个男声已经高亢地喊道:"你神经病啊!疯了就滚下去!"
另外有人快速接道:"对啊!下去!谁要看你!"
"道歉!"
"滚!"
院校领导接到心理辅导老师的通知,此时匆匆赶了过来,站在教室后方的门外,观察班级内的情况。
他们见氛围不妙,直接走了进来,想要阻拦。此时穹苍徐徐开口。
"我很讨厌学习心理学。"
她冒出的第一句话奇奇怪怪。
"因为我很讨厌去揣摩别人的心理,那是一件会令人不高兴的事情。但是,很多时候,人类本能的直觉,还是会让我迫不得已地感受到别人不经意流露出的情绪。"
穹苍说着顿了一下,眼尾扫向站在角落里的几位中年男人。
"比如说,后排站着的这些人,他们虽然脸上摆着严肃的表情,但是,心底正在窃喜,窃喜他们招了一群如此愚笨,不能独立思考的学生。"
原本就不大安分的学生,在接收到她的嘲讽之后,变得更加躁动。

---

[1] 一般是写在墓碑上的,意为"愿死者安息"。

穹苍转过头，冲正要过来的班主任做了个阻止的手势："请让我说完，K大已经接连有两位学生自杀身亡了。刚才你们放任了许由同学控诉我的罪行，如果你们不给我澄清的机会，我想公众和警方，都有绝对的理由怀疑，你们是在蓄意挑唆学生关系，纵容乃至引导校园暴力。那我就直接报警，顺便联系媒体。我想校领导应该很害怕这两者介入。"

骚动越来越大了，噪声甚至隐隐盖过了穹苍的声音。

几位校方教职工闻言，皆是面露错愕。

穹苍笑了一下说："谢谢。我要说的其实很短，未必能说服你们，或者说，说服了你们，也未必能让你们承认。

"许由指责我逼死周南松，我当然不接受这样的指控。理由很简单，因为从来就没有切实的证据可以证明，周南松是因为受不了我的霸凌而死，都不过是一些捕风捉影的推测而已。"

她的声音很清亮，不急不缓的速度让原本吵嚷的学生也安静了大半，听起她的发言。

"迄今为止，所有的人，包括我班里的同学，包括我的室友，甚至可能包括辅导员，他们事实上都没有看见我有什么过激的行为，否则，心怀正义的他们早就已经出手阻止了。可是，在周南松死后，他们却下意识地认为我曾在私底下对周南松做过更加过分的事情。为什么？

"私底下这个词，是一个很有意思的词。好像，我总是能违背自然科学规律，找到一个没有人的地方，对周南松实施无身体接触的精神暴力，同时还能逼迫她不向任何人吐露这个消息。即便其中存在强烈的不合理性，他们也还是这样认定。他们究竟是凭什么来认定的呢？"

穹苍在讲台上踱了两步，低着头，看着自己的鞋尖。

"我来告诉大家。

"在座的所有人，凡是说过脏话、打过架、骂过人、跟人起过冲突、开过过分的玩笑、曾经有过失控偏激的想法、因为私心而讨厌过一个人、孤立排挤过一个人的，那么你们，做过这件事的各位，你们都犯下了和我一样的过错。你们也应该站到这个台上来，接受群众的批斗，忏悔自己的过错，让上千人当着你们的面骂你们'滚下去'。"

穹苍停下脚步，神情冷漠，语气讽刺地道："怎么样？到底是哪一边的人更像是一个疯子？"

有人的表情依然是愤愤不平，有人是漠不关心，还有人则是摇摆不定。

穹苍静静注视着他们，面无表情的脸与半耷拉下来的眼皮莫名给人一种骇人的冷意。

对王冬颜来说，这群人何其可恶。

她像是在说给面前的这群NPC听，又像是在说给屏幕外的人。

"你们很喜欢用群体的道德去绑架别人。要正义，要善良，要无惧无畏，要勇往直前。可是，自私虽然不是什么值得提倡的事情，却也是人之常情。

"因为害怕而不敢向前。

"因为珍惜而不想舍弃。

"因为重视而不能谦让。

"因为渴求而无法释怀。

"这些是什么不可原谅的事情吗？需要你们举着武器，非要将她砍死？非要你们疯狂地集结在一起，对她进行讨伐？"

穹苍微抬着下巴，用讥讽的目光睥睨着所有人。

"你们的最终目标是什么？一命还一命？看着王冬颜——我，死在你们的正义追求之下，为这场革命献上生命作为祭奠？是吗？"

她的最后一句话陡然冷厉了起来："这不就是杀人吗？值得你们这么开心吗？"

学生群体沉默了片刻，然后有人愤怒地吼道：

"你胡说，我不会对一个抑郁症病人做那么过分的事情！"

"你太无耻了吧！你想说自己做的根本算不上什么，还是想说受害人的心理太脆弱？你怎么有脸说那样的话！"

也有人犹豫着道："大家冷静一点吧，我觉得她说的也有道理。继续惩罚王冬颜，不能改变任何事情，而且确实不能将全部责任都推到她的身上。"

心理辅导老师放在桌上的扩音器传来一阵刺耳的噪声，将那几个学生的声音掩盖了下去。

穹苍从口袋里拿出手机，发现贺决云在早些时候给她发了十多条短信，但是她没有看见。而最新的一条，就在刚刚。

她抬起头，看见一道高大的身影正站在教室后方，替她挡住了外面各种窥觑的目光。

贺决云脱下了外套抓在手里，不知道跑了多久，已经是满身大汗。刘海湿答答地糊在他的脸上，形象全无。原本他就是一个中年普通警察的建模，现在变得更加不起眼了。

他用手指了指手机，又指了指学生，朝她比了个鼓励的手势。

穹苍认真阅读完短信内容，勾唇露出个意味不明的笑容。

她挺直脊背，声音也大了起来。

"看来我说的话，有些人还是听不懂。那我直白地给你们做一做阅读理解好了。

"周南松的遗言里，没有任何提到我的地方。她话中的主语，是学校。她的描述语是，'没有想到，学校有一天会变成这个样子''没有办法再继续下去了'。说明她无能为力，说明她已经尝试了各种各样的办法，却没有突破。可是按照你们所说，在学校里，除了我以外，没有人对她做过暴力的事情，为什么她要扩大到整所学校的范围？她想要反制我，也很简单，只要告诉老师就可以。

"许由那个蠢货说，是因为周南松有抑郁症。我没有得过抑郁症，所以，我不去断言抑郁症会对人类产生的影响。但是我想，比起一个一直讨厌自己的人，依旧那么讨厌自己，应该是自己最好的朋友的死亡更让她难以接受吧？"

穹苍举起手机，对着众人道："田韵死亡当天，警方向学校要了一份监控。现在已经有明确的证据证明，监控存在作假的行为。校方通过修改时间和画面，造成田韵回到宿舍后直接跳楼自杀的假象。

"而周南松，应该是知晓了这件事情。

"我想也只有这件事情，才抵得上周南松遗言中所提到的严重指控。"

人群因为她的话瞬间沸腾起来。连同后面的校方领导也出现了茫然无措的神情。

穹苍和缓地质问道："是谁修改了监控的时间？又是谁，装作中立地对我进行处分,好迫不及待地告诉你们,周南松是因为不堪校园暴力而自杀的?而你们,又在其中扮演着什么样的角色?"

学生们跟无头苍蝇一样地哄闹起来,无辜地朝边上的人求证刚才听见的信息。场面纷乱如麻,一切失去掌控。

后面一位领导出声道:"王冬颜同学,我觉得我们之间有什么误会。"

"我的话还没有说完。"穹苍神情冷漠,语气讽刺。

对王冬颜来说,这群人何其可恶。

"其实,我确实错了。

"是我太天真,起先的时候,我真的以为你们不过是群迷途的羔羊而已。原来不是。

"你们只是沉浸于一种自我满足的正义感。那种正义感,其实不过是一种病态的虚荣,可以帮助你们宣泄自己无处安放的压力。而这种病态,随着谣言的传播与潜意识的加深,从个体蔓延至群体,互相影响,最后甚至成了你们可笑的信仰。

"你们觉得自己的抵制和欺凌,变成了正义。你们觉得自己特立独行,是在弥补法律无法填补的社会空洞。

"你们这些人啊,不过是依仗着人多就不必承担责任的庆幸,来享受高人一等的决定他人命运的法官地位,所以拼命掩饰自己内心的卑劣,不愿意承认自己的错误,不愿意正视自己那些行为的后果,说到底,就是无知又不负责任。多少年以后,你们也许能发现自己的错误,可是到那时候,你们又会找一个新的借口来为自己解释:'那时候我还年轻。''那时候大家都这么做,我只是说了两句话而已。'哪儿有那么简单?

"我告诉你们,越是愚蠢无能的人,越是需要他人的痛苦来证明自己的强大。

"你们其实就是那样的人。在别人的引导下,轻易地成了一个败类。我希望你们永远都么幸运,不会经历她们经受过的欺辱。都好好记住这一课吧,蠢货们。"

后面一位领导铿锵有力地脱口而出:"绝对不会是学校!学校不可能做这样的事!"

穹苍只淡淡瞥了他一眼，说完这番石破天惊的宣言之后，摊开两手，表示自己的演讲已经结束。她不理会周围的喧哗混乱，气定神闲地走下台阶，离开教室。

教室里的学生哄闹不止，班主任跟辅导员正在拼命弹压。附近已经吵闹到听不清这些人究竟在叫嚷些什么了。

贺决云沉着脸看他们哄闹，对面前这群情绪极不稳定的学生暗叹口气。

这个年纪的学生，说得好听一点是年轻气盛，好像随便发生一些什么，就能让他们像点燃引线的火药一样进入爆炸预警状态。

他们需要保护，因为他们还很脆弱。

他们又需要防备，因为他们非常危险。

贺决云收回视线，朝等在一侧的穹苍走去，问道："你今天怎么回事？怎么到这里来了？我联系不到你，还以为你出事了。"

穹苍说："昨晚我跟许由打了一架。"

贺决云惊得深吸一口气，很是认真地问道："赢了吗？"

穹苍遗憾一叹，道："两败俱伤。"

贺决云咂舌："你这不行啊。"

穹苍干巴巴地道："我也不是个武力人员，争取下次进步。"

她的语气和神态都透着一丝疲惫，可能是长时间的游戏所导致的。贺决云多数时候都猜不到她究竟在想些什么。

贺决云问："你的自杀进度多少了？"

穹苍扫了眼人物信息，心情还是因为不断攀升的数字出现一丝波动，说："96%了。"

贺决云沉默片刻，问道："你要不要先去天台上选一个好点的位置？"

"不用，我就算自杀，也不会选跳楼。"穹苍认真道，"跳楼是极其痛苦的一种死亡方式，先不说在降落的过程中，心脏、眼睛、耳鼓膜、肌肉等都会因为高速落体而出现剧烈不适，落地之后也不一定会直接失去意识，骨骼会……"

贺决云的思路彻底被她带偏，又不想听她那些血腥的科普，赶紧打断她问："那你想选哪种不痛苦的死法？"

穹苍字正腔圆道:"如果能有机会选择要不要死,我当然是选择活着了。"

贺决云:"……"好有道理,无法反驳。

两人站在角落等了片刻,安抚好学生情绪的校方领导终于有了喘息之机。中年男人狼狈地追上来,大声喊道:"王冬颜同学,我觉得我们之间可能有什么误会,需要好好聊聊!"

半个小时后,K 大思政楼会议室。

校长和其余几位主要领导都被惊动了过来,聚集在这个宽敞的房间,处理今天发生的意外事件。

穹苍坐在会议桌的一端,贺决云站在她身后,两人面色如常地望着前方不远处严阵以待的十来人。

深色长桌中间空着的几排座位,将他们分成旗帜鲜明的两派。

经济学院的院长,是一位中年秃顶的男人。

他戴着一顶假发,可是那顶假发由于太过茂密而假得明显,盖在他的脑袋上,他犹如顶着个浓黑的锅盖。

他情绪激动,在连番事件的冲击下,额头满是虚汗,但还是努力维持自己的冷静,用尽量平和的声音道:"王冬颜同学,我们已经听说了你刚才在班会上的控诉,只是不明白你想表达的是什么。我现在认真地问你一句,你是真的有理有据地认为学校有问题,还是情急之下说错了话?"

穹苍低垂着头,单手翻转着手机。金属外壳不停在木桌上敲击,发出一声声有节奏的脆响。她神态倨傲,并不出声,同时用余光隐晦地打量众人的脸色。

见她这不配合的模样,院长的声音都要沙哑了,同她耐心地道:"这件事情的后果很严重,影响极其恶劣,如果你不能解释清楚的话,它甚至可以说得上诽谤。"

穹苍认真听他说完,发现他没有要补充的了,才开口道:"诽谤和举报之间,是莫须有与真实存在的区别。我今天早上说的,都只是基于事实的分析,没有任何虚假的地方。相比起来,许由说的那些才是毫无证据的污蔑。"

"证据？推断？"院长沉沉吐出一口浊气，手肘撑在桌面上，竭力保持语气的平静，"请你说说你的依据。"

"好。"穹苍停下动作，直视着对方，"为什么田韵的死亡跟周南松的死亡，学校会用两种截然不同的态度来对待？难道不是想刻意强调周南松的自杀，引导学生孤立我吗？"

院长像是听见了什么极为荒谬的事情，急切解释说："你怎么会这样想呢？田韵是因为生活压力而自杀的。她的家人、实习的公司，以及校方领导都认为，不要扩大事态，让她安静地离开！而周南松是因为抑郁症自杀的。她的母亲，以及班里的同学，都强烈希望可以缅怀周南松，让广大学生注意抑郁症的危害。学校不过是顺势开办了几场讲座和研讨会而已，并没有要引导同学攻击你！"

"接连出现这样的意外，我们的心情也很沉痛！学校一直在积极配合警方调查，走访学生、抽调监控、保护现场，试图将影响控制在最小的范围。"边上的校领导忍不住插话道，"王冬颜同学，如果你对我们学校的处理方式有异议，可以提出来，但你不应该这样来揣测学校。"

这逻辑听起来似乎是合理的，几人的反应也确实是真诚的。穹苍不动声色，将手机按到桌子上，继续问道："关于我害死周南松这样的谣言，又是从哪里传出来的？是谁泄露的风声？为什么所有的学生都确信无疑地认为，这是学校公认的消息？"

院长舔了舔干涩的嘴唇，舌尖带着微苦。"我们根本就不知道这件事情！我们没有对学生传达过任何类似的观点，也不知道学生间还有这样的情况！"

大学不可能像高中那样管得严格。对学生间的舆情也不可能监控到位。

何况他们已经大四了，彼此的活动时间跟课程都不一样，根本难以管理。

院长又面向贺决云，因嗓门过大语气听着有些冲："这位先生是警察对吧？我不知道你们警方现在是在走什么流程，这样大的事情为什么没有人来通知我们？有问题不应该先跟学校取证交流吗？"

贺决云的手按在穹苍的椅背上，站姿很是惬意，他说："我们的确在调查一点事情，按照程序当然不是这样的，我是一个严格遵守纪律的警员，所以我并没有向王冬颜同学透露过我的调查进度。只是她太聪明，在我向她取证的过程中，自己推导出了一些细节。您要投诉的话，可以直接打电话，我们会进行内部考察。"

院长站了起来："你——"

眼见局面僵化，坐在主座一直沉默着的校长终于开口。

"好了。"

他的声音一响起，嘈杂的会议室瞬间安静了下来。

穹苍把目光直勾勾地投向他，露出个饶有兴趣的笑容。

校长是一个还算英俊的中年男人。五十多岁了，头发染得漆黑，看起来很显年轻。

他的五官看起来非常慈祥，气质也很亲和，说出的话毫无咄咄逼人的身份威压在里头，像是一个慈爱的长辈。

校长说："汪院长，请冷静一点，越是严厉，他们越是听不进去。"他又扭头对着穹苍道："王冬颜同学，希望你也可以冷静一点。大家争吵起来，没什么好处，只是互相激化情绪而已。"

穹苍点头："当然。我一直冷静。"

校长安抚地说："我很理解你的心情。我校对大四学生的管理确实是比较自由的，在某些方面就难免存在了疏忽。但我们绝对没有挑起学生间的争端，更不愿意看见你因此成为校园暴力的受害者。在处理两位学生自杀案件的过程中，可能出现了一些大家都没有预料到的意外情况，对你因此受到的伤害，我感到十分遗憾。"

他的眼神与语气都无比真诚："你在班会上说的话，我思考了一下。在我管理 K 大的十几年里，一直遵循着 K 大的校训，谦虚、笃学、仁爱。我试图把这样的价值观传递给你们。我不知道你为什么会产生那么大的误解。"

穹苍审视着他的表情，没有看出任何端倪，在脑海中将思路过了一遍，话语变得犀利起来,直白地问道:"那为什么 K 大每年特招的男女生比例,会存在那么大的差距呢?"

"因为女生的卷面成绩普遍比男生好。"校长温和地道,"对很多女生来讲,这是她们唯一能改变命运的机会,我希望能给她们打开这条道路。"

穹苍:"多年前,曾经有一位学生报警,说实习单位领导对她存在骚扰事实,校方介入后,她又无故销案。"

"那是一个误会,警方已经调查过了,对此我们也感到十分无奈。"校长揉着自己的鼻梁,无奈道,"我知道你想说什么了,你做了一个十分严重的猜测。"

穹苍生硬地笑了下,但是笑容里没什么温度。"如果是猜测,请您直接回答一下,为什么在田韵死亡的案件里,您提供给警方的监控,是不真实的?"

"警方向我们要监控,我们积极配合,主动提供,至于别的事情,我们暂时不知情。但如果你们说的是真的,我们一定会深查。"校长摊开手,苦笑道,"何况,你觉得,我可以从贫困生的身上得到什么?"

穹苍面皮颤了颤,对于这个问题的答案感到十分憎恶,过了会儿才开口道:"我仅回答,能从贫困生身上得到什么这个问题,并不是特指您。"

她两手交握成拳,抵在自己的下巴上,轻缓道:"通过对社会底层人士的扶助,可以得到社会地位,得到多数人的尊重,得到事业升迁的机会,以及金钱无法满足的精神愉悦。可能还有一些,不能为外人道的精神需求,是正常社会无法容忍的,所以不得不采用某种肮脏又隐晦的手段来补足。"

校长沉默地看着她,直到她说完最后一个字,混浊的眼睛里泛起些不平静的情绪,鼻翼因失望而不自然地翕动,许久才问:"我是这样的人吗?"

穹苍摇头,声音里已经没有了之前的针对:"我不确定。"

校长露出个极为勉强的笑容,偏斜视线去看贺决云。

穹苍仰起头,稍顿片刻,然后道:"证据。"

校长茫然道:"什么证据?"

"田韵的证据。"穹苍说着,余光从校长的脸上扫到周围人的脸上,语气十足坚定,听不出任何的动摇,"她是一个贫困生,虽然对社会没有足够的认识，但是见过社会的恶意。她是个很谨慎的人，有时候，也很大胆。"

坐在正中的校长依旧没有流露出任何异样，他的表情从困惑和震惊，逐渐转为凝重，而后顺着她的话开始深思起来。

会议室里出现死寂般的空当，因为穹苍所说的如果是真的，那他们一定遗漏了什么非常重要的事情，而这事情的后果是他们难以承担的。

在一人想要开口说话的时候，穹苍的声音又先一步响起："周南松说……她不能继续了，那是因为她不想伤害其他无辜的人。可是她又说，希望有人能够替她报仇。为什么？如果毫无证据，她怎么让别人替她报仇呢？"

"那你认为，是什么证据呢？"校长抬起头，注视着她说，"周南松的私人物品，一部分被她家长带走，还有一部分一直留在学校。她自杀前，跟你的交流是最密切的。如果你知道什么，我希望你能直接告诉我们，学校一定会尽最大的努力帮助你们。"

穹苍无法回答。

原先她最怀疑的是校方，所以用各种激烈的语言去刺激对方。但从他们目前的反应来看，似乎不是，起码不全是。

这意味着他们前面的调查方向很可能出了错。

贺决云微低下头，将手搭在穹苍的肩膀上，指尖点了点，询问她下一步的打算。

穹苍敛起眉目，略做思考。

监控的错误、周南松的明显反常、数位牵扯在内的贫困生……她并不认为这些都是巧合。

如果贫困生这条线索的突破口不是在学校的话……

"我记得学校的贫困生除了校内的勤工俭学，还有别的扶持补助。"穹苍问，"校方推荐过田韵去哪家公司实习吗？先前举报过学校的那位贫困生，有吗？"

她话一出口，校长与边上几位领导的表情都出现了小幅的波动，有几秒呼吸甚至是停滞的，睁大了眼睛互相对视，神情在震惊与恐惧之间反复徘徊。

似乎是想到了什么，校长交握着的双手不断收紧，在手背的皮肤上抠出了青白的指印，颤抖着吐出一口浊气，近乎痛苦地呢喃道："不会的……怎么可能？"

贺决云问道："所以，学校管理监控的保安，和他们有关系吗？"

校长闭上眼睛，仍旧坚挺着脊背，可叹息声还是透露了他无比地颓丧。他艰难地点了点头。

穹苍站起身道："我知道了。"

"王冬颜同学！"校长跟着起身，叫住了她，语气竭力保持平和，向她说道，"我向你保证，校方会严肃调查并处理这件事情。如果它是真的，我一定会给所有的受害者一个交代。"

他缓步走过来，停在穹苍面前，拍了拍她的手臂，语重心长道："你很聪明，也很勇敢，保证自己的安全，好吗？"

第六章
证 据

"听说你看见的世界是特别的,在你眼里,那些人是什么样子的?"

两人相继走出会议室,贺决云回头看了一眼。

校长背对着大门,在他们离开的时候,强撑了许久的脊背佝偻起来,仿佛一瞬间苍老了十来岁。

贺决云转回身,整理着自己方才获取的资料,说:"西江月这家企业,在A市也是比较有名的一家新兴企业,从创立起一直在宣传人文情怀。每年为国家捐助大量的善款,还会积极招纳残疾员工,在业内口碑很好。如果你要查的是他们,恐怕比查K大还要困难。"

穹苍淡淡应了一声,不以为意。

贺决云笑说:"你刚才对那几位领导的态度,也太强硬了。没有半点证据,也敢说得跟胜券在握一样。"

穹苍:"不是你说,大胆猜测,小心求证的吗?王冬颜的自杀进度已经96%了,不走点特殊的道路,怎么才能突破?"

"你这也太大胆了。"贺决云将外套往身后一甩,挂在肩膀上,又用另外一只手搭着穹苍,扬起坏笑道,"不过干得好!"

穹苍敷衍地扯了扯嘴角。

"你的洞察力和应变力很好。"贺决云好奇地问,"听说你看见的世界是特别的，在你眼里，那些人是什么样子的？"

穹苍说："人模狗样？"

贺决云见她不想回答，也不强求，转回正题道："你确定周南松留下了证据吗？会是什么？"

穹苍哂笑道："性犯罪的证据，能让学生投鼠忌器，不敢言明，还能是什么呢？"

贺决云皱眉。

穹苍说："我曾经见过几个心理变态的人，他们都喜欢将自己做过的罪行记录下来，找到同好慢慢欣赏，那样会有一种特别的满足感……时间一长，他们会在不断递减的愉悦感的催促下，做出更加疯狂、踩线的事。而在群体进行犯罪的时候，他们会表现得更加大胆……"

直播间里的观众早就陷入了疯狂。

这个副本前期可以说是非常枯燥，搜证阶段极度单调，导致在线观众数量直线下跌。

在刚好将观众的耐性磨到要告罄的时候，又接连出现转机，剧情开始飞速发展。

三夭的论坛区此时已经被各种分析技术帖刷屏，而再次慕名前来的观众，只能对着屏幕流下两行清泪。

"像极了半山抄底和被洗牌出局的我。永远赶不上热乎的时机。[大哭]离开一下下而已，什么都看不懂了。"

"他俩自带的BGM（背景音）快要吵聋我的耳朵了！"

"学霸做题vs我做题。[卑微]她带32倍速快进功能，而我却还是2G网络。我要举报了。"

"看得津津有味，原来这就是92分的力量！"

"是什么让我当初那么膨胀地认为她也不过如此？"

"这妹妹是个闷声干大事的人啊！每一步的节奏都踩在我完全想不到的点上。"

"确定是妹妹？大佬说不定很大了吧？一看她的气场就不是个普通人。"

"谢谢大家对我老婆的肯定。[害羞]我们会永远幸福的。"

"可是，接下来要怎么查证？既没有直接的证据，也没有肯站出来的学生，哪怕知道他们是什么样的人，也不能随意进行搜查。窥见庞然大物，只是一个开始而已。"

"躺平，坐等大佬带我通关。[晃脚脚]大佬的自杀进度是我见过的涨得最快的一个玩家，但也是我最有信心的一个玩家！"

"多行不义必自毙，大多数的坏人，真的都是死于自己的膨胀跟自满。"

屏幕中的两人正从安全楼道往下走，沿着台阶一层层地下去。

空旷的楼梯间回荡着他们的脚步声，同时也让他们的对话变得更加清晰。

贺决云："目前，还没有足够的证据可以申请对相关人员进行搜查，而且还不知道周南松留下来的证据，究竟是照片、视频，还是日记一类的物品。"他感觉有点凉，甩了下外套，把衣服穿上。"下一步的线索，肯定藏在已知的情报里。"

穹苍问："你说田韵死亡那天的监控造假，是指什么？"

贺决云听她提起这个，表情严肃起来，也不卖关子，压着声音给她描述："一是时间造假。K大给出的监控录像伪造了时间。在他们的视频里，田韵从经过监控路口到跳楼自杀之间，只有七分钟左右。警方按照田韵在监控中的行走速度试验了几遍，推断她是在回到宿舍之后直接上天台跳楼的，没有时间接触其余的学生。这个发现成了判定田韵自杀的有力证据。

"二是……二是在他们的监控中，田韵是独自回宿舍的。但是在小卖部的监控里，拍到了当天她和另外一人一起回宿舍。"

穹苍莫名其妙有了种不大乐观的预感，眼皮跳动起来，问道："谁？"

贺决云不出意外地吐出了那三个熟悉的字："项清溪。"

同样是贫困生的身份，无疑再次证实了穹苍的猜测。穹苍心中一时间五味杂陈。

两人说到这里，已经差不多走到了思政楼的门口。他们从空旷的楼梯口出来，拐了个弯，在瞬间开阔的视野里，看见了刚刚还在对话中出现的女生。

项清溪站在一楼的大厅，仰头看着墙面上的一幅黑白题字。牌匾上写的是"大音希声，大象无形"。她听见声音，也回过了头。

项清溪的语气中有点悲凉的味道："你真的报警了？你知道这样的结果是什么吗？"

"我知道。"穹苍平静地问，"人是你杀的吗？"

项清溪大声而急促地道："不是我！"

穹苍看着她，似在审视。看得久了，眼神里的失望跟着溢了出来。

项清溪受伤地道："你这是什么眼神？"

穹苍冷不丁说道："所以你知道是谁。"

项清溪愣住。

穹苍垂下视线，说："因为正常人的反应应该是'谁？'，或者'她真的不是自杀的吗？'，除非你从一开始就已经接受她不是自杀的事实。"

项清溪脸上血色尽褪，身体也像被抽走了力气，轻微地晃动了一下，让她看起来异常脆弱。

"我不知道你在想什么，但是我要告诉你，逃避永远不是一种解决方式。它看起来好像很有用，一旦爆炸，却会造成更大的杀伤力。而且……"穹苍走近一步，直勾勾地望着她的眼睛，身上透出极强的压迫感，"你没有那样的心理抗压力，你承担不了那样的责任。继续袖手旁观，你一定会后悔的。"

项清溪唇色发白，全身肌肉僵硬，想说什么又说不出口。

贺决云肃然站在旁边。

他看着摇摇欲坠的项清溪，再看着她从内心深处发出的战栗，甚至对她产生了一点同情，正准备开口的时候，穹苍先一步移开了视线，留下一句简单的"好自为之"，就越过她，出了思政楼的大门。

贺决云抄了个手机号码给她，说："有事联系我，请相信警方。我们的目标，其实和你们是一样的。"

项清溪魂不守舍地接过，不知道听进去了没有。

贺决云快步跑去追穹苍。

穹苍走得很快，不过耽搁一阵的工夫，已经与他拉开了十几米的距离，丝毫没有要等他的意思。

贺决云小跑着跟过去，问道："你觉得，人是她杀的吗？"

"我不知道啊。"穹苍用脚踢了下路边的石头，"她嫌疑很大不是吗？"

贺决云说："我觉得不是。她的心理素质根本不行。除非她是个人间戏精。"

穹苍一声不吭地盯着他。

半响，贺决云支撑不住，投降道："相信我，你以前讲的笑话比这个要冷多了。"

穹苍说："哦……"太伤人了。她觉得这根本是一种诋毁。

穹苍被太阳直射得眯起眼睛。

贺决云看了眼她行走的方向，发现她既不是去宿舍，也不是去教室，皱眉道："你接下来想做什么？"

穹苍说："找证据。"

贺决云问："你要去哪里找？"

"我不知道，但是我觉得很有可能王冬颜也看过，所以在周南松自杀前的那段时间，她才会表现得那么失魂落魄。"穹苍摸出手机，在界面上点了点，说，"如果真的有证据，周南松不会放在学校里，因为她死后，学校很可能会对她的东西进行搜查。也不应该会放在家里。她的母亲明显不知情，如果她把东西留在了家里，可能不会有人找得到，事情就没有了结果。"

贺决云低声呢喃："那会是在什么地方……"

穹苍说："一个我们预料不到，但是，又肯定会被我们注意到的地方。"

贺决云觉得，这个描述实在是太玄幻了。他们又不那么了解周南松这个人，怎么会知道对方把东西藏在什么地方？

贺决云抿着唇，突然脑海中电光一闪，说道："对了，我想起来之前小卖部的老板跟我说，周南松很喜欢去他那里买各种文具，本子、笔、胶带一类的东西。如果她当时的情绪很不稳定，而她最好的朋友又已经去世了，你说她有没有可能把自己的心事写在小本本上？这可是个好习惯。"

穹苍脚步停了下，看着他认真地说："她的书桌上没有特殊的小本本，也没有成堆的文具。"

贺决云沉吟："被她妈妈带回家里了？或者是为了避开外人的查证，藏在了某个地方？"

"她的教材和作业全都放在学校里，她妈妈为什么要单独收走她的笔记本？"穹苍说着自己也疑惑起来，"她为什么要买那么多的胶带跟笔记本？"

贺决云解释道："是单纯的喜好也说不定。你可能不知道，有个专门的圈子叫手账圈，一些爱好者会聚集在一起，讨论怎么装饰一本笔记本，让它变得更加好看，更有特色。关注的人多了，经济效应就会催生相关产业。卖本子，卖胶带，卖创意拼贴……"

他说着声音小了下去，两人对视一眼，似乎想到了什么被忽略的细节。

穹苍说："我要回家一趟。"

贺决云立马道："我送你。"

穹苍觉得无法理解："你跟我那么紧干什么？你可以去找项清溪和她身边的人问问话，也可以去找周南松的家属申请一下，看能不能查看周南松死前的社交记录。利用一下你的身份优势，能干很多事啊。"

"我目前最需要干的事情，就是确保你不会自杀。"贺决云不得不提醒她，"你的自杀进度已经96%了。我要优先保证你的人身安全。"

贺决云将穹苍送回家中，暂时离开去处理别的事情，走前再三嘱咐她先待在家里，有什么情况及时给自己打电话。

他一个五大三粗的男人，突然变得婆婆妈妈，仿佛在面对一个绝症患者，弄得穹苍很是无语。

好在路程不远，穹苍下车之后，三两步进了家门，跟他告辞。

王冬颜的房间和她的宿舍一样，非常整洁。穹苍进入卧室之后，直接走向书桌，随手翻找上面的信息。

穹苍原本以为，周南松或许会把自己的手账交给王冬颜，让她带回家。可是穹苍翻遍整个屋子，都没有发现类似的东西。

也是，周南松对王冬颜应该还没有信任到这种程度。她有点无奈，只能老老实实地从细节处开始搜寻。

王冬颜的书桌左侧有一排柜子，柜子里放着几本画册。

从王冬颜的草稿本上也可以看出来，她本人应该对漫画很感兴趣。穹苍凭直觉感到这会是突破口，就将那几本画册摆到桌上，认真地一页页看了过去。

穹苍对漫画并不了解，所以看得很仔细，以防王冬颜将信息藏在构图里。

这又是一段静止的时间。

翻看图片，甚至比翻看混乱的草稿还要浪费时间，尤其在不知道对方会以什么样的方式传递信息的时候。

好在王冬颜的图册并不多，过了大约一个小时，柜子顺利被清空。

穹苍静静坐着发了会儿呆，把最后一个本子在右手侧放下，面沉如水，又从最底下抽出第一本，重新开始翻看。

看见这一幕的网友忽然有种崩溃的感觉，激动的心犹如被泼了一桶冷水。

"又开始了？我刚来，又进入挂机搜索模式了？"

"看图总比看考研真题好，别抱怨了。"

"别说，这画画得还挺好看的，比好多网红美工画的精致多了。"

"这个副本的信息太零散了，线索藏得好深，难度太高。"

"……连大佬都毫无发现，是不是说明她找错方向了？"

"简单的方法应该是从项清溪那里入手，但是大佬的自杀进度已经96%了，可能等不到项清溪醒悟。"

第二遍翻找图册的速度要快上很多，穹苍其实已经把它们记在心里了，只是再看一遍，看看会不会更加清晰。

　　半个小时不到的时间，第二遍翻查完毕。穹苍把东西放下，按着后颈，活动了一下骨骼。

　　她头枕着两手，靠在椅背上，眼睛毫无焦点地看着前方。

　　她隐隐已经能感觉到线索在自己眼前了，却一直抓不住，那种挠不到痒处的感觉让她极为不适。

　　穹苍百无聊赖，再次拿出手机查看各个软件。

　　穹苍之前就翻过王冬颜手机上的几款社交软件。在常用的登录账号里，会有一个比较隐蔽的小号。

　　王冬颜之前跟周南松不和，用小号悄悄关注周南松的社交动态简直是再正常不过的事。许多人都会有关注自己"对手"的举动，并不一定是想做什么。

　　微信，两人因为是同班同学，是明面上的好友。

　　微博，王冬颜的小号只关注了软件硬塞进来的营销号和系统号，再就是一个疑似周南松的生活账号，而对方账号的更新时间也确实停留在了死亡前夕。

　　只有抖音，一款短视频软件里，王冬颜仅有一个登录账号，里面没有发布过任何信息，也没有关注任何人。

　　穹苍起初以为是王冬颜不喜欢玩这款软件，现在想想，说不定是周南松自己注销了。账号注销之后，关注人不会收到任何提示，也就无法查证王冬颜原先是否关注过。

　　那么周南松特意注销账号的这个举动，就变得很有深意。她是怕有人顺着账号找到什么吗？

　　穹苍手指在屏幕上敲了敲，沉思片刻后，重新翻开画册，从日期中翻找，找到最新的一幅画作。

　　那幅画作并没有完成，连草稿也只打了一半，让人看不出它的成品会是什么样的。而在画的上方，写着一行字："阁楼上的喵喵。"

　　字写得很潦草。

王冬颜的画作内容大部分是人物，鲜有动物。这个"喵喵"就显得很另类。也许它并不是画作的名称，而是王冬颜顺手在最新页上记录的信息。

"阁楼上的喵喵……"穹苍呢喃了一句，在抖音里进行搜索。

一个短暂的连接提示之后，结果栏里真的出现了一个 ID 相同的账号。

穹苍点进对方主页，发现这位 UP 主[1]同样也是一位手账爱好者。

这位喵喵朋友应该是个经济条件比较宽裕的人，她偶尔会发一些开箱视频，告诉粉丝自己从哪里购买的材料跟手账，质量怎么样，来给大家做推荐。

穹苍抖擞起精神，在对方上传的视频里开始查找，很快找到一个疑似的开箱视频。她把声音放大，点开视频进行播放。

镜头中出现了一双手和一个巨大的箱子，开了变声器的 UP 主在背景里做着解说。

"这是一个从 A 市寄过来的邮件，对方说自己要退圈，就把所有的东西都半价卖给我了。我没想到箱子会有这么大，现在来一起看一下吧。"

她把里面的东西一件件拿出来。

那些笔穹苍不认识，但听 UP 主的语气，好像很惊喜。开箱到后面的时候，那位 UP 主的惊喜里已经出现了惶恐跟怀疑。

"这也卖得太便宜了吧？这不可能啊。小姐姐是不是装错了？"

画面中的手又拿起一个本子，翻了一下，可以看见里面密密麻麻写满了字。

她说："这个本子都已经用过了呀，怎么也寄给我了？我现在肯定她是打包错了，到时候我再联系一下她吧。"

她迟疑了下，又说："其实这一单是我三月份的时候下的，但是前两天才刚刚寄到。我之前以为她是骗人的，因为她后来突然就联系不到了，没想到前几天又接到快递通知。我再试试看吧，如果有认识这位小姐姐的，也请帮忙转告一下。今天开箱就到这里啦，拜拜！"

穹苍立马私信了对方。

---

[1] 指在视频网站或论坛等上传视频音频文件的人。

穹苍：你好，请问你在前几天发布的那个开箱视频中的快递，是不是从 A 市 K 大寄出的？

穹苍：给你寄出包裹的人应该是 K 大的一名学生，该名学生已经在今年三月份自杀。［网址链接］。现在警方正在调查她自杀的原因。如果可以，希望你能在保守秘密的情况下，将包裹中记载有文字的那个笔记本寄往公安局。

因为是游戏设定，对方回复得很快。

阁楼上的喵喵：我怎么相信你？

阁楼上的喵喵：最近冒出来好多无聊的人啊，都说自己是原主人，你这个理由倒是编得很特别。

穹苍切换到短信界面。

穹苍：警员证拍个照片给我。

贺决云：？？

贺决云：［图片］不要仗着是游戏就干坏事啊。

穹苍把贺决云拍出来的照片发了过去。

穹苍：她的抖音账号已经注销，相关的新闻你可以自己在网上进行搜索。关键词就是 A 市 K 大，自杀。

穹苍：她的邮寄地址和联系电话，是不是……

穹苍把学校的地址跟周南松的手机号码发了过去。

阁楼上的喵喵：啊……搜了下居然是真的，我说怎么忽然就联系不上她了。天哪，这太可惜了。

阁楼上的喵喵：你这个手机号的确是她之前给我留的那个，但是快递单上的地址写的是另外一个。［图片］是这个地方。

阁楼上的喵喵：还有啊，这个包裹其实是定时寄送的。对方特意推迟到现在才给我寄过来，是不是有什么深意啊？

穹苍点开导航。将上面显示的地址输入进去，发现跳出来的定位结果居然是 A 市 ×× 街道派出所。

那行黑白色的文字标注印在穹苍的眼睛里，让她迅速明白了周南松布置这一切的意图，同时也感受到了这名陌生女生在做每一个安排时的温柔与脆弱。

她曲起的手指停在半空，一时不知道该怎么落下，最终若有若无地叹了口气。

周南松死前，精神状态极不稳定，饱受心理折磨，一直在挣扎犹豫究竟要不要揭发这桩丑闻。以至即便她最后选择了自杀，内心依旧无法安宁，于是选择把一份明显有问题的包裹，寄送给了陌生人，希望在自己离世之后，能有人代替自己推动这个案件的调查。

她对这名 UP 主应该有所了解，知道这人不会因为贪小便宜而刻意忽略其中的违和，在长期联系不到她的情况下，或许会将包裹邮寄回原地址。

而派出所收到包裹之后，如果对 K 大的两起自杀案件有所疑虑，就会耐心查证，说不定能牵扯出幕后的黑手。如果没有，那也已经是她最后的努力了，起码她可以给自己少许的安慰。

周南松会特意将寄送日期定在五月初，本意也许是想推迟事情的发酵。哪怕警方真的按照她的计划对事件进行调查，等一切出了结果，受害者们也已经毕业离开，不会受到太大的伤害。

她一定想象不到，在她死后，这起恶性事件不仅没有结束，反而愈演愈烈。而她留下的东西，会成为勘破案情，证实谎言至关重要的物证。

这里面唯一的意外就是，她为这个包裹的寄送设置了时间，导致它推迟了太长时间，才进入公众视野。

如果今天穹苍没有发现它的存在，粗略推算，它被寄送回 A 市的时候，可能恰好会是在王冬颜自杀前后。

那个阶段，正好是官方对此事最为关注的阶段，确保这个包裹不会被当作普通物件所忽视。

有时候，不得不承认命运的安排总是那么巧合。它出现得那么恰当，又出现得太过迟缓。

明明是一个那么努力生活的人。

穹苍压下心头泛起的惋惜。

穹苍：这个地址就是我们街道的派出所，导航上可以搜索。

阁楼上的喵喵：我知道，我搜索过。当时还想不通来着，以为是整蛊。

穹苍：她应该是想报警又有所顾忌，所以在死前将证据寄出。麻烦将相关证物寄送到 A 市派出所，我可以原价购回，并为你支付邮费。感谢你的配合。

阁楼上的喵喵：不用不用，为人民服务。我待会儿就给你寄回去，找最好的快递公司。对了，你们是只要那本写了字的，还是全部都要？

穹苍：最好能让我们翻查一下。如果确认与案件无关，会将物品归还给你。如果方便的话，我希望你能现在就将那本写了字的手账内容拍照发送给我，我可以及时查看。

阁楼上的喵喵：好的，你等等，我现在就去拍。

阁楼上的喵喵：其实我之前小小地扫过一眼，觉得里面写的东西蛮恐怖的，不知道她在写什么，怕侵犯人家隐私也没仔细看。

穹苍：谢谢。我们会查证的。

穹苍把手机放下，抬手按着额头两侧的穴位放松心神，等待对方的回音。

直播间里几乎要放起礼炮，看穹苍的直播似乎总是在经历大起大落。他们永远不知道证据在什么时候，以什么样的方式出现，却从来不会失望。

如果此时打开弹幕，可能屏幕上全是密密匝匝的各式文字，几乎看不到任何画面。

"啊——偶像啊！这样的人才不进公安系统可惜了！"

"她真的！探索剧情的速度是用飞的吧？哪个牌子的小翅膀啊？"

"我要是有她这份推理能力和情报搜索能力，何愁大业不成！"

"我就想问，这个副本的侦查员是不是又不见了？我第一次看见受害人独自完成案情推导的全过程。[溜了溜了]"

"原来学神不会的题目只要多看两遍就会了，那么问题来了，学渣应该怎么办？"

不管直播间的观众心情有多么澎湃，穹苍只平静地整理着桌上的物品。

喵喵那边动作很快，她热情地将图片一张张按照顺序排好，打包给穹苍发了过来。

穹苍点击放大，一页页阅览过去。

周南松是个很谨慎的人，笔记本里并没有直接写下她所看见的世界，而是以零散的叙述方法，委婉地描述着一个真实的故事。

一无所知的人看见这些文字，大概只会以为它是一个荒诞的恐怖故事。但知晓内情的人看见，能轻易推导出它暗喻的内容。

——肮脏的恶魔，披着光鲜的外皮，降落在人类的社会里。他们衣冠楚楚，摆出最亲和慈祥的态度，靠近可怜弱小的人类。

——贫穷的人因此感恩戴德，却不知道，她们不过是对方眼中不值一提的娱乐，是早已被对方挑选出来的食物。噩梦在不觉中已经降临……

周南松写得很细致，由于情绪波动，部分地方还充斥着各种混乱的思维。穹苍将她的文字整理了一下，大概梳理出了整个案件的经过。

K大多年来一直在为贫困生争取社会补助，以保障学生的求学条件。

数年前，西江月这家公司联系了学校，表示愿意与K大建立长期良好的合作关系，不仅能为贫困生提供高薪酬的勤工俭学岗位，如果贫困生表现良好，还能在毕业后直接与他们签订三方协议。

对贫困生而言，能进入这样的大企业成为正式员工，是一个足以改变人生的机会。

企业的领导，摆出最慈祥、最亲和的姿态，细心地帮助并接纳她们，主动帮她们完善简历、申领奖学金、调整工作时间等。他们的体贴表现在每一个细枝末节，让所有人失去戒备心，对他们的善意表示感激。

然后，部分恶徒蠢蠢欲动起来。

他们以与学生谈心、为学生规划未来、出差参与企业大项目，或者其他正当的理由，创造与学生单独相处的机会。同时潜移默化地向她们展示自己的社会地位，从心理上创造上位者的印象。

开始的时候，他们只是简单地骚扰，以亲近为掩饰，让学生误以为是自己的错觉。然后慢慢侵入她们的生活，最终，可能会以下药、灌酒等手段，对她们进行直接的侵犯。

部分人还会私下拍照，在发现对方有反抗意图的时候，用自己的权力对她们进行威胁，再以利益诱导，瓦解她们的防备。

贫困生是很好拿捏的，因为生活环境的局限，许多贫困生本身性格比较怯懦、害怕惹事，将领导的权威和能力放大化。对她们来说，西江月这种大型企业的管理层，是颇有社会地位的精英人士，与官方也会保持密切的交流，她们没有反抗的余力。

而且，不是所有的贫困生都会被他们选中，恶徒会在不断的观察中，特意选择那些看起来没有反抗能力的学生进行荼毒。

受害的女生起初还天真地以为这只是一个意外，只有一个人参与。到后面渐渐出现第二个、第三个，乃至更多个。等到她们追悔莫及的时候，勇气已经被恐惧所蚕食。

所以她们选择了妥协。

田韵是比较不幸的那一类人。她不仅家境贫寒，与家人的关系也十分恶劣。她家里有重男轻女的父母，还有一个弟弟和一个妹妹。家长丝毫不关心她的生活，甚至克扣她的补助供养弟弟，她最大的生活费来源就是西江月发的工资。

田韵因为不顺从公司的安排，被公司多方压迫。由于她的精神压力过大，无处发泄，导致成绩不断下滑，多门不及格，接到了辅导员无法毕业的警告。

这让她误以为学校与企业是相勾结的，最终陷入崩溃的边缘。

此时田韵发现班里另外一名贫困生也不堪企业领导的骚扰，她与那位女生关系很好，于是劝说那位女生与自己一起反抗。

她邀请了一直以来想要骚扰她的男人去了酒店，在下药迷晕对方之后，窃取了对方手机中的信息。

她的本意只是想找到一些可以威胁对方的证据，却没想到居然在里面看见了对方多年犯罪的直接罪证。

对方留存的照片尺度巨大，牵涉人员众多，一经曝光必然引起轩然大波。跟她一起的女生害怕了，劝她放弃。

那一天，田韵跟那个女生一起离开，之后再也没有回来。她出发前，将原图留给了周南松，让对方替自己保存。

之后传出田韵跳楼自杀的消息，校方给出的监控视频有明确的时间造假，周南松知道事情不对劲，却不知道该怎么处理。

她受田韵的思想影响，认为这是企业与学校共同的阴谋。

牵涉在内的有她的好朋友、她的同学，还有许多无辜又可怜的人。有些人已经毕业离开，开始新的生活，这场风波无疑会将她们重新卷入旋涡。

那些人卑微地恳求她，朝她哭诉，周南松陷入了绝望。她不希望再伤害那些人，又没有办法漠视田韵的死亡，最终抑郁症发作，用最残酷的方法离开人世。自杀前，她把田韵留下的照片埋在了学校宿舍后面的空地上。私心里，她还是希望那些犯人可以得到应有的惩戒。

翻完笔记之后，穹苍深深吸了口气。她把界面切出去，将结果告诉贺决云。

穹苍：[文件]我找到周南松丢失的笔记本了。

贺决云：……我刚从快递公司出来。

贺决云：不是，这你也能找到？[见了鬼]

穹苍把自己翻找的过程告诉了贺决云。

贺决云陷入了对人生的怀疑。

穹苍虚伪地谦虚道：一般一般，运气好而已。不是说好了要带你躺赢的吗？

贺决云："……"可是他真的只是说说而已。

穹苍：[图片]那个女生的地址。她就住在邻省，驱车往返一共只要六个小时，等她打包邮寄再送到公安局，需要一到两天。

贺决云：好的，我现在就开车去领笔记本。[微笑]给我一个联系方式，三个小时后我会出现在她面前，你让她把东西先带在身上。

穹苍：好。我去挖照片。

贺决云：你的自杀进度。

穹苍没想到都这个时候了他还挂念这个事，扫了眼人物信息，发现它还是很给面子地掉了1%。

穹苍：95%。

贺决云：行，我尽快回来，你自己小心一点。

贺决云决定驱车去拿笔记本，穹苍背上书包，准备回学校取证。她刚走出房间，就听见大门处传来了一阵开锁的声音。

穹苍放缓脚步，随即看见一个陌生的女士走进门来。

一行简单的介绍飘在那人身边，系统提示，是王冬颜的母亲。

第七章

追寻

"逃避的话,不管多少年,恐惧都会追赶在你的身后。"

穹苍眉毛几不可察地皱了一下,直觉告诉她这种时候出现新人物不会是什么好事情,而且她并不习惯处理家庭关系。

"王冬颜,"王女士粗暴地将手提包往沙发上甩去,光着脚快速走过来,声音里是不加掩饰的愤怒,"你到底要做什么!"

她直白地发飙,穹苍就自在多了,被她一骂,连肩膀上的肌肉都松弛了下来。

王女士冲到穹苍面前,脸上带着有些疯狂的激动。化妆品的香味顺着她的动作传了过来,与此同时还有她狂风暴雨般的指责。

"昨天深夜,学校连续给我打了好几个电话,今天中午,一家企业的负责人又到我单位来找我。你能耐了啊王冬颜,逃课、打架,当众跟校领导叫板,甚至诽谤他人引起恐慌。你想干吗?你想把大家的日子都弄得不好过是不是!"王女士用手指梳了把刘海,"我辛辛苦苦赚钱养你,我对你有什么要求?我只希望你安安分分地在学校里上课,很难吗?啊!很难吗!你体谅体谅我行不行!"

穹苍不着痕迹地后退了一步,与她保持一定的距离,说:"我说的不是污蔑,是事实。学校的问题我已经和他们谈过了,确认是误会。至于那家企业，他们才是心虚。"

"你还觉得自己没有错？这两年你搞出了多少事？你有完没完？"王女士歇斯底里道，"你能不能不要再因为你同学的事情那么堕落？过去的事情就让它过去吧，她死了，你还活着，你不能重新开始吗？等毕业之后，你找个没有人认识你的地方，不会有人知道的。"

穹苍说："周南松不是因为我才死的，我就是要证明这件事。"

王女士："你证明什么？你什么都不要证明，你读书就好了！你根本说服不了所有人，你越蹦跶他们只会越认为你没有同理心，觉得你是在推卸责任。你就让事情好好过去行不行！"

穹苍看着她的模样有点出神，短暂的沉默后低下头抿了抿唇，斟酌着措辞："为什么？周南松是因为田韵遭遇的不公待遇才自杀的。田韵被学校推荐去西江月工作，西江月有非常严重的丑闻，不是我不管，它就可以过去。没有人停止，那些人还会继续。"

王女士似哭又似笑地发出两声嘶吼，而后道："就算是又怎么样？你有证据吗？没有证据那只能叫诬陷！你在学校里面，连自己的同学都斗不过，还想出去跟那些大公司里的人斗？你以为你能讨到好处？"

穹苍说："我想要的是真相，不是好处。"

"你想怎么拿到真相？和他们打官司吗？"王女士胸膛剧烈起伏，手臂用力指着一侧，"你出去问问，看看街上那些人，是会相信那些看起来道貌岸然的文化人，还是会相信有校园暴力前科的你！"

穹苍竭尽全力想让她冷静，清晰地说道："我没有对人使用暴力，你应该相信我。"

"我相信你有用吗！我现在很累！"王女士根本听不进去，在穹苍还没有说完的时候就打断了，她竖起一根手指，在穹苍面前晃动，"你还有一年，一年！西江月那么大一家公司，他们跟学校的人肯定有关系，他们要是想整你，不用一年，一天的时间，就能让你一辈子都毁了！你能不能不要那么天真！"

"天真？"穹苍笑道，"就算是不天真的人，知道他们以勤工俭学为借口，在获取社会尊重的同时，对贫困生进行性侵犯，也不会保持冷静的。"

王女士爆炸的情绪被生生扼住，眼皮快速眨动，探究似的盯着穹苍，在确定她不是开玩笑之后，下意识地咽了一口唾沫。

"不是一个。"穹苍一字一句道，"这是一起极度恶劣的性侵事件。"

王女士犹如被抽掉了大半力气，疲倦感瞬间袭了上来。她迷茫地在原地转了一圈，随后抬手，将头发揉得更加杂乱。

她思考的时间其实不长，或者说，她长期的生活经验，已经在第一时间给了她最佳答案。只是她内心的社会道德感，给她带来了少许犹豫。

王女士再次面对着王冬颜，严肃道："涉案的人那么多，那些人为什么不自己出来说？因为她们也不想让这件事情曝光。你以为你做这样的事，她们会感谢你吗？她们会恨你！你在自作多情你懂不懂！"

穹苍说："她们会不会感谢我不知道，但是那些还没有被伤害的人，一定不希望将来会面对这样的事。"

两人的对话过程变得缓慢。王女士需要思考，才能说出下一句话。

片刻后，王女士问："你怎么知道？"

穹苍似没听清："你说什么？"

王女士语气肯定了起来，像是说服了自己。她说："你知道穷病有多可怕吗？那些人有钱有权，指甲缝里漏一点，就是别人一辈子都拼不出来的。社会有自己的规则，而且比你想象的更残酷、更无情。付出不一定有回报。"

她说到后面，变得越来越坚定，声音也大了起来："你天真，你不懂。没有这样的机会，她们怎么找到好工作？怎么生活？怎么读书？怎么能有光明的未来？大家都想要活得更好，成年人是要学会妥协的！你根本不了解那种一无所有的生活！"

因为太过荒谬，穹苍反而笑了出来。"你说什么？"

王女士指着自己的胸口，说："我说得难听，但我说的是现实！会这样想的绝对不只是我一个，也绝对不会是少数！你不要多管闲事，听我的。"

"真的？"穹苍低头轻笑，笑声极具讽刺性，说，"历经风霜的成年人会喜欢将自以为是的人生道理安在年轻人的身上，看着原本阳光积极的人，变得像你们一样死气沉沉，然后从中感到骄傲自满吗？"

王女士："所以你骄傲？你骄傲是因为你不懂社会！你骨子里都写着天真！"

穹苍问："成熟代表着冷漠吗？现实代表着正确吗？人类那么漫长的生存历史，都是在跟什么做斗争啊？不是为了互相同化，然后共沉沦吧？在你眼里，难道只有幸运的人才配活着？"

穹苍摇了摇头，觉得这个地方不能继续待下去了，将背包往上一提，从侧面穿过去。

"看来我们不适合交流，我走了。"

"你走了就不要回来！"王女士哽咽喊道，"你不要威胁我，我告诉你，王冬颜，你只是一个大学生，这不关你的事，你不要蹚这样的浑水！你不要出去胡说！王冬颜！"

穹苍头也不回，回答对方的只有一声沉重又干脆的关门声。隔着门板，王女士的嘶声哀号隐约从里面传了出来。穹苍闭上眼睛。

等走到街上，穹苍扫了眼自杀进度，一个鲜红色的99%挂在视线里。

谢谢啊，还给她留了一个点。这可真是太客气了。

穹苍抬手用力擦了把脸，这回真的有了一种绝症病人的紧迫感。

目睹了刚才那番争吵，直播间的气氛跟着凝重起来，连插科打诨的人都变少了。

他们大可以指责王冬颜的母亲自私，但是在看过那么多的《凶案解析》之后，他们也知道，多数人并不那么伟大。很多情况下，强烈指责某个人，其实改变不了结果，因为从社会大环境开始，就错了。

"从没见过大佬这样的表情。"

"最亲近的人，最是伤得深。一不小心就飙到了99%，剩下的应该就是一念之差了。系统这回收割得好狠。"

"自杀案件就没有凶手了吗？我觉得有，且凶手比普通案件的更加令人胆寒，因为多数人并不会觉得自己有错。"

"多少有理想的人就是被现实挫伤的？而又有多少现实，只不过是成熟人士的自以为是？"

"但是你不能不承认，她说的是社会普遍存在的声音。好人没好报也不少见。"

"经历过不幸的人会更害怕麻烦、怕失败、怕惹事。人生百态啊。"

穹苍先去附近的五金店里买了个小铲子，放进包里，坐车去学校。

等她重新回到学校的时候，天色已经是灰沉沉的了。穹苍握着手电筒，去往周南松说的宿舍楼空地，寻找她埋藏起来的证据。

周南松埋下照片的时候，是在三月，而现在已经五月。

穹苍看着眼前一片没什么区别的荒地，揉着脖子嘀咕了一句："这可是个大工程啊。"

穹苍做好了熬夜工作的准备，但还是有点怕。担心电量不够，直接带了三个手电筒，以及两大盒电池。

她把手电筒在边上架好，抓起小铲子，在各处挖坑。

这一片人烟稀少，跟宿舍楼隔着一条臭水沟，平时根本不会有学生来，倒的确是个很安全的地方。

穹苍不知道周南松挖得有多深，只猜测她以当时的精神状态，可能会挖个大坑，于是也用心地进行翻土。

夜幕终于整个沉了下来。

今天乌云很重，月亮一直被云层遮盖，透不出半点光色。荒地空旷而安静，仰起头，能看见远处的山峦连成一片黑影，静静占据着天边。夜风不断从树影间穿梭，中间还和着知了的声音。

手电筒的光慢慢从明转暗，换过电池后，又从暗转明。

在手机上显示的时间跳过深夜一点时，穹苍终于挖出了一个还算崭新的铁盒。她喘着粗气，不顾形象地坐在泥地上，拆开盒子。

铁盒里放了一个用过的数码相机，边上是它的存储卡跟电池。甚至还贴心地放了一个充电宝。

穹苍将东西组装回去，试了一下，发现残余的电量还足够开启相机。

找了这么久，终于找到这件东西，穹苍无疑是激动的。她点出相册，一张张翻过去。

直播间的屏幕里只有一连串的马赛克，但是穹苍能看见原版的照片。

照片里是各种互相交缠的身体，女生的脸都被拍得清清楚楚的。有些人明显眼神迷离，神志不清，有些则是清醒的，但清醒中带着痛苦。

而里面所有的男人，都没有露出脖子以上的部分。

有心理准备是一回事，亲眼看见，又是另外一回事。

穹苍被这直白的画面冲击得瞳孔震颤，呼吸都沉了起来。她舔了舔嘴唇，强行让自己保持镇定，佝偻起背，让自己看得更清楚。

从男人身体上的痣、肥胖度、骨骼，以及其他明显特征来分析，涉案人员应该在五人以上。从图片格式来看，应该拍摄自不同的设备。

看来他们内部还会进行交流，可能是通过聊天群，或者别的方式。这样的同好交流，能让他们感到兴奋。

人在持续性地犯罪之后，果然会变得越来越大胆，直到彻底疯狂。

这群人的娱乐阈值已经提升到了可怕的地步，为了追求刺激，会去寻求新的手段。要是任由他们发展，只会造成更加无可挽回的结果。

穹苍听着自己的心脏在胸腔里猛烈跳动，不自然发颤的手有规律地点着下一张。翻到中间的时候，不出意外地看见了徐蔓燕。

那个年轻漂亮的，乍一看还带着点强势的女生，在照片里完全是另外一副模样。

这是照片里穹苍唯一熟悉的人。她感到很是可悲。

穹苍看得太过入神，而周围长着矮草的泥地又能降低人的脚步声，等她的余光发现手电筒照出的光线中出现一道黑影的时候，对方已经近在咫尺了。

穹苍浑身都战栗了起来，第一时间将相机揣进怀里，而后迅速回过头，后脑被人一棍敲了下来。

"啊……"

穹苍闷哼一声，单手捂向伤处，另外一只手仍死死握着相机。她眯着眼睛，透过因疼痛泛出的泪水，看向突然出现的黑影。

手电筒的昏黄光线将对方苍白的脸照得明灭不定，各种复杂的情绪都凝聚在对方的眼睛里，化作一道冰凉的水淌了下来。

"项清溪……"穹苍咬牙道，"你疯啦？"

"把东西给我。"项清溪却是哭得比她还可怜，恳求道，"冬颜，把东西给我！"

穹苍说："你这样是错的！"

项清溪丢下棍子，过来抢她手里的东西。

"你为什么还要查啊？说好了这件事情过去了。你这样弄会死很多人的！"项清溪爆发出一股巨大的力气，掰开她的手指，奋力地跟她争夺，"我求求你，我求求你了。给我！"

"逃避的话，不管多少年，恐惧都会追赶在你的身后。"穹苍深深望着她，带着说不出的情绪叫道，"责任有时候是一种枷锁，也是一种救赎。你不去背起它，你就一辈子放不下。你为什么不能现在勇敢一点？你为什么不能勇敢一点！"

项清溪嘶吼道："我要勇敢有什么用！第一个死的人不会是他们，是燕子！是燕子你信不信！她什么都赔进去了，她没有以后了！你知道吗？她都是为了帮我！你放过她吧！"

穹苍说："你这不是帮她，我也不是要害她，你想得长远一点！"

"啊——你不要说了！"项清溪尖叫着按住穹苍的头，往边上一推。

穹苍买的小铲子就放在附近，因为她已经没有力气，直接撞了上去。好在那铲子本来就不锋利，她挖了那么长时间之后，带着泥土，钝了很多。

这个时候穹苍已经感觉不到疼痛，但是能感觉到有液体在顺着额头往下滑落。

项清溪没注意到她的情况，趁机把相机抢了回去。

"对不起，对不起……"项清溪含糊说着，将东西抱进自己怀里，一步一步往后退，"对不起……冬颜，算了吧！"

穹苍掀开眼皮，在模糊的视线里，看着对方仓皇逃走。

那道背影与她记忆里的画面重叠起来，黑暗再次降临，穹苍用猛烈颤抖的手，抱住了自己的头，从喉咙里发出几声痛苦的呻吟。

过了许久,穹苍好了一点,从满身虚汗中缓过来。

她调整了下姿势,躺在地上,陷入漫长的愣神状态。忽然,她想起了什么,摸过地上的手机,找出置顶的联系人,拨打过去。

"嘀——嘀——"

电子音在黑夜里特别清晰。

不到三声的提示,对方已经接了起来。

"喂。"有活力的男声瞬间驱散黑夜里的寒气。

穹苍眼睛里的光跳了一下,喃喃叫道:"贺决云……"

贺决云那边明显出现停顿,然后才说:"你怎么叫我真名呢?还好游戏能屏蔽好吧?"

穹苍一般是不打电话的,她的联系方式从来都是发短信。

贺决云将声音放大,只听见话筒里传来一阵轻浅的呼吸声,以及风声。

贺决云放缓声音,问道:"你在哪里?"

穹苍咳了声,才说:"学校。"

贺决云快速穿上衣服,拿过钥匙,跑出房门,语气仍旧轻柔地问道:"学校的哪里?"

穹苍乖顺地答道:"宿舍后面的空地。"

贺决云说:"我现在就过去,你怎么样?"

"挺好的。"穹苍的声音闷闷的,"就是累了。"

贺决云发动车子,说:"我现在过去了,等我十分钟……五分钟够了,你随便说说话吧……讲笑话也行,我牺牲一下。"

他没问穹苍发生了什么,也没挂断电话,只把手机摆在一旁的架子上,快速飙车赶了过去,表现得耐心又绅士。

穹苍也没再说话,她看着屏幕中表示接通的绿色标志,听着那边的响动,莫名安心,趴在手臂上闭目休息。

贺决云翻过围墙,一路冲向后山,取得了平生最好的跨障碍长跑成绩。

K大的路灯坏了几盏,在靠近后山的地方就断了光线,深处没有铺设任何的光源。道路两旁的野草长到了半米高,影影绰绰、高低起伏地摆动。

贺决云却无暇顾及那些景色，因为飞速奔跑，他耳边全是自己急促的喘息声，甚至盖过了夜色里的所有风吹虫鸣。

当他终于靠近手机上显示的定位之后，不意外地看见一个蜷缩在地上的黑影。

"王冬颜？"贺决云屏住呼吸，在她身边蹲下，低声唤她的名字，"王冬颜？"

他将手轻轻放在对方的肩膀上，想查看对方的情况。

黑影动了一下，然后自己爬了起来，并按下了手中的按钮，点亮手机的屏幕。

手机淡蓝色的光线从她的下巴往上照去，将她原本就苍白的脸照得更加没有血色，额前的头发因为血液黏在一起，伤口处一道未干的红渍缓缓淌了下来。

就算贺决云是社会主义的接班人，是科学火炬的传递者，见到这画面，还是不由自主地抖了一下。

穹苍悠悠吐出一口气："可吓死我了。"

贺决云："……"

你究竟有什么资格说这样的话？

穹苍继续说："就夜里突然冒出来一个人。"

贺决云表情渐渐狰狞。

穹苍比画了一下："朝着我脑壳就是一顿敲。"

贺决云："呵。"

穹苍沉痛道："哎哟。"

贺决云："……"

贺决云拍了拍她身上的泥土，又对着她的手脚检查了下，问道："你脚受伤了吗？"

穹苍可怜道："没有。"

"那你一直躺在这里干什么？"贺决云叫道，"半夜在荒郊野地吸湿气啊？这地方你也躺得住？"

"我吓死了，腿都软了。这边太黑了，我也不敢走。"穹苍说得很认真，只是搭配她的语调和表情，总会让人觉得她在开玩笑。

偏偏穹苍还自己吐槽道："就像是一场梦，醒了很久还是不敢动。"

贺决云被她噎得一个字都说不出来。他本来想说点奚落的话，但是看见穹苍空洞中又有点忧伤的眼神，所有的声音全部烟消云散。

"你陪我坐一会儿。"穹苍说，"我先捋捋。"

贺决云于是在边上坐了下来，等着穹苍的大脑恢复转动。等他打完一局游戏，发现身边人始终保持着刚才的姿势，整个人很安静，或者说很麻木，目光直愣愣地盯着一个地方，不知道在想些什么。

贺决云从没在她脸上见过这样的表情，他觉得穹苍应该是一个无敌的人。所有的事，都在她的掌控之中。

贺决云用肩膀碰了她一下，问道："你在想什么？"

穹苍反应迟缓地回了一句："嗯……证据被抢走了。"

"嗯。"贺决云侧过身，把她额头的碎发往后拨了拨，说，"没事。那不本来就是警察叔叔的工作吗？你瞎想什么呢？"

穹苍抬起眼皮看着他。

过了会儿，贺决云又说："起来吧。我先送你去医院。"

穹苍："我……"

贺决云弯下腰说："背你背你，上来。别到时候没达成自杀条件，先因为伤口感染挂了。"

穹苍勉为其难道："那也行吧。"

穹苍坐在明亮的医院里挂点滴，看着周围不时走过的护士，终于又恢复了之前那种生人勿近的冷冽气场。

但贺决云总觉得穹苍的状态不是很好。或者说，她不像在开场的时候那样运筹帷幄了，她似乎在惆怅着什么他也不知道的事。

贺决云捏着病历本，脚下一蹬，从椅子上滑了过去，与她肩并肩地坐着，笑问道："你知道，我载入游戏的时候，角色介绍上写的是什么吗？"

"嗯？"穹苍很上道地问道，"什么？"

贺决云两手环胸，说："这位 NPC 的原型是负责调查当年这起自杀案的警员之一。在王冬颜自杀之后，他们对 K 大所有的学生进行了详细调查，用最基础的排查方式，想要找到三位自杀者之间的关系。可惜因为证据太过零散，学生都讳莫如深，给出了不少误导性的提示，导致他们的调查过程很曲折，中间一度甚至以为真的只是一场巧合而已。也因此，被对方占据了舆论优势，在案情侦破过程中，出现了很多不好的声音，对别的受害者造成了很大的伤害。"

穹苍若有所思："嗯……"

贺决云用力抹了把脸道："每次想到这群学生隐瞒着事情不敢告诉别人，独自惴惴不安，最后无奈选择自杀，他们就很痛心。不仅仅是无力，还有不被信任的失望。"

他神色深沉，语气很是郑重："他们这些人，那么努力地工作、提升，想要维持社会的稳定，就是为了保护更多像田韵那样没有抵抗能力的人。他们不觉得自己的理想有多么崇高，也明白这个社会有很多的不尽如人意。但是，他们真的想告诉所有人，报警吧。只要报警，就算他们再无能，也会努力帮助她们。这个社会还没有到需要她们去承担一切的地步。就算是游戏，他们也希望，这群年轻人能有机会活在这个世界上。"

贺决云把大手按在穹苍的脑袋上，避开她的伤口小心地揉了揉，笑说："所以，你活着，就是我的胜利了。"

穹苍认真看着他，抬手将他的手拿下来，带着思考过后的确定道："谢谢啊，你的安慰虽然很拙劣，但是还挺走心的。"

贺决云："……"

"但是，胜利就是胜利，活着不叫胜利，叫游戏状态。你这样的精神胜利法，就很阿 Q。"穹苍叫道，"Q 哥。"

贺决云："……"

没别的，就是听了以后想打人。

他深吸一口气，认命道："行吧。Q 哥就 Q 哥，比中年怪叔叔要好多了。起码还降了个辈分。"

"好太多了。"穹苍掏啊掏，从兜里掏出一颗糖，声音虚虚地道，"怪帅啊。"

贺决云哭笑不得："我就当你是夸我了。谢谢你啊小仙女。"

穹苍想把糖果纸拆开。因为挖了一整个晚上而被工具划伤的手指不是那么灵活，试了几次都没扯开那个坚固的塑料口。

贺决云看了会儿，实在忍不下去，接过她手里的硬糖，撕开包装后喂到她嘴边。

穹苍定定看了他许久，看得贺决云都有点发毛了，才把糖吞进去。一股带着橙子香气的甜味在舌尖漾开，随后扩散到整个口腔。穹苍吃硬糖的时候也很不安分，喜欢咬来咬去。

贺决云别开视线，瞥向外面的天色感慨道："天都亮了。这一晚上折腾的。"

穹苍抬起头道："我要拔点滴了，你去拿下片子，我在门口等你。"

贺决云说："也行。"

等贺决云拿了东西走出医院，就看见穹苍手里捏着块面包，蹲在路边喂野猫。

因为医院的后面是一座山，这里的人流量又大，春夏的时候，很多野猫会从这里经过，寻求投喂。它们不大怕生，埋头乖巧地吃着面前的食物。嘴巴一鼓一鼓地咀嚼，皮毛油亮，"吨位"很足，气势非凡。

贺决云提着衣服在穹苍身边蹲下，伸手想撸那猫一把，却被肥猫灵活地躲了过去，他收回手，笑说："你还挺有闲情逸致的啊。"

"不一定呢。"穹苍说，"我做的每一件事情，说不定都有你想不到的目的。"

贺决云觉得好笑："那你现在是什么目的？"

穹苍思考了下："展示我的善良？"

贺决云点头："那我觉得还挺不错的，你可以继续保持。"

穹苍把食物全部放下，拍拍手站起来说："回去吧。"

贺决云问："送你回家？"

"不行。王冬颜的母亲并不赞同她的行为，回去就是吵架。"穹苍说，"还是回学校吧。"

贺决云惊了下："你现在还去学校，是不是不大合适？"

穹苍问:"哪里不合适?"

贺决云迟疑道:"不大安全吧?"

"哇……"穹苍张开嘴,夸张道,"我一自杀追求者还能拥有安全那么安全的东西吗?"

贺决云:"……"能不能好好说话?

穹苍招招手,催促道:"走吧。跟大佬走,带你过关。"

直播间的网友听着他二人的对话,瞬间被带偏了重点。氛围是轻松起来了,但是车也翻进了沟里。

"为什么画风一到他俩这边,就成二人转了?他们自动调频考虑过观众的感受吗?"

"不影响我看得快乐。[狗头]"

"这 CP 不敢嗑啊,主要是两人的建模都太……太不可了。我的想象力不允许。"

"现实生活中两人的年龄可能要反一反?我觉得大佬应该是个阅历经验都极其丰富的老专家,而小警察的眼神跟朝气都让人感觉他还是一个年轻人。姐弟恋可不可?"

"大佬现在还能带人躺赢吗?后面的让公安机关插手比较方便吧?她已经是 99% 的自杀进度了,找个安静的地方躺着休息比较好吧?"

"刚才项清溪那一下真的是吓死我了,三天拍恐怖片的吗?我到现在都没缓过来。而且大家怎么都不讨论剧情了?"

"剧情现在明显进死胡同了啊,我的智商已经被摩擦过了,我有自知之明,我决定跟着大佬躺赢,需要紧张个啥?"

贺决云也很想知道穹苍接下来要做什么。

她从出了医院之后,就一直表现得很从容,看起来不像是在因为证据丢失而苦恼的样子,也没有提及自己下一步的计划,倒是一直捧着手机不放下,不知道在查些什么。

贺决云看她忙活了一路，终于忍不住问道："你在看什么啊？"

穹苍不停地把手机转来转去，抽空回了一句："看表识人。"

贺决云："啊？"

"手表的表。"穹苍说，"这可是名表啊，比那几张丑脸有辨识度多了，就差写上自己名字了。"

穹苍正说着，手机振动了一下。她摆正位置，点出短信，看清后又说："徐蔓燕约我去她的宿舍。"

贺决云自觉把车速放慢，皱眉道："徐蔓燕？"

穹苍手指快速按动，回复了过去。"我说好。"

"她想干吗？"贺决云严肃道，"我怀疑田韵的死跟她们两个有关系。她们不单纯。"

"她想干吗都没关系。"穹苍说，"这不是你跟着我一起去的吗？"

贺决云听到这话，竟还有点美滋滋的，点头道："那是当然。"

贺决云把车停在学校外面，陪着穹苍一起步行过去。

此时还不到第一节早课的时间，路上一片安静。徐蔓燕所在的老旧宿舍楼就更加冷清了，一路过去都没看见半个人影。

穹苍停在徐蔓燕的房间外面，抬手敲了敲门。

里面的人似乎就在边上等她，飞快地拉着把手将门打开。

里外四人面面相觑。

穹苍没想到项清溪居然也在。徐蔓燕没想到穹苍会带个中年男人过来。

徐蔓燕说："冬颜，你没事吧？"

贺决云侧身挡在穹苍面前，把徐蔓燕给逼退了半步。

穹苍将他推开，回道："我没事，他是警察。"

徐蔓燕看着贺决云面露犹豫。

贺决云问："不方便吗？"

徐蔓燕思忖良久，然后像是下定决心，退开一步说："没什么不方便的，你们先进来吧。"

门被关上，四人各自站了一个角，保持着心理上的安全距离。

穹苍视线转了一圈。

不愧是老式宿舍楼，墙面都斑驳剥落了，地上的石砖也变了颜色。

徐蔓燕小声说："我只是想让小溪给你道个歉，她是鬼迷心窍了，才会打你的。我今天早上才知道，她不是故意的。"

项清溪站在旁边，交握着的双手还在颤抖，目光定在贺决云的身上。

徐蔓燕对着贺决云恳求道："千万别抓她，跟她没关系！我求求你们。"

贺决云在几人脸上巡视了一圈，摆出一个看起来比较亲和的表情。

"你们也别这么紧张，我看起来很可怕吗？"贺决云把自己的工作证拿出来，别在胸口，让皮夹上的徽章对着她们，说，"这样会不会比较有安全感？社会主义的光辉。"

穹苍打了个哆嗦："好冷……"

徐蔓燕扯了扯嘴角，但实在笑不出来，最后只露出一个比哭还难看的表情来。

贺决云问正事："照片还在吗？"

"还在，我没让她删。"徐蔓燕反身从桌子里面拿出一个相机，捧在手心里。她情绪很不稳定，手指都因为太过用力而发白了。

穹苍问："那些人都是谁？"

徐蔓燕浑浑噩噩地报了几个名字，有西江月的管理层，还有一些不知道身份的企业领导。

穹苍过去，按住她的手，让她放松，说："这件事情我可以不追究，我更想知道，你们为什么这么害怕？是因为照片，还是因为……怕有人去追究田韵的死因？她死前肯定是去找你们的，当时，她是跟着项清溪一起过去的。"

项清溪终于开口了，声音淡淡的："是我。我不小心在天台把她推下去了。"

"不对，是我！"徐蔓燕大喝了一声，跟着身体瘫软下去，眼泪汹涌地淌了下来，"是我……她拿到的照片里面有我的，小溪告诉我之后，我就想找田韵谈谈。"

项清溪："燕子！"

"你闭嘴！"徐蔓燕喊道，"我累了，我真的累了！我担不起你们的责任，我不行！"

项清溪愕然。

"田韵来见我,我很激动,她也很激动。我让她不要那么做,可是她不肯,她说她毕不了业就完了,她太缺钱了,我说我可以给她钱,但是她不听。"

徐蔓燕说得语无伦次,颠三倒四,语速短促又含糊。

"我跑到边上,说那我就跳下去,她让我别逼她,然后也跑了过来。我去抢她的手机,等我回过神来的时候,她已经掉下去了。我不是故意的……我没想杀她,可是我又很害怕,于是找了他们,问他们应该怎么办。"

徐蔓燕快要捯不过气来,她猛地抽噎了两声,又继续说:"他们说会帮我处理,让我乖乖听话,什么都不要说出去。结果,周南松还是知道了。我没想逼死她的!我还以为事情已经过去了。"

徐蔓燕抬起头,眼睛通红,朝着他们两人直直跪了下去。

贺决云吓了一跳,想去扶她起来,徐蔓燕激动地抽出自己的手。

"为什么呢?我不明白,我只是想好好读书而已。可是那个禽兽,他骗我出去,给我喂药,他拍照威胁我!"徐蔓燕哭诉道,"他不只骚扰我,还想去骚扰小溪。我没有办法,规则是他们定的,我根本就没有选择的权利。我只能这么做。既然做了,我为什么不能拿他们一点好处?我只是想要大家都好过一点而已。"

她用手捶打着地面,以做发泄。"好不容易,好不容易我已经快毕业了!我就可以走了!他偏偏又跟我过不去!那个禽兽,他永远不会消停,他又去祸害别的女生,才会出现那么多的事!"

项清溪上前抱住她,徐蔓燕靠在她的肩膀上,失声痛哭道:"我想长大,想毕业,想找个好工作,我想成为一个被人尊重的人……不是为了……不是为了一个人渣而变成一个杀人犯!我从哪里开始错了?然后就变成了这样……"

穹苍从桌上抽了几张纸巾过去,放到徐蔓燕的面前。项清溪拍着她的背,小心安抚。

屋内几人都没有出声,让她尽情发泄。等徐蔓燕终于冷静下来,贺决云说："我想上天台看看。"

徐蔓燕忍着哭腔，点了点头。她跟项清溪互相搀扶，沿着侧面的阶梯上了天台。

推开天台前的铁门，徐蔓燕停在门口的位置，不想再过去。于是项清溪在前面带路，领着二人走到边缘。

项清溪指着前方一个位置，轻缓地说："燕子在这里跟她争抢。两个人都很激动，但燕子真的只是想拿回手机而已。"

穹苍低头看了眼那个位置，声音在风里有点飘："你确定，是这个位置？"

"对。"项清溪点头，"手机飞了出去，飞向中间。我跟燕子跑去拿，没注意看那边，然后就听见一声巨响，转过身的时候，田韵已经不见了。"

项清溪捂着脸，声音沙哑道："我们不是故意的。"

贺决云听她说完，在天台的边缘处站了许久，然后才道："地表并不光滑，这样的距离，末端还有一小段栏杆作为阻拦。凭借一个女生的力气，是不可能因为意外把人推下去的。"

项清溪激动道："是真的！我没有骗你们！只是一场意外，燕子她——燕子……"她说着突然明白过来，剧烈起伏的胸膛因为屏住呼吸而停了下来，目光看着远处，渐渐涣散。

"田韵……"项清溪嘴唇翕动，"所以……"

穹苍接着她的话往下说："所以，她是自己跳下去的。"

贺决云道："根据当时在现场拍摄的照片来看，天台附近没有滑擦的痕迹。如果是摔跤的话，痕检专家是不会放过相关脚印的。而且她死的时候，穿着一双老旧的鞋子，那双鞋子的鞋底带着污渍，留下的擦痕是很明显的。也因此，警方才会以自杀结案。"

穹苍一脚踏上边缘处的高台，站在风口的位置往下望。底下空空荡荡，目之所及的一切都变得渺小，而站在这个地方，能感受到前所未有的安宁。

"应该觉得很疲惫了吧。出生的家庭、成长的学校，全都是那么不让人如意。不管她再努力，都摆脱不掉那些负担。罪大恶极的人得不到惩罚，唯一一条可以报仇的路，却要献祭别的无辜的女生，包括自己的朋友。她应该也不希望看见你们和她一样痛苦。"穹苍低着头，说出的话明明像是不带感情，却能叫人听出无尽的悲凉。

"可能只有那么一两秒的时间，她突然想到，只要从这里跳下去，就可以从累重的痛苦中挣脱，只要那么一步的距离，然后大脑一片空白，什么都顾不上，就那么做了。"

徐蔓燕远远听见，晃了一下，跌坐到地上。项清溪走到她身边，两人互相注视着，抱头痛哭起来。一种又庆幸，又解脱，同时还带着点悲哀的情绪萦绕在她们心口。

虽然对田韵感到愧疚，但在这一刻，她们身上沉重的枷锁卸掉了大半，在不断的自我谴责中得到喘息之机。

穹苍又往前面走了一点，感觉那被风吹拂的感觉让人上瘾，将身体和精神上的燥热都给吹散。

一双手突然紧紧抓住她的衣服，用力将她往后一拽。

穹苍回过头，木然地问道："你干什么？"

贺决云说："怕你跳楼。"

"我说了，我不会选择跳楼。就算我自杀——"穹苍一个大喘气，"我也会选个死不掉的方法自杀。"

贺决云说："那也能叫自杀？"

穹苍困惑道："为什么不能？"

贺决云语塞半晌，拉着她一起朝徐蔓燕走去。

徐蔓燕不停用袖子擦着眼泪，嘴里喃喃道："对不起，我要是当初能勇敢一点，周南松也不会死。"

穹苍与贺决云对视一眼，都有点不知道该怎么安慰这个女生。

穹苍在徐蔓燕面前蹲下，单膝跪地，捧住她的脸，让她抬头看着自己，一字一句地说道："你没错。你以后都可以清清白白、堂堂正正地活下去。就算要论责任，你前面还排着一队人，远轮不到你。"

徐蔓燕自嘲地笑道："我清清白白？"

贺决云大声插话道："怎么就不清白？脏的人是他们，所以他们才整天想着洗白。"

徐蔓燕又转动着眼珠看向他。

除了项清溪的安慰，没有人会这么郑重地跟她说，那不是她的错。那些人只会告诉她："你完了。""你也不会好过。""你只是一个出卖肉体的人。""你的过去不堪入目。"

徐蔓燕抽搭着，身体颤抖，却犹如抓住了一块救命的浮木。

贺决云把外套脱给她们，拍了拍她们的肩膀以做鼓励。"天台风大。项清溪，你扶你朋友下去，咱们休息一会儿，然后带物证去局里做个详细笔录，仔细梳理一遍，看看怎么将对方绳之以法。没事的，相信我，证人的隐私我们不会告诉任何人。"

项清溪问："那些照片……"

贺决云："执法机构会对受害人的信息进行保密处理。大众不会知道你们是谁。"

"性侵案件，证人可以不出庭。就算出庭，也不会进行公开审理。音频可以做变音处置。"穹苍道，"退一万步说，就算被大众知道了，受害人就是受害人，该感到耻辱的不是受害人。大家没有你们想象的那么苛刻。"

项清溪呢喃道："真的吗？"

"真的。"穹苍点头，"负面情绪会影响人做出极端的选择和错误的判断，然而实际上，等你过一段时间再去看，就会发现根本没什么了不起。你们两个人现在就在负面情绪的影响下，不适合做判断，把剩下的事情交给警察吧。"

徐蔓燕点头。

一行人重新沿着楼梯下去，这回脚步都轻快了很多。走到三楼拐角的时候，项清溪跟徐蔓燕回了宿舍，穹苍却没有停下脚步，继续往前。

贺决云注意到，忙叫了一声："王冬颜。"

穹苍停下来。

贺决云按着扶手，从上方俯视，问道："你要去哪里啊？"

穹苍比了个手势："去找个软柿子，试试手感。"

"啊？"贺决云说，"这季节哪儿有柿子啊？"

穹苍只问："高清的针孔摄像头你有吗？"

贺决云说："高清不针孔，针孔不高清。过两年肯定可以，但这个副本不提供。"

穹苍说:"那我选针孔。"

贺决云说:"可以啊,等我回去找局里申领一下。用什么理由啊?"

穹苍嫌弃道:"麻烦,那算了。我还是用手机好了。"

她继续往下,贺决云紧跟其后。

穹苍再次停下来,摇手道:"这位朋友,别跟着我,真的。你去安抚一下项清溪跟徐蔓燕,多给她们照照我们国家人性的光辉,顺便给观众打打气,做做普法,多有意义!后面你有的忙了。"

贺决云露出怀疑的目光,问道:"你自杀进度多少了?"

穹苍伸出一根手指:"可能王冬颜之前就知道这件事情,所以这回只涨了1%。"

"那现在是96%?"贺决云说,"你小心一点,这个数值很危险的。"

穹苍说:"哇,我接下来做的每一件事情,都只会觉得特别开心。"

贺决云笑了起来,觉得也是。

徐蔓燕跟项清溪愿意出面指证,就案件侦破来说,已经是一大突破。冤屈可以昭雪,王冬颜是应该可以安心了。

贺决云说:"你打算去做什么开心的事情?分享一下。警民一家亲嘛。"

穹苍立住,想了想道:"我只是觉得,媒体总是很喜欢挖掘受害人的过往,尤其是性侵案件。似乎找到受害人的错处,将对方贴上各种肮脏的标签,就可以证明犯人的正确。那些人不是自诩成功人士,最有话语权吗?他们不大可能那么轻易地接受自己的失败。"

贺决云点头:"对,他们很擅长引导舆论,以及钻法律空子。"

"我只是去给他们加把火。"穹苍说,"我已经过了需要别人担心的年龄了。"

贺决云笑道:"这跟年龄可没有关系。关心你的人都会担心你。"

他虽然这样说,但也没有再坚持了,只招招手道:"早去早回啊,保持联系。"

穹苍说:"嗯。"

第 八 章

真 相

有时候，清醒地目睹一场舆论风暴，是一件无奈又愤怒的事情。

穹苍走到阳光底下，看了眼右上角的自杀进度。

从数据跳到 100% 之后，原本显示自杀进度条的位置，就变成了一行红字——自杀倒计时：24 小时。后面的提示中写道：玩家可自行安排，或到期强制执行。

生命有时候还真的是很脆弱啊。

穹苍在包里翻了翻，翻出一顶帽子，端端正正地戴在自己头上，然后抬步朝前走去。

她按照徐蔓燕给出的名字，在网上搜索了所有人的照片，里面果然有一个佩戴了与证据图片中相同款式手表的人，进而确认了对方的身份跟职务。那个中年男人是西江月销售部的一个领导，很有可能就是被田韵偷走了照片的人。

从各种细节来看，此人在性犯罪方面胆子很大，不加收敛，性格狂妄，且高度自恋。拍照的时候，他几次特意对准了自己的手表，说明他应该有着强烈的虚荣心。

一般这样的人身居高位，会有过度自信的表现。他们相信自己的智商跟能力远超他人，起码远超那些学生，尤其是在他犯罪多年却安然无恙的情况下。但是，他的心理承受能力不一定强，狂妄让他更容易被挑唆鼓动，陷入思维误区。

穹苍打车到西江月的总公司楼下，拿出手机，给对方编辑了数条短信，将完整的话拆分成多段，高频率地发送过去，给对方传递自己此时情绪激动失控的假象。

穹苍：你知道一切，你是不是让人去找我妈了？你以为这样就可以结束了？

穹苍：没有，还早得很！你们连续害死两条人命，现在又想逼死我，我要跟你们不死不休！

穹苍：你当我真的没有证据？周南松死的时候都告诉我了，她把你做过的所有事情全部记录了下来。

穹苍：我知道有你，我认得你的手表！

穹苍：照片里那个人肯定是你，就算你没有露脸，你身上的东西，你皮肤上的斑、痣都可以证明，警察一搜就会知道，你逃不掉的。

穹苍：借用扶持的名义，强迫学生上床，你和你的公司都完了！

穹苍：大不了大家同归于尽啊！我会一直看着你！

中年男人坐在办公室里，听着手机不停地振动，拿起来看了一眼。黑色的字体不断跳出，连带着他的眼皮也开始不祥地跳动。他咒骂了声"神经病"，把手机往桌上一丢，走到窗口的位置，粗暴地扯开窗帘。

他从兜里抽出香烟，叼在嘴里，低头翻找打火机的时候，看见一个人影正鬼祟地躲在楼前的树下。

那人戴着帽子，蹲在地上，埋头看着手里的东西。

此时桌上的手机又振动了一下。

中年男人两指夹住香烟，狐疑地走过去，再次拿起手机。

穹苍：我在你们公司楼下的咖啡厅等你。给你半个小时的时间，如果你不到场的话，我就直接公开照片，到时候大家一起玩完。

穹苍：我知道你在公司，别想装死，我都知道！

中年男人快步走回窗边，探出头，观察下面那个人影。

楼下那个女生很紧张地戒备着，然后将自己的身体缩到树的后方，确保从门口出来的位置看不见她。然而这样的举动在楼上看来，简直是暴露无遗。

中年男人畅快地笑了起来，缓缓举起手机，傲慢地给对方回复了一个"好"字。他当然能包容，并配合这个只会虚张声势的女生。他甚至觉得很好笑。

中年男人点出通讯录，朝着上面的某个号码拨打了过去。

"……放任她在外面乱说，虽然不是什么大事，但总归有点危险。K大今天来试探我了，放心，他们肯定没有证据。"

"如果可以的话，最好是能永绝后患，让她闭嘴。现在是个好机会。"

"……她就是个普通学生而已，我找人跟她妈妈聊过了，她家长还是一个比较懂事的人，没有了家长的帮助，她除了急还能干什么？"

"放心好了，她不可能有证据，周南松大概就是口头跟她说过，否则她早把照片拿出来了。田韵死的时候，手机不是被徐蔓燕她们拿走了吗？"

"我知道，先这样吧。"

挂断电话之后，中年男人在屋里布置了一下，随后拿起西装外套，淡定从容地迈出办公室。他装作一无所知的样子，从正门口走出去，目不斜视地去往咖啡厅的方向。直到拐到视线盲点的位置，才停下转了个身，用犹如猎人逗弄猎物的眼神，望着大楼前的那棵樟树。

等他看见门口的黑影仓皇跑进大楼时，低头理了理衣服的褶皱，难掩笑容地沿着原路回去。

办公室内，那个戴着帽子、蒙着脸的女生，正在桌前紧张地翻找。

中年男人靠在门边，抬手叩了叩门扉，问道："你在找什么？"

穹苍仿佛受到惊吓，整个人缩了一下，快步后退，身体贴到墙上。

像是被她的反应取悦了，男人脸上的笑更加真诚了。

"你在想我为什么没出去？"中年男人笑道，"你要是真的有证据的话，就不会只是来口头威胁我，那么拙劣的谎言你以为骗得了我？社会没那么简单的，多学着点吧。"

他虚伪地叹了口气，走进屋里，摇头道："你没有经过我的同意直接进我的办公室行窃，现在只要我报个警，你就要去派出所里蹲着。留下案底的学生，我可以让K大直接开除你。你说你为什么要做这种自毁前途的事？你对得起你的父母吗？我对你真的很失望啊。"

穹苍已是强弩之末，虽然瞪着眼睛却是毫无气势。她只是用声音来掩盖自己的忐忑："我没偷东西，你没有证据。如果你报警，我也可以报警。"

中年男人盯着她，像是听见了什么很好笑的事。

"算了，果然还只是一个学生，连一点法律都不懂。说话是要讲究证据的。"他脱下外套，挂到一旁的架子上，"我可以理解你，因为朋友死了，压力太大，情绪失控，所以喜欢胡言乱语。我也不想跟你计较，太没意思。坐下吧，我们聊聊。"

穹苍站着不动。

中年男人用指尖敲击桌面，微仰着下巴俯视她，说："我愿意跟你谈，是好事。否则我只要报个警，就什么都解决了。接不接受看你自己，但我的耐心也有限。"

穹苍内心闪过挣扎，最后还是走了过去，拖出椅子，在他对面坐下，顺手把手机放在了桌上。

中年男人瞥了一眼，示意说："关机。"

穹苍在他面前将手机关闭。

中年男人两手交叉摆在桌上，咂舌感慨道："王冬颜同学啊……"

贺决云正在和分局的同事一起对徐蔓燕录制详细口供，同时尝试联系其他受害者，看看对方是否愿意站出来做证。这是一项漫长又烦琐的工作，他们需要一遍一遍劝说、询问、求证，同时还要安抚好对方的情绪。

贺决云想顺便查查西江月有没有别的可攻击的地方。如果能够联合其他部门多方进行调查，证明西江月在管理上存在重大过失，就能在后期占据很大的优势。但他权责有限，又不想把事情闹大，在交涉方面有点困难。

快到傍晚的时候，总算出了一点成果。

根据学校提供的线索，警方迅速对保安进行了调查。经过一番敲打，保安终于承认，是他私自篡改了相关监控内容。因为西江月愿意给他支付一笔不菲的佣金，几乎是他两年的工资。见事情已经暴露，保安同意帮忙指证，请求宽大处理。

收到好消息，忙了一天的贺决云才想起来，说好了要保持联系的穹苍同志到现在都没跟他打报告。那姑娘神出鬼没的，不知道又去了哪里。

贺决云本来想联系一下对方，可是回忆起穹苍今天烦他的表情，觉得还是算了。他去泡了杯咖啡，靠在椅背上休息。正闲适的时候，他的同事突然过来告诉他，街道那边的派出所接到了西江月的报案，警方正在寻找王冬颜，问他有没有对方的消息。

贺决云猛呛了一口水，被噎得口鼻发酸。他惊道："什么？"

同事说："西江月已经在官网上公告了，他们要控告王冬颜勒索、诽谤，还有偷窃。那个学生现在是不是很危险？我们要不要去跟所里的同事打个招呼？西江月这很有可能是在打击报复。"

贺决云抬手制止说："等一下！"他站起来，又坐下，考量过后，拿起边上的手机，对同事说："你先去安抚住那几个学生，让她们不要相信任何新闻。我看一下事态，再告诉你怎么办。"

贺决云打开西江月的企业官网，看见首页挂着一个大大的公告。

公告里大致说的是，西江月虽然是一家成立不过十多年的高新企业，但始终响应国家的号召，一直在与K大合作勤工俭学的项目，旨在帮助生活困难，又有志为祖国做长久贡献的优秀人才。

最近，一位在他们公司实习的大四学生跳楼自杀了。警方调查过后，与家长都认同，这位学生的悲剧是出自生活压力与学业压力，为此他们感到十分惋惜，并向学生家长捐赠了两万元现金，希望他们能早日渡过难关。

可是就在昨天，这位学生的一个同学王某来到公司，指责是公司的错误导致这名学生的死亡。公司本来以为只是一场误会，想对王某进行引导安抚，结果她以莫须有的证据，意图勒索公司高层。

出于对王某的隐私保护，暂不公布相关视频。但因性质太过恶劣，影响过于负面，现已正式报案，希望K大能对其进行严肃处理。

后面是一个音频文件。

贺决云点击播放，静静听着里面的声音。

年轻女声："我只是路过而已，没有拿走里面的东西，你也没有证据可以证明我是来偷东西的。"

中年男声:"好了,我也觉得这样说话很累,你直接说吧,你想要什么?"

"你连最起码的赔偿都没有做到位。我也可以报警的。"

"那你觉得多少赔偿合适?"

女生激动地道:"都是人命,你觉得值多少?别以为我不知道,你们还想逼死我,在学校里面散布谣言,让其他学生对我进行校园暴力!"中间还夹着拍桌的声音。

男方的声音很是无奈:"我再说一次,你没有证据,我希望你不要再说这些没用的话了。"

"你们如果再逼我,我有的是办法让你们难过。要是被媒体曝光了的话,对你们也没有好处吧?你们的股价随便一波动,少的可不是这一点钱。"

男声妥协:"好,行,公司愿意出一百万,你看可以吗?"

"不够。"

"那再加一百万?"男声,"你真的知道自己在做什么吗?我再和你确认一次。"

"我知道。"女生说,"你不可以再去找我妈了。我可以当这些事没有发生过。"

男声:"我们只是想和你的家长交流一下,我认为她应该对……"

女声再次激动地道:"你胡说!你闭嘴!"

男声:"好……好……"

音频到这里结束。相关的内容同样已经传到微博和其他社交账号。在前排的热点评论里,都附着一个网页链接。链接跳转的是K大的一个学生论坛,这个论坛基本是由学生会负责管理,平日贩卖各种二手物品或者交流其他情报。

在下方的闲聊区域,里面有几个匿名的帖子,聊的也是"学生王某"。

根据帖子里的留言来看,王某在校期间有校园暴力的前科,致使同寝室的一位女生在今年三月跳楼自杀。可因为王某平时在校表现良好、成绩优异,家庭背景不错,且校园暴力的行为没有明确证据,最后事情不了了之。

后面还有几个最新发布的帖子,说王某屡教不改。前段时间,因为半夜翻墙与别的同学打斗,被辅导员当场抓获,又在随后的班会上公开发表了不恰当言论，挑动学生，险些造成不良事态。目前学校还没有公布处理方式，不知道会不会对其进行处分。

这条信息一经发出，立即被多家新闻媒体快速跟进，同时还买了热度进行大肆推广。

在贺决云发现它的时候，它已经势不可当地扩散开来，还伴随着各种真假不明的"内部爆料"，言语极不和谐。

"太恶心了。这学生什么情况？校园暴力biss[1]！都害死一个人了为什么还不让她停学？这是对其他学生的不负责！"

"这样的人渣就算名牌大学毕业又能怎么样？从一个文盲垃圾，变成杀伤力更大的高智商垃圾？学校的纵容是在培养罪犯。"

"人肉出来了。王冬颜，手机号：××××××××××。家庭地址：××街道××。她妈在×××单位工作，居然还是公职单位，直接举报电话打起！"

"人肉犯法，你们疯了吗？而且为什么学生信息那么快就出来了？别到最后搞错了对象。"

"我就是K大的学生，这个消息确实保真。她在学校里就跟疯子一样，到处乱咬人。我们都很讨厌她。"

"又来了又来了。只要有事，就会冒出无数个'同学'。上个学生证自证再说话。"

贺决云完全看蒙了。直播间里的观众同样是一阵吐槽。

一直跟着穹苍那个视角的观众还好，他们已经在这个副本里受够了教育，此时处于淡定吃瓜，静看好戏的状态，对着一切指指点点。

"身为一名网友，看着网友在游戏里犯智障，感觉有被嘲讽到。"

"网友有这么傻吗？我拒绝他们成为我的代言人。"

---

[1] 网络用语，"必死"的意思。

"这群人看得我好窒息。"

"网友看网友？禁止套娃。"

"这拨水军质量好差，'套路'得太明显了，路人居然也会上钩。这个年代的网友真是淳朴啊，唉，现在都不好骗了。"

而贺决云这边的观众则非常不是滋味，又一次错过了最佳剧情，他们极其痛心，不停地催促贺决云赶紧去做点正事，别总是躺在地上让大佬带赢。

"警察叔叔，你这样是不行的啊。"

"中年叔叔你怎么总是跟不上人家的脚步？人家已经奔向10G了你还在2G网络里快乐天翼，你对得起你直播间里的观众吗？"

"干点大事吧，我给你打赏一毛。"

"Q哥，再这样下去，你又要顶回中年怪叔叔的称呼了，为了Q哥的尊严你快上啊！"

"感觉被鄙视了，可我只是看个直播而已啊。"

贺决云赶紧调出穹苍的联系方式，给对方拨打电话。没响两声，穹苍那边直接挂断，然后短信发了过来。

穹苍：手机充电中，太烫。直接这里说。

贺决云：你怎么回事？网上都炸了。你不是去拱火的吗？怎么最后还引火烧身了？

穹苍：嗯哼？

贺决云：[网页链接]什么啊这都！他们买了水军，控诉你勒索、偷窃。现在网上已经发酵开了，你的照片和个人信息也都被曝光了。你现在人在哪里？安全吗？

贺决云：你先来警局这边，方便我们保护你。

穹苍：我租了台新电脑，在安全的地方剪视频。你先去保护一下王冬颜她妈妈吧，别让她出事。

贺决云：……你真的有把握吧？那么大阵仗，别到时候翻车了。

穹苍：欲使其灭亡，必先使其疯狂。我明明拱得很好，这火不是烧起来了吗？

贺决云：音频是剪辑过的吗？剪辑了多少？能不能"锤死[1]"？

穹苍：嗯哼？

贺决云：你需要水军吗？

穹苍：哟，你们警方还有这种服务啊？我再等等，等它声势再浩大一点。

贺决云：水军犯法，我们警方没有这种服务。我只是顺便提醒你一下，不要在网上乱找水军。直播间的导向不好，会被封。

穹苍：……

穹苍：哦。[啧]

直播间的网友见状纷纷惨烈号叫，恨不得把衣服脱了抽打在贺决云的脸上。

"不——我们长了一双能间歇性失明的眼睛！不要在乎我们，大佬上啊！"

"Q哥怎么那么尿？Q哥你又不是消防员，能不能热烈起来？"

"Q哥是这次的监察者，是三天的工作人员吧？尿字深深写在心里啊。"

事情发酵得太快，消息还是快速传了出去，做完笔录的项清溪也第一时间看见了推送的消息，班级群里更是炸开了锅。

项清溪拿着手机跑过来，抓住贺决云急问道："冬颜怎么回事？她现在该怎么办啊？肯定是那家公司的人在诱导提问，她不可能做这些事的！她会不会很危险！"

贺决云放缓语气，安抚她说："没事。她录下了完整版的视频，等处理

---

[1] 指某事有了切实的证据，对其定性已不能改变。

一下就会发出来澄清。"

项清溪:"可是……"

贺决云截断她的话头:"我们会调查一下那些在暗中人肉的账号,看看能不能挖出他们背后的水军。等事件澄清之后,大众就会对西江月这家公司产生不良印象,关注的重点也不会再放在性侵上面,而是污蔑造谣和逼迫自杀上。"

项清溪在他的声音里渐渐平复下来,只是心口还是觉得发紧,一股惶恐之情挥之不去。"真的没事吗?现在所有人都在找她。"

"没事。他们还不知道你和徐蔓燕已经报警了,也不知道周南松留下了明确性的证据。他们以为自己是釜底抽薪,其实是自暴其短。这一着走得很臭,放心吧。"贺决云说,"我刚刚联系过王冬颜,她正在剪视频,情绪听起来挺稳定,一切都在她的掌握之中。她很有主意。"

项清溪闻言点了点头,语气低落道:"她现在被骂,都是为了我们。"

"所以,你们千万不要让她失望。"贺决云说,"保护好自己,拉那群人下马。我们也在。"

"嗯……"项清溪眼眶湿润道,"谢谢你们。"

贺决云拍了拍她的肩膀,让同事护送几位女生回家,今天晚上会陪着她们,确保她们的情绪不会出现太大波动。同时安排其余组员监视好几名涉案人员,等这边收集完有效证据,批下文件后,正式进行抓捕。

贺决云回到座位上,密切关注起网上的事态发展。他们已经联系好网警,将明显异常的账号筛选出来,同时封锁相关不良信息。

有时候,清醒地目睹一场舆论风暴,是一件无奈又愤怒的事情。事情发展得很汹涌,可见幕后推手心情急切。

那几个在背后推波助澜的人,此刻应该在看着荧荧发光的屏幕纵情狂欢。而大批热血沸腾的网友,在水军的刺激下忙着伸张正义。

一大批网友跑到了王冬颜的账号下面,对她进行唾骂留言。连王冬颜母亲的工作单位也受到了波及。

单位接到的投诉电话严重影响了他们的正常工作,更有激进人士趁乱前往公司进行打砸破坏。为了安全考虑,王女士被迫请假回家休息。她拒绝了警方的保护安排，只请求他们先分派人力前去寻找王冬颜。

王女士看着那些面目可憎地讨伐她的网友，很不明白，为什么平日里温和有礼的人，会在突然间变得那么残忍。她想到王冬颜，更是满心害怕，一遍一遍地跟警方说着王冬颜离开前的那段对话，向他们保证自己女儿的品行。

她已经开始深切后悔自己当初就那么放女儿离开。她觉得王冬颜如果不是因为走投无路，一定不会独自去找涉案的男子对质。但凡她当初能好好跟女儿交谈，王冬颜都不会采取这种飞蛾扑火的方式，事情也不会进展到这样无可挽回的地步。

她以为能磨去女儿的棱角，让女儿圆滑地适应这个社会，于是她也成了一把刀，硬生生地在女儿心口削下了一块肉。

越是想，她就越是懊悔，到最后抱着女警痛哭流涕："你们听见她的声音了吗？她情绪很不好，她会不会想不开？你们快点找到她吧，我都不知道她现在到底去了哪里。如果让别人先看见，她会不会被他们打死？我求求你们了，快去找她！"

警察只能安慰她，让她不要再看网上的言论，同时用官方账号呼吁市民保持冷静，严格禁止网络暴力。

这样的力量明显是很微小的。

入夜，事态不仅没有平息，反而在二次扩散中造成了更大的影响力。其中很大程度上是因为王冬颜的突然出现。她在自己的账号上断断续续发了几条消息，作为对事件的回应。

"别再骂了，也别去打扰我妈，真的是资本家在骗人！你们为什么不相信我！"

"我没有勒索西江月，他们是故意的！"

"你们要把人逼死才算吗？你们又知道什么？"

网友们万万没想到她居然还敢现身，且现身后不是为了道歉而是为了推卸责任。此举犹如火上浇油，让一批"正义之士"变得更加亢奋，在底下叫嚣着"快去死""自杀谢罪""死不足惜"一类的偏激词语。整个账号评论区变得乌烟瘴气。

晚上十点左右，某家本地知名媒体放出了一段今天下午对K大学生的采访视频,将事件推上了一个新的高潮。

记者问:"王冬颜你认识啊?"

镜头里一个打了马赛克的男生说:"认识啊。全校的人都认识她。"

边上的另外一个男生插话道:"前两天不是还半夜跟人打架吗?"

记者问:"你们觉得她人怎么样?"

两人笑嘻嘻地说道:"特别嚣张!""太厉害了!"

记者又问:"听说因为她,与她同宿舍的一个女生跳楼自杀了,是真的吗?"

男生答:"对。大家都这样说。"

记者问:"是用直接的暴力行为吗?"

男生说:"我不知道啊。他们都说有,那应该有吧。"

记者问:"还有别的行为吗?"

"好像是吓她。"男生说,"装神弄鬼或者什么的,把人给吓到神经衰弱了。那个学姐本来就有抑郁症,发病后就自杀了。"

记者问:"那她的室友,她班级别的同学,都知道这件事情吗?"

"应该知道吧?听说就是她们的室友爆出来的料,觉得她太过分了。"

"大家都在骂活该啊,经济学院那边的人还挺高兴的,今天全在那里叫。"

"谁也没想到她这么恶心,还会跑去敲诈勒索,感觉跟疯了一样。"

记者问:"你们对此有什么想法吗?"

"就希望她能够自己承担责任吧。"

"根本是活该啊!"

"就……犯罪成本太低了。"

这则新闻播报之后,网上舆论彻底呈现一面倒的趋势。原先还在责骂人肉不对,让马上停止的理智网友直接被压得出不了声。

"这回不用自证了吧?"

"连同校的人都这么说,还有什么好狡辩的?"

"恶臭!去死吧!死了也活该!"

"说了自杀一定要自杀哟,可千万别又不去了。等你哟王冬颜小妹妹!"

"圣母自己去体验一遍被校园暴力到死的感觉再来出声吧。"

三天网友则被这一骚操作搞得快要折了腰。

"一句脏话都说不出口。"

"这画面就很美妙了。"

"看着他们说犯罪成本太低的时候，我的内心竟然产生了同样的感觉。"

"唉，虽然有时候也会希望能用社会舆论来惩戒那些恶意逃脱法律制裁的凶犯，但它真的是把双刃剑，反伤效果太强，误伤的话就很惨痛。"

"能把伤害直接转移到校方领导身上吗？炮火对不准一切白搭的网友们！"

"我终于也可以用恨铁不成钢的表情看着我的爹妈。这些肯定是他们的黑历史。"

没多久，王冬颜的账号再次更新。

"都是假的！你们为什么都说谎！哗众取宠博人眼球，你们敢为自己说过的话负责吗！"

网友在下面一片哄笑，对她露出所有丑恶的面貌。

深夜两点的时候，K大负责宣传的老师从床上爬起来，编辑了一条澄清的公告，说事件正在调查，正在处理，但关于校园暴力的指控并没有切实的证据，希望网友能冷静看待。

毫无疑问，K大跟着一起被网友喷得狗血淋头，甚至还给王冬颜多拉了一波仇恨。他们认为这个学生权势滔天，已经买通了学校管理层，因此才有恃无恐。

校方负责人看着评论气得笑出声，愁秃了头。权衡过后，还是把公告给删除了，以免激化矛盾。

这注定是一个不眠的夜晚。

项清溪给贺决云打了好几通电话，说她们都联系不上王冬颜，和徐蔓燕在那边快要急哭了。她们甚至询问，要不要直接站出来为王冬颜辟谣，怕她被网友刺激太过真的选择轻生。

贺决云一面安抚她们，一面也隐约察觉到不对劲。在挂掉电话之后，不停地回想穹苍离开前的表情。

对方抬起头时漫不经心的眼神,让贺决云很是不安,跟电影画面一样,不断倒带,回放。

贺决云用力咽了一口唾沫,继续给穹苍打电话,发短信。

贺决云:喂,你到底在哪儿啊?

贺决云:回电话,你这样我很担心。不是说好了吗?一起通关啊!

贺决云:我已经对你进行手机定位了。

贺决云:真的不出声?王冬颜!

贺决云:穹苍!穹苍!!

贺决云烦躁不已,薅了把自己的头发。

技术部的同事已经确定手机定位,派人前往查证后,发现穹苍把手机丢在了某个网吧里,而人已经不见了踪影。

贺决云再迟钝,也明白穹苍的打算了。她的自杀进度肯定已经满了,所以才会采取这样的措施。他忍不住恨恨地咬牙:那个骗人不眨眼的家伙,可以啊!

贺决云立马增加人手,申请支援,在全市范围内进行搜寻。

然而,凭穹苍的智商,她想躲起来的时候,根本没人找得到她。

清晨,第一抹日光刺破天际,早起的人开始在街边晨跑。

一个警员冲了进来,对贺决云道:"老大!接到分所报告,说有市民报警,刚刚看见一个女生从城西的大桥上跳下去了!"

贺决云脑袋嗡地一响,紧绷了一个晚上的精神又被拉扯到了新的程度,他用力看向来人,阴恻恻地道:"你说什么?"

"消防已经过去帮忙打捞了。路边的人也在帮忙急救。不确定跳水的人是不是王冬颜,那边的同志正在确认对方身份。"

贺决云气势汹汹地冲向门口,另外一名警员又喊:"老大老大!快来看这个视频!老大真的!先看这个!"

贺决云脚步顿了一下,猛吸一口气,还是拐了过去。

视频正是穹苍拍摄发布的。

第九章

寻找王冬颜

所有爆发过的情绪，都转化成了新的力量，无声地掀起一场名为拒绝网络暴力的网络革命。随后一场浩大的"寻找王冬颜"的活动，开始在市内自发举行。

穹苍的视频应该是夜里拍的，背景一片漆黑，旁边有一道昏黄的光线照亮她的脸。

昨天穹苍被项清溪打了一棍，额头又在铁铲子上撞了一下，伤口已经去医院收拾好了。但是在视频里，她头上的绷带被拆掉，一圈红色的血渍在周围弥漫，让那一道伤口显得尤为狰狞。除此之外，她脸上的其余部位还多了很多青紫，像是被痛打过一顿。

她看着镜头的目光很是涣散，显得精神萎靡。

贺决云凑近屏幕看了许久。由于光线太过昏暗，打的方向也不大合适，连他都分辨不出那伤究竟是画的还是真的，极其逼真。

边上的警员不明真相，直接不客气地骂了一声脏话。

这时视频中的穹苍开口了，众人屏息听她说话。

"今天，网上很多人，用各种语言，对我进行咒骂，关于他们的指控，我概不接受。既然西江月公司的管理层混淆是非，颠倒黑白，说明他们不愿意履行答应我的事情。那我今天就把所有的事都说出来。"

她抿了抿唇角，将额边散落的头发用手指梳上去。

"今年二月份的时候，我们班里有个叫田韵的同学跳楼自杀了。她是一名贫困生，家里十分困难，父母又重男轻女，家里还有一个弟弟，连学费也不愿意给她出，她只能依靠自己打工生活。她实习的地方，就是西江月。

"她的精神压力很大，导致学业退步，多门不及格，西江月的管理层就借此对她威逼利诱，说他们跟学校有利益输送，可以让她永远毕不了业，还可以让她背上一辈子都销不掉的处分。并找各种借口，克扣她的工资，污蔑她损坏了公司财物，要求她进行赔偿，从各方面向她施压。田韵全是依靠周南松的资助，才能维持日常生活。她走投无路之后，假意约那个威胁她的男人出来，把对方灌醉，然后从男人的手机里拿到了一份证据。"

她像是说得很艰难，每说完一句话，就要重新措辞。说完这一段话之后，又快速换了个话题。

"第二个跳楼的死者叫周南松，她是我的室友，也就是大家污蔑我对其霸凌的那个人。我没有。她是田韵的好朋友，她知道整件事情，还拿到证据，并告诉了我。"

她咽了一口唾沫，给人的感觉很不好，在说完这句之后沉默下来，抬手用力抓了把头发。

她身上的焦虑感太明显了，正常人都可以看出，她此时的精神状态绝对算不上正常。她看着镜头，眼眶红了起来，泪珠含在眼眶里，将落未落。

就是这样的反应，大大增加了她话语的可信性。她像是一个无辜又百口莫辩的受害人，完全无法想象她与谣言中那个性格恶劣的女生会是同一个人。

穹苍酝酿了一会儿，再次声音沙哑地开口。

"对方剪辑录音，以为我没有准备。但其实我是先买了一部新手机，才进去跟他进行交涉的，因为我不相信他们的为人。该说的都在里面了，你们自己分辨吧。"

接下来是一段晃动的视频，镜头对准了一个中年男人。对方表情高傲，很难让人心生好感。

一个年轻的女声，带着明显的激动情绪道："别以为我不知道，你们还想逼死我，你们明知道，周南松是因为田韵才会自杀，却告诉所有人，是我害的她！你们花钱找人在学校里面散布谣言，让其他学生对我进行校园暴力！"

中年男人语气随意地道："我们没有这样做，是你的同学自己这样认为的。"

那副表情配上他的话，无论谁看，都会想要揍上一拳。

"周南松留下的笔记本里都写了，你们就是用这样的方法，让一个个学生妥协，不敢发声，被你们奴役，被你们无止境地骚扰！然后再用一点点的好处，去收买安抚她们。一旦她们不听话，又用不让毕业去恐吓她们！"女生吼道，"周南松的笔记本还在！我可以交给警察！"

中年男人摊开手说："那些根本就不能成为证据。她有抑郁症，她死前一段时间精神失常，写下的东西能信吗？何况，她本身就只是道听途说，没有根据。"

"她说了还有照片！你们偷拍的照片！她都看见了！你，你们公司销售部的副部长，××商务公司的总经理……"女生报出一连串的名字以及身份，语气急促地道，"你们偷拍、胁迫她们，还对她们评头论足，以看她们挣扎为乐，你们都不是人！"

中年男人问："那照片呢？"

"你想否认？"女生猛地站起来，"有本事你把你的手机拿出来！你让警察翻，看看你以前存储过什么东西！互联网是有记忆的，你以为删除就能改变事实吗？你那是刑事犯罪！"

"好了！"中年男人喝了一声，示意她坐下，"那叫你情我愿，算不上犯法，你懂不懂？"

女生嘶吼："你胡说！你闭嘴！"

中年男人怒道："够了！"

女生拍桌愤怒地道："你不要逼我！大不了，我也从那栋宿舍楼上跳下来！我留一封遗书，你们谁都没有好结果！"

中年男人笑了起来："那你去跳啊，你去，大家只会嘲笑你，认为你是畏罪自杀！西江月这么大一个公司，每年要交多少税你知道吗？我们为社会做了那么大的贡献，你看看他们最后会相信谁。年轻人不要太不自量力。"

女生剧烈喘息，显然被气得不轻。

中年男人从手边的烟盒里抽出香烟，用打火机点了，靠在沙发椅上，过了会儿，才施舍般地说道："何必把大家都搞得那么难堪？你以为可以用你的命来威胁我？你开玩笑吧？我想跟你好好聊。但你这样的情绪，我们怎么聊？"

"我劝你，不要再管这件事情。不如提一些有用的要求。"中年男人状似认真地劝解道，"你也为自己考虑考虑，你快毕业了，你得找工作吧？你闹，能得到什么呀？"

穹苍说："公正。"

中年男人问："公正值多少钱？"他对着前方享受地吐出一口白烟。

女生沉默良久，再次开口，声音颤抖："田韵就那么白死了？她根本是被你们逼死的。你先对她动手动脚，可是你连最起码的赔偿都没有做到位。"

"所以啊，能谈钱，不就方便了吗？"中年男人敲着桌面道，"二十万。"

"不够。还有周南松，她妈妈只有她一个女儿。"女生慢慢冷静下来，"要是被媒体曝光了的话，对你们也没有好处吧？你们的股价随便一波动，少的可不是这一点钱。"

中年人问："那你觉得多少赔偿合适？"

女生说："都是人命，你觉得值多少？"

中年人说："一百万。你看可以吗？"

女生再次沉默下来，隔着屏幕也能感受到她内心的挣扎。

最后，她很是无力地应了一声，又虚弱地补充道："你不可以再去找我妈了。我可以当这些事没有发生过。她只是一个普通人。"

中年男人挥了挥手，示意她可以出去了。

女生说："我还有一个问题。"

中年男人心情很好的模样道："你说。"

"你到底有没有良心？"女生隐忍着怒气，质问道，"你拿着校长开创出来的贫困生制度，名利双收，背地里却做着禽兽不如的事。你对不起太多人,你甚至对不起校长。你糟蹋了他的善心,毁了整所学校。早晚有一天你会自食恶果的。"

中年男人嗤笑了一声,显然不将她放在眼里,挥着手里的烟道:"年轻人,你真好笑。这个社会的规则就是,要么别人对不起我,要么我对不起别人。我当然选后一个。"

画面突然暗去,重新切到穹苍那边。

穹苍按着自己的头,眼神焦点并没有落在镜头上。她低声说:"我说的都是真的,我不知道为什么大家都不相信我,还去伤害我的家人。是不是一定要死才可以证明?这是你们对于正义的诉求吗?我可以用生命向你们保证真实,你们又能不能为自己说过的话负责?"

穹苍哽咽了两声,又说:"我都说出来了,相信我的,不要去伤害受害人,不要去猜,究竟有哪些人被胁迫。真正该被讨论的,是那些说谎欺骗的人……大家永别吧。"

这则视频出来的时候,西江月的领导正在接受媒体的采访,他们低垂着视线,假惺惺地表示对王冬颜的失望跟遗憾,他们本着善意做好事,不应该受到这样的污蔑。希望 K 大能多关注学生的心理健康,教育出真正优秀的学生。

媒体的嗅觉比他们要灵敏。在他说到一半的时候,几名记者的手机都出现了新的消息提示。他们退到后面,悄悄查看内容。

被采访的领导隐隐感觉到不妙,清了清嗓子,准备再次开口。

看完信息之后的记者面露震惊,彼此间对视了一眼,露出不可置信的眼神。他们态度一变,快速上前,将话筒撑到领导面前,语气不善地发问道:"请问贵公司如何看待王冬颜最新发布的视频?"

正在接受采访的男人蒙了,缓缓道:"什么视频?王冬颜很会说谎,如果是她说的话,我觉得应该考证后再取信。"

"她发布了在办公室里和你们谈判的完整视频!"记者很是激动,"视频中的人物口型、声音,全都是对得上的!你们敢发布原版音频吗!"

被质问的领导背上陡然出了一层冷汗,却仍旧强撑着道:"我们发布的就是原版音频,我们需要看一看你说的视频后再给你准确回答。"

记者们根本不给他逃离的机会，群起而攻地质问道：

"你知道王冬颜今天早上跳水自杀了吗？"

"你知道王冬颜用自己的死亡控诉了你们的霸权行为吗？"

"网上攻击王冬颜的水军是不是你们请的？"

"周南松的自杀是不是被你们引导成校园暴力的？请正面回答！"

中年男人受不了了，想从人群中逃离，用手推挡道："等一下啊……等一下……"

"站住！"

"你知道教唆他人自杀，虽然没有明确的相关法律条文，但是司法机关是认可把它作为故意杀人罪来判处的吗？请问你们有没有胁迫王冬颜自杀！有没有！"

"叫你们领导出来！我们需要真相！三条人命都需要真相！"

"怎么解释王冬颜说的情况！"

公司的大楼直接被围住，还有记者拥向总经理办公室以及穹苍在视频中说出的另外几人的住所，前去找他们讨要公道。

那些人在茫然之中，被找了出来，还没明白发生了什么，直接面对黑漆漆的镜头，以及各种愤怒的诘问，哑然失声，然后又在手足无措的情况下，被突然冒出的警方带走，去公安局接受调查。

一路上，他们的各种窘态都被镜头记录下来，到了公安局门口之后，又被无数人围观，像过街老鼠一样承受市民激动的情绪。

愤怒的家长将垃圾丢到他们的脸上，而警察毫不同情，只"套路"地让市民们让一让。

一切都发生得太快，像旭日从天际升起之后，光明瞬间来临。

王冬颜跳水自杀的新闻比她的视频扩散得要快一点。警方账号直接发布了王冬颜落水的信息，表示他们正在搜寻，暂时没有发现她的踪迹。

网友得知消息的第一时间，情绪很是复杂。

"还真的自杀了？"

"太脆弱了吧？"

"不是你们一步步把人逼死的吗？"

"活该啊。她的同学不是也说活该吗？"

死者为大，部分人虽然还是说得很难听，但起码声音小了一点。

而后，视频流量爆发，沉默的大多数被炸了出来。

他们来到王冬颜的微博下面，看见评论区的留言，被各种恶意刺激得遍体生寒，进而一种强烈的悲伤迸发出来。

"叨叨叨叨！我就说你们叨叨！全都是刽子手！吃人不吐骨头！现在满意了？满意了吗！"

"我真的好难过啊，看着看着我就哭了。感觉她就是活生生地死在我面前的。一个那么有正义感的女生，却背负着罪犯的污名自杀。这个社会怎么了？"

"我头皮发麻，这是真实的，血淋淋的杀人！"

"那么多次了，怎么还学不乖！"

"现在骂人有用吗？人自杀了，生死未卜，祈福行吗？本地的朋友过去帮忙寻一下人，现在要抓紧一切时间！"

"昨天去王妈妈公司闹事的人自己滚去跪下道歉！"

"善良被消费，人心被利用。更可恶的是幕后的资本，不要再内部分化制造矛盾了。请求公司管理层给个说法！"

"给不了说法，已经被带走调查了。警方这次反应很快。"

"K大的学生又是怎么一回事？鬼想得到这也能反转！"

一个被证实说过谎的人，群众直接下意识地对他们产生怀疑。在还没有明确证据的情况下，众人已经相信了穹苍在视频当中说的各种事情。同时认为穹苍脸上的伤也是被西江月的工作人员殴打造成的。

与此同时，官方媒体再次紧急发布了一则采访视频。

与上一家媒体不同，这一次，他们在学校刚开门的时候，就进入了校园，通过辅导员的帮助，直接采访了王冬颜的同班学生。

不是那些捕风捉影自行判断的学生，而是消息的发源地（1）班的学生。

记者问："认识王冬颜吗？"

学生闷声道："认识。"

记者问:"她对周南松进行暴力行为了吗?"

"没有。她没有打人。"

"那是有精神暴力行为吗?"

"我不知道怎么说,她就是故意吓南松。"

"怎么吓呢?什么程度的?我听有些学生说,她故意装神弄鬼吓人是吗?"

被采访的学生声音小了下去,答说:"这个我没看见过,她就是拿那种小玩具吓人。"

记者拿出一个小型玩具盒,问道:"是这样子的吗?"

学生说:"对。"

记者按下盒子的开关,随着盖子往后滑下,里面冒出来一只黑色的橡胶蜘蛛。他问道:"她就用这样的玩具把周南松吓到自杀了对吗?你们是这样认为的?"

学生不说话了,马赛克挡住了他的脸,看不清他的表情,可是他的惭愧几乎不加掩饰。

记者又问:"学校有人装神弄鬼吗?我听有些学生说,确实有。挺严重的那种。"

被采访的人依旧静默着不愿意吭声。

记者再次提问:"有吗?"

学生回答:"有。"

记者问:"针对的是谁?"

学生似乎难以启齿:"王冬颜。"

记者问:"我向你确认一遍,是王冬颜被吓,对吗?"

"对。大家就是想给周南松报仇。"

记者又问:"王冬颜带领班级里的人排挤过周南松吗?"

"没有。她就是不喜欢跟对方玩。"

"你觉得,这叫校园暴力吗?你觉得,她应该被称为凶手吗?"

学生再次沉默。

记者的声音很平静,可每一个问题都很犀利:"你知道她自杀明志了吗?"

镜头中出现了哽咽的声音。学生抬手擦了擦眼睛。

"你们为什么这样做?"

学生说:"学校里的人都这么说。"

记者:"可是谣言不是从你们班上传出去的吗?"

"我听到周围都是这么说的。网上论坛也这么讲。"学生说,"我没想太多。"

记者也无言起来,半响后问:"你知道我想说什么吗?"

学生深深埋着头。

记者说:"你们是……我们社会未来的栋梁之材,你知道吗?所有人都对你们有很大的期望。但是,出现这样的悲剧,我真的没有办法想象。"

学生问:"她现在怎么样了?"

"太好了。"记者说,"你终于问出这个问题了。可是我也不知道。这个季节,河水的流速不慢,她是抱着石头跳下去的。现在大桥下面没有发现她的尸体,救援队还在扩大搜救范围。"

记者抬手看了下表。"距离她跳水已经过去两个小时了,目前还没有任何发现。现在警方在发动市民去下游方向搜寻。你知道这意味着什么吗?"

学生痛哭出声。

记者说:"我不逼你。我希望你们都能好好的。"

学生愧疚地道:"对不起。"

记者说:"我希望你有机会,能亲自对王冬颜说一声对不起。"

学生点头,问:"我可以去帮忙找她吗?"

"这件事情不应该来问我。"记者说,"你觉得有必要,你可以去。你觉得自己需要冷静一下,就先调整好自己的状态。生命最可贵,我已经不想再看见任何类似的悲剧了。"

学生再次道:"对不起。真的对不起……"

王冬颜的自杀与事情的反转,变成一把利刃,狠狠地插在所有人的心上。无论是参与的,还是没有参与的,都从内心深处感受到了一种疼痛。

他们愤怒,却无处发泄。

他们沉默,又难忍罪恶。

他们的心里,或多或少都留下了一根刺,那是对王冬颜死亡的愧疚,是对不幸者的惭愧,是对狂妄的反省跟自悔。

所有爆发过的情绪,都转化成了新的力量,无声地掀起一场名为拒绝网络暴力的网络革命。

随后一场浩大的"寻找王冬颜"的活动,开始在市内自发举行。

贺决云站在河岸,看着潺潺而去的水流,身影如同伫立的石像。

自发前来寻找的路人不停地在周边走动,"王冬颜"三个字交错回荡在空气中,久久不绝。路边密集的泥泞脚印,长长地蔓延向远处,却没有一条通往穹苍的所在。

有人带来了鲜花,摆在公路两侧。有人点上了蜡烛,为她祈福。网友自发创建了相关话题,希望她能平安归来。记者留守在大桥上,等待第一手消息。

社会有时候是很奇怪的。它无情起来的时候,极其残酷,可以将刀口对向无辜的受害人,而善良起来的时候,又特别温柔,可以在一个完全陌生的人身上释放善意。

你所谓的光明与黑暗,全凭你看见了哪一面,又在经历哪一面。可这并不是完全对立的,心向朝阳砥砺前行的人,总有希望可以重见天光。

抢救的每一分每一秒,都很宝贵。然而到现在,所有人心底都已经对王冬颜生还这件事不抱希望了。他们只希望能尽快捞到她的尸体,给所有人一个交代,也给这个善良的女生一个结果。

"你赢了。"贺决云望着波动难止的河面,"但是不妨碍我想打你。"

他此时的表情绝对可以称得上狰狞。

贺决云最生气的地方,不在于穹苍骗他,或者私自行动,而是那个说谎面不改色的女人,在自己说完担心她,让她早去早回之后,竟然淡淡地回了一个"嗯"。

"嗯"?

她有什么资格说"嗯"？！

贺决云手下的警员走过来，看着他的表情，有点不大敢靠近，犹豫着叫了一声："老大……这里的人要不要撤了，转到下游去？我觉得王冬颜她……"

贺决云恨恨道："她不会死的。"

贺决云想起穹苍说过，如果可以选，她一定选活着。如果要自杀，她一定选死不掉的自杀。

她那么聪明的人，会那么轻易地妥协吗？

她那种被打了一下头都恨不得拉对方回去跪见祖宗十八代的斤斤计较的家伙，怎么可能会为了几个人渣献上自己的生命？就算是游戏也不行。

这买卖太亏了。

贺决云又肯定地说了一句："她不会死。"

警员说："可是……"

贺决云用力抹了把脸，在路边挑了一块石头，掂量着重量，抱在怀里。

巧了。他也不是一个那么容易认输的人。说了要活着带她出去，那就一定要活着带她出去。

贺决云抱着石头，走上大桥。

正坐着船在河上打捞的几位救援人员抬头看见他的举动，感觉到不对，伸手喊道："喂——"

"老大！"

等他们反应过来的时候，贺决云已经"扑通"一声跳了下去。

这个高度跳水，姿势不选好，会被河水表面的张力给撞伤。接触水面的那一刻，贺决云的身上感到一阵疼痛，下意识地想要松开双手，在没入水面之后，又立即被温和柔软的液体治愈。

所有的尖叫声跟呼喊声在进入河水后都被冲淡，唯一清晰的只有水流。

贺决云屏住呼吸，顺着河水的助力，往前方游去。石头将他带得沉入湖底，避开了打捞人员的工具与视线。在游出数米之后，贺决云松开了手，让身体慢慢上浮。

抱着石头投河只是穹苍为了表现自己必死的决心而已，她不会真的要跟这块石头共沉沦。

贺决云抬头看着湖面通透的粼粼蓝光，想着穹苍这个时候会思考些什么。

方起说过，穹苍是个极冷静的人，她永远会从利益最大化的角度去看待事物。

那么，她需要时间，让自己落水的消息传遍网络，同时让大家默认为她已经罹难，这样才能够刺激到大众敏感的神经，将事情的影响扩散到一个新的范围，让自己的死亡发挥最大的作用。

所以，她会尽力游到精疲力竭之后再上岸，避开前期救援的最佳搜索区，扩大战场，让人不会那么迅速地找到她。因此，根据水的流速所划出的救援范围，其实大幅偏小。

贺决云顺着水流的推动，不断往前游动。这样的游泳方式其实并不费劲，能节省很多力气。

渐渐地，贺决云在水里闻到了一股臭味，有些类似厨余垃圾流出的污水。河水也变得不再清澈，水里多出了一些混浊物。

前方应该是有污染源，导致这一条支流受到了影响。

贺决云探出水面猛吸一口气，将流进嘴里的河水都吐了出来。他不相信穹苍愿意牺牲至此，跑来这里喝一肚子垃圾水。

呵，毕竟她是一个斤斤计较的女人。

再前面的一段路，流速会明显变缓，河流宽度也变得狭窄许多。如果想要顺势被冲上岸的话，这里会是个好选择。

贺决云相信自己的直觉，游向岸边，走出水面。他用手在脸上刮了两下，又捂住耳朵，让不大灵敏的听觉尽快恢复。

等那种耳鸣跟混沌的感觉过去，他听见了微弱的猫叫声，不知道从什么地方传出的。

贺决云一面拧自己衣服上的水，一面继续往前方走去。

岸边的泥地由于河水的冲刷，已经变得软烂湿润。这一段也已经有人来找过，所以留下了不少的足迹。那些足迹混杂在一起，让人无法准确辨别它原本的模样。

贺决云喘着粗气，不停环顾四周。

穹苍不会跑得特别远，特别隐蔽，那样会让人怀疑她是不是故意用死亡来制造噱头。她应该会停在某条道路中间，像是支撑不住地倒下，等着人去解救，为这一场表演画下完美的句号。

猫叫声又清晰了一点。贺决云皱眉，顺着猫叫声，走到前方的桥墩底下。

这里堆放着许多没有处理的垃圾，有的被踩进泥里，有的垒在旁边，混着泥沼的臭味，让人难以接近。

他绕过这个垃圾场，在不远处一堆丛生的杂草里，看见了倒在地上的黑色人影。

穹苍倒下的位置很隐蔽，被草盖过了身体。如果不是一只狗胆包天的猫正踩在她的脑袋上，对着贺决云发出有频率的叫声，恐怕连他也无法一眼发现。

贺决云的心脏快速跳动起来，朝着那个方向跑过去。野猫见他靠近，皮毛乍开，然后往边上一跳，仓皇地跑了。

"王冬颜！"

贺决云叫得很大声，动作却很小心，把穹苍从地上翻转过来，查看她的伤情。

她额头的伤口因为泡了太长时间的河水，变得狰狞不堪，导致整张脸上都是淡色的血渍，应该是受到了细菌的感染，身体正在发烧。

"穹苍？"贺决云探她的鼻息，却因手指冰凉感受不到呼吸，于是又拍着对方的后背叫道，"穹苍？"

穹苍咳了一声，眉毛重重皱起，虽然眼睛没有睁开，却明显地表露了自己还活着的信息。

"那只猫……"穹苍用气音艰难地道，"一直踩我的头。"

这人已经是气得颤抖："气死我了！"

贺决云大笑出声，笑完之后对她说了一句："活该！"

他的笑声刺激到了穹苍，穹苍艰难地睁开眼睛，瞪了他一眼。

贺决云把人抱起来，脚步一深一浅地往岸边走去。

路人看见他们出现，错愕了数秒，然后才反应过来，放声尖叫着：

"找到了——"

"王冬颜找到了——在这里！救护车！"

一声声"找到了"，以最原始的人声传递，不断飘往远方，甚至还带上了一些沙哑的哭音。

热心市民火速开着自己的车追上他们，催促两人赶紧上来，送他们去往医院。

闻风而来的媒体，只来得及抓拍到贺决云上车时的画面。他们扛着机器，追在车辆后面奔跑，大声问道："还活着吗？还活着吗王冬颜？！"

贺决云的手伸出车窗，朝后面比了个胜利的"V"，高声回道："还活着！"

"啊——好！！"

欢呼声接二连三地响起，彼此陌生的人也忍不住击掌相庆，高声呐喊，以做宣泄。

这一幕被摄像机清晰地记录了下来。

记者快速将这振奋人心的消息，配上几张模糊的图片，传上网络。

这无疑是近段时间里最令人欣慰的新闻，将之前的死气沉沉一扫而空，为"王冬颜"这三个字赋予了特别的力量。

随后，媒体连线，采访贺决云，并得知了救援过程中那只关键的踩头猫。他们很兴奋，也将它当作关键环节，一起写进了采访稿。

放松下来的网友再次有了活力去插科打诨。

"我宣布，以后除了有踩狗屎运以外，还有猫踩头运！［狗头］"

"那位警察大叔也太帅了，直接跳下河顺着水流搜人！如果年轻一点，我就嫁了。"

"怎么会被冲得那么远？我看伤口都泡烂了，是真的没事吧？"

"等待医院通知。大家真的应该庆幸，否则要带着愧疚过一辈子。至于西江月的那些人渣，给我把牢底坐穿！"

"我泪洒当场，善良的人能活着真是太好了。"

等穹苍再次恢复意识的时候，已经躺在医院里了。

她周围站了一大帮人，黑压压的一片。

有记者，有警察，有K大的学生，还有王女士。

王女士用力握着她的手，看见她睁开眼睛，伏在她的病床前痛哭失声道："冬颜，对不起……我的乖女儿，都是我的错！"

穹苍紧了紧手指，又把视线投向另外一侧。

以许由为代表的同学在她的注视下，皆露出惭愧又紧张的神情。许由张了张嘴，几次酝酿，终于有勇气出声。他的表情看起来像是要哭了，带领着众人朝她深深鞠躬，大声道："对不起！你不需要原谅我们……真的对不起！"

穹苍扯了扯嘴角，最后看向站在人群后方的贺决云。

贺决云会意地笑道："放心吧。你挑的那个软柿子真的很软。他剪辑音频的事情被曝光，又在你的视频里说了些不该说的话，心理防线几近崩溃。我们从他入手，旁敲侧击，顺利拿到了有用的口供以及部分群聊天记录。现在已经可以明确指认那群人的罪行。等证据整理完全，他们就可以喜提监狱不动产。至于名望，一点都没有了。"

穹苍点了点头，又想起什么，开口之后发现喉咙沙哑，不是很方便出声。

贺决云已经明白，主动朝着窗户的方向指了指。

穹苍顺着看去，项清溪跟徐蔓燕正并肩站在玻璃窗外，微笑着朝她挥手。那笑容很灿烂，光从玻璃折射过去，模糊了她们的面容。

穹苍望着她们两个，也轻轻地笑了一下。

系统的通关提示在这时响起，在倒计时结束之后，将两位玩家弹出副本，直播间的屏幕跟着黑去，只留下一行文字介绍。

三天的网友意犹未尽，一面点着打赏，一面在评论区卖乖，仿佛开场时候的狂妄只是一场幻觉。

"副本通关撒花！这边撒撒那边也撒撒［花花］。大佬爱你哟！"

"欢迎大佬下次再来《凶案解析》呀，关注了，你的小粉丝在爱里等你呀！"

"这次的剧情探索度应该有100%了吧？这个副本可以封锁了。"

"又是被打肿了脸的一个副本。心满意足地离开。[捧脸]"

"不愧是92分的大佬，我一开始的时候就知道你不是个平凡人！就问什么时候开下个本？"

贺决云从模拟器里登出的时候，脑袋有点眩晕。他按着额头，让自己的情绪尽快从副本中抽离。

一个年轻的声音在他耳边叫道："Q哥。"

贺决云淡淡扫过去，英俊的脸上出现一丝明显的杀气。

年轻人挠着头嘿嘿傻笑，装作不知，举着资料汇报说："系统的最终评定是完美通关，现在是不是可以给她提高副本的选择权限了？"

贺决云没有直接回答，而是抬脚往外走，同时问道："穹苍呢？"

"休息室里呢，也是刚刚登出。"年轻人踩着快乐的小碎步跟上，"老大，你是要过去看看吗？"

贺决云一脸公事公办的表情："嗯。我要确认一下她游戏后的精神状态，看看她是否真的适应这个游戏。"

年轻人撇了撇嘴，在他身后无声地做着口型吐槽。

——虚伪。一个假公济私的男人！

穹苍所在的休息室有一扇巨大的落地窗。房间里面摆放着各种营养剂跟食物，还有医生在一旁值班。

由于能达到《凶案解析》资格要求的玩家很少，所以休息室里还很安静。

穹苍就坐在靠近门口的位置，手边放了一个纸袋，身上穿着一件风衣，看上去比照片上要更生动一点。

贺决云走到门口，已经按上了指纹锁，准备进去，突然从侧面伸出一双手，将他拦住。

贺决云顺势偏过头，发现是自己的朋友，谢奇梦。

虽然这名字听起来像个女人，但谢奇梦确确实实是个大男人，而且是个肌肉壮硕，身材高大的大老爷们儿。

贺决云笑说："怎么了？这么急着跑来找我？"

"我不是提醒过你吗？"谢奇梦认真道，"你不应该让穹苍参加《凶案解析》。"

正是因为他临时给出的建议，贺决云才会对穹苍多做了一次资格检测。

贺决云表情严肃了点，说："穹苍符合资格要求，而且能力出众。三天有自己的规则，既然有了规则，那么我选择尊重规则。"

谢奇梦急切道："你不知道她是一个多危险的人！"

贺决云看了眼里面安静坐着的人影，带着笑意道："我还真不知道。"

第十章

穹苍

"你是不是把她想得太玄幻了?"

贺决云这一笑让谢奇梦产生了巨大的危机感,他觉得自己这个兄弟沉沦了,或者说,脑子要坏掉了。

正好此时,里面的穹苍转过头,看见了站在门外的两人。她那毫无感情的幽深目光盯着他们,给人一种被凝视的错觉。

她大概是认出了谢奇梦,故意压低下巴,让五官的轮廓在光线下显得更为阴森,同时勾起唇角,露出一个颇为恶劣,甚至有点挑衅意味的笑来。

她很清楚该如何刺激谢奇梦。她也成功做到了。

谢奇梦瞬间感到一股寒意顺着脊椎爬上了他的背部,将他想说的话全部给堵了回去。

对穹苍的恐惧,在长期的博弈中已经变成了某个根植在他心底的保险丝,只要一看见她本人,就在短路跳闸的边缘徘徊。他下意识地望向贺决云,想让自己的兄弟也好好认识一下穹苍背地里的瘆人。只要见过穹苍本人的,就没有觉得她不危险的。

结果后者的表情十分平淡,还礼貌地朝对方点了点头。

那种眼神贺决云体验过,就在两人初次见面的时候。虽然他对穹苍的了解很有限,但他深刻地认为,穹苍是故意的。这是属于她的恶作剧方式,跟逗弄小朋友一样的恶趣味。

只不过上次是针对他迟到，而这一次是针对谢奇梦。

在贺决云这样想的时候，谢奇梦已经一把拽住他的手臂，急匆匆地将他拉走。穹苍的目光追了他们一段，又无聊地转开。

两人去了附近走道的尽头，谢奇梦郑重地让贺决云在自己的对面站好。

谢奇梦单手搭着贺决云的肩膀，指着他严厉道："你以为我是在跟你开玩笑吗？"

"这跟玩笑没有关系，这是我们的观点不同。老谢，三夭的运营是有自己的要求的，不是你想的那么自由。"贺决云顿了下，又说，"而且我相信我自己的判断。"

"最怕的就是相信。"谢奇梦苦笑了下，"她看起来好像拒人千里，可那样才更可怕。一旦她对你放松警惕，你就会以为自己攻破了她的心防。你不知道什么时候就会受到她的影响，这是她的心理战术。"

贺决云说："你是不是把她想得太玄幻了？"

"她只会比你想的更厉害！"谢奇梦睁大眼，"她的演技你没有见识到吗？"

贺决云满意地点头："确实不错。我们《凶案解析》就缺这样会演戏的人才。"

谢奇梦险些被气死。他松开贺决云，站在阳台的玻璃门前，通透的玻璃映着他的身影，那紧皱的眉毛明显地透露出他的焦虑。

谢奇梦沉沉地开口道："穹苍，她在A大任职的时候，就是一个特立独行的人。她是A大特聘的讲师，没有科研压力，平时也不怎么带学生。但是，她曾经专门指导过的几位学生都不是简单人物。"

"其中一个，是当年震惊全国的连环杀人犯，现在已经被判处死刑。"谢奇梦回忆起来，仍旧觉得有种密密麻麻的悚然之感，"那是一个穷凶极恶的罪犯，彻头彻尾的变态。他智商很高，极其擅长误导警方，流窜多地作案，看起来毫无规律。到现在，案情的具体细节我们都没有对外公告。"

贺决云说："我听说过。"

谢奇梦接着说："他每次作案的时候，都会将现场打扫得非常干净，但是会故意在现场留下一些跟穹苍有关的东西。"

贺决云愣了下，这个细节他的确是不知道的。"他讨厌穹苍？"

"不！"谢奇梦说，"他极其崇拜自己的老师，或者说，是信仰！他这么做，是为了表示他在奉行神的旨意杀人，而那个神就是穹苍。如果你见过他，就会明白他是一个多恶心的人。"

贺决云低头沉思。

谢奇梦说："还有一个学生……"

贺决云挑眉："谁？"

谢奇梦说："这段时间媒体狂轰滥炸集中报道的一则新闻，说一名未成年杀人犯，在刑满释放之后，找到了当年指控自己的证人，将他们一一杀害作为报复，最后又成功逃离警方的重重围捕，至今下落不明。你知道吗？"

贺决云说："当然。"

官方已经因此在网上被骂了无数遍。你永远不知道网友的讽刺能力有多优秀。

"这个也是她的学生，还是她带了很多年的学生。他在监狱里服刑的时候，每周要跟穹苍通信三次。可以说，他是穹苍一手教出来的人。"谢奇梦眼皮不住跳动，于是抬手揉了下眼眶，"在警方追捕他的时候，他手机最后拨出的一通电话就是打给穹苍的。通话时长32秒。我不相信穹苍没有提供任何的帮助。"

贺决云半合着眼，似在考量。

谢奇梦以为他是听进去了，松了口气，说："所以……"

贺决云突然捏着下巴说道："这种现象叫什么来着？方起医生说，这叫晕轮效应。"

谢奇梦气道："我是认真的！"

"断案不是依靠巧合，老谢。"贺决云也沉下脸说，"你现在的偏见很重，你明知道没有证据，所以才采用这样的方式。你现在的行为是失格。"

谢奇梦说："我只是不希望出现更多的悲剧。"

贺决云说："悲剧，通常就是以偏见为开端。"

谢奇梦说："你没有办法解释那些巧合！"

"巧合之所以被称作巧合，就是因为它不能被解释。"贺决云说，"世上本来就有很多不确定性。"

谢奇梦还想再说，贺决云打断他道："老谢，谢谢你的提醒，我会注意的。我尊重你，我希望你也尊重我以及我的工作。"

谢奇梦知道自己这位兄弟的性格，他们彼此都很了解对方的执拗，他几番欲言，最后只是无奈地道："好吧。"

贺决云说："你先随便逛，我现在有事，晚点再来找你。"

贺决云返回休息室，推门进去，穹苍还坐在里面。

她察觉到这边的动静，就着手臂放在包里的姿势，冷不丁说了句："不要动。"

贺决云愣了下，停在原地，目光随着对方的手臂滑入合拢的袋口，就见穹苍缓缓地从包里掏出一个面包，又神态自若地拆开包装，小口咬了下去。

这是两人在现实中的第一次见面，贺决云本来还觉得有点陌生，乃至尴尬，现在彻底不了。

"呵呵。"贺决云被她气笑了，"你这是在耍我吗？"

"你会犹豫，是因为你真的怀疑我携带了危险物品。"穹苍的声音比游戏里更加清冽，但也更加平，她笑道，"哪怕要进你们三天的休息室也需要经过多道安全监测，我根本无法带入所谓的危险物品。"

贺决云说："我并没有这样认为。"

穹苍侧过脸，直勾勾地看向他身后。

贺决云跟着转过身。果然，谢奇梦正扒在门口，透过缝隙，鬼祟地朝里面窥觑，见被发现，又灰溜溜地跑了。

贺决云："……"说好的铁骨铮铮的八尺男儿呢？

"他经常说我的坏话。"穹苍拧开瓶盖，"我已经习惯了。"

可能是因为副本时间太长，她一直没有好好进食，导致说话没什么力气。

贺决云看她手里的面包干巴巴的，问道："你要不要去加热一下？"

穹苍说："不用了。"

贺决云又推荐说："前面有很多糕点跟糖果，你想吃别的，可以直接点单,也会有厨师帮你做。菜品跟食材都来自楼下的餐厅,很新鲜。"

穹苍说:"嗯。桌子很大,我看见了。不需要。"

贺决云对着她的脸观察许久,冒出一句:"免费的。直接用你的登录卡去刷,不扣钱。"

穹苍的手顿时被一股玄学力量给按住了。她委婉地改变了自己的说法:"哦。"

为什么这世上的贫穷总是能如此轻易地让人落泪?

片刻的安静之后,穹苍从心问道:"可以外带吗?"

贺决云忍着笑意道:"按照原则来说不可以。但是因为你的完美通关,请自便。"

穹苍又问:"你什么时候走开?"

贺决云不由得心梗,深吸一口气后伸出手:"正式介绍一下,贺决云。"

穹苍敷衍地与他握了下手。

贺决云很少经历这种被嫌弃的感觉,有那么一瞬间,甚至想留下来陪她天长地久地聊下去,还好很快醒悟过来,发现那样痛苦的可能是自己。

"恭喜你通关,你现在随时可以离开了。不过后期我们会有一个回访,请保持联系畅通。"

穹苍稍稍热情了点,点头道:"嗯。"

贺决云走到门口,用权限给休息室的管理人员发了条短信,让他给穹苍提供打包和外带服务,然后去往自己的办公室,整理本次副本的资料,准备将它封存关闭。

贺决云趁着后台调取文件的空当,先去三天论坛上看了一眼。不出意外,很多人都在讨论那个刚结束的副本。

这个副本的难度其实挺大,因为它的迷惑性信息太多,传播的信息都带着不真实性。一旦陷入思维误区,就有可能会落入幕后人的陷阱中,还好穹苍在物证搜索上另辟蹊径,才让他们屡次避开弯路。

"我把大佬批阅作业的画面录了下来,以后有她陪我学习,我走上人生巅峰就不是梦了。[不要叫醒我]"

"能把《凶案解析》打出 happy ending（大团圆结局）的，我真的没见过几个。"

"这位大佬感觉跟另外几位 90 分玩家都不大一样，可以期待她创造奇迹吗？"

"她是新人吧？我觉得 92 分肯定不是她的极限。[分析] 几位大佬侦破案件的常用手段比对。"

"[干货] 脱水版完整视频，自带 BGM，喜欢的关注我。"

贺决云笑着看了一页，此时后台的资料已经加载完毕，他顺手把这次副本的案件原型调出来，快速翻阅。

犯人、死者，然后是证人……

项清溪，原型，祁某。

贺决云正要把这一页滑过去，看见"祁"字的时候又停了下来。

姓"祁"的人很少，但是更主要的原因是照片中的女生太让人瞩目了。档案中一共存放了她的三张照片。

第一张照片，是她在高中时期拍摄的。她的头发因为营养不良有点发黄，衬得皮肤越发白皙，笑吟吟地看着镜头。

第二张是她的结婚照。她靠在一个男人身上，稚气完全退去了。笑容有些含蓄，但可以从她的眉眼间看出她的喜悦。

之后她似乎就没怎么拍过照片了。第三张是一张监控的截屏。照片上的她形容枯槁，毫无生气，拍摄于……她自杀前一天。

除此之外，档案中就没有关于她的信息了。不知道她为什么自杀，连她的真实姓名也没有提供。因为与本次案件没有关系。

也许漂亮的人都相似，但是，她与穹苍真的带有某种相同的影子，让人很难不怀疑她们两人的关系。

贺决云对着照片看了许久，从后台调出穹苍的资料，将两份放在一起进行比对，发现那的确不是自己的错觉。

穹苍的这份资料并没有追及她童年时的详细经历，因为三天并不想将其作为评价标准。

但是，三天的数据库极其庞大，尤其《凶案解析》是与官方合作的项目，如果他需要的话，他可以直接通过最高级权限查看穹苍在网络上留下的重大记录。比如她的监护人、她改名的原因、她的医院就诊记录等等，能像镜子一样将她描绘出来。

有那么一刻，贺决云脑中的确闪过一丝犹豫，手指在屏幕上停留许久，最后还是选择了关闭，把档案连同直播数据存档后撤出副本库。以后，这个副本将不再接受其余玩家的挑战。

贺决云靠到椅子上，转了一圈，用手臂挡住上方的光线。

很多时候，对一个人太感兴趣，不是一件好事。而且，他为什么要不停地想穹苍这个人？这根本不合常理。

贺决云意识到这个，脸色变了，用力一拍扶手站起来，抓起外套往外走。

三天过后，三天总部依旧没有收到穹苍发来的任何请求。

一般来说，通过了新人测试的初期，是玩家最激动的时刻，许多人会在申请通过之后短暂地休息一天，直接进行第二场游戏。这样就可以把首场的观众挽留下来，赚到很多很多的钱。

穹苍没有，她杳无音信。连免费的自助餐都没有吸引到她。

贺决云坐在办公室里，深深吸了口气，然后又挫败地呼出，脑海里全是对方恶劣的笑容。

她总不可能是忽然心血来潮才参加的《凶案解析》。

很好，她在故意引起我的注意。

贺决云的情绪严重影响了小组的其余工作人员。这帮精神小伙儿每天凑在一起，在他耳边嘀嘀咕咕。

"老大疯了吗？""老大今天又叹气了。""老大是失恋了吧？""那终于可以确定老大的性取向了吗？"

贺决云："……"老大就是给你们自由过了火。

贺决云终于还是从压箱底的东西里翻出资料，照着上面的号码打了过去。

"喂?"他语气里带着公事公办的冷淡,"三天例行回访。你在家吗?"

穹苍资料上写的地址,是A大附近的一片住宅区。早上八点五十,贺决云开车顺利抵达停车场。他在车里等了十分钟,等时间正式跳过九点,才扯了扯衣领,走上楼梯。

房门打开,露出穹苍那张有些苍白的脸。

"你好。"贺决云再次朝她伸出手,礼貌地笑道,"回访。"

穹苍懒散地道:"嗯。"

她退开一步,让贺决云进来。

明明是大白天,她的房子却拉着厚重的窗帘。窗帘全部用的是深色多层布料,以确保能完全隔绝外部的视线,然后开着大灯。

这诡异的安排让贺决云产生了一种转身就走的冲动。

穹苍说:"快进来。"

贺决云迈进屋里,在门口的位置换上拖鞋,问道:"你这是为什么?"

"没有人会喜欢被监视。"穹苍耸肩说,"自从范淮逃离追捕之后,警方一直派人在我楼下监视,以为他会来我这里。哦,范淮就是我的学生,谢奇梦应该跟你说过。"

贺决云点了点头,自然地向四周看了一圈。

除开拉窗帘的行为,她屋里的摆设其实很寻常。家具的颜色偏白,款式中规中矩。客厅里相对空旷,沙发上整齐铺设着各种纸张,可以看出她平时喜欢在这里工作。

穹苍把沙发上的文件堆到角落,示意贺决云随意坐。

穹苍说:"给你泡杯茶吧。"

贺决云:"谢谢。"

穹苍直接将烧水的壶拎了过来,摆在茶几上,按下开关。

行事非常不拘一格。

屋内只有一张照片,就摆在电视柜的旁边,位置很是显眼。

贺决云没忍住诱惑,走过去看了一眼。因为年代太久,照片已经被太阳晒得褪色,变得相当模糊。穹苍把它摆在这里,或许只能做个念想。里面是两个相互依偎的人,他们的身份呼之欲出。

穹苍见他在观察,说了一句:"对,这是我妈。项清溪的原型。"她一点掩饰的意思都没有,还饶有兴趣地等着贺决云回复。

贺决云力证清白:"不经意间看见的。"

穹苍并不在意,只在他身后说:"她很漂亮的,比游戏里漂亮多了。"

贺决云想起之前看过的照片,不得不承认她说得对。

"可是她那么漂亮的人,最后却嫁给了一个无法欣赏她美貌的男人。"穹苍转开视线说,"我爸爸是个盲人。"

贺决云这回是真的惊讶了。他只记得结婚照上的男人很英俊,眼睛注视着地面,却没想到竟然是个盲人。

"也许这样让她更有安全感。她不是一个那么幸运的人。"穹苍说,"听她的描述,我爸是个有那么点圣父情结的人,她应该很需要别人的善意,所以深爱上了我父亲。可惜好人不长命,圣父就更短命了。"

贺决云沉默。

穹苍问:"很冷吗?"

贺决云惊道:"这居然是个笑话?!"

穹苍问:"不然呢?哭吗?"

贺决云思忖许久,才低声道:"谁都会有难过却又哭不出来的时候。这没什么,也不用强颜欢笑的。"

穹苍多看了他一眼,然后走上前,分别指着照片上的两个人说:"其实我对他们两个都不了解。他,我没见过。她,这个样子的,我也没见过。我可以完全把项清溪和她当成两个人。"

贺决云含糊其词地问道:"那么,感觉怎么样?"

穹苍转身走向沙发,像是没有听见,瘫软着身体坐下,一直沉默着。

过了五六分钟,贺决云看着那壶水烧开,发出沸腾声音的时候,穹苍突然冒出一句话来。

"很奇妙。"她说,"所以我不喜欢看刑事案件。"

贺决云问:"那你为什么要来《凶案解析》?"

"好奇。"穹苍的目光没有焦点,似乎是在思考,"因为我突然发现,逃避解决不了任何事情。只有满足了自己的好奇心,才会觉得,那根本不是什么有趣的事。"

贺决云若有所思地点了点头。他没有强行去理解穹苍的意思。因为自身经历不同，想法就是会有不同。可能她自己都不一定想得明白。

贺决云从包里拿出平板，依惯例问了她几个问题。在两个小时过去之后，已经没什么工作相关的话好说了。贺决云起身准备告辞。

穹苍摸着耳朵说："那什么，来都来了……"

贺决云心说可别来都来了，他现在听见这四个字就害怕，多少悲剧就是始于这份勇于作死的心，他知道这些人说这句话的时候就是想占便宜了。

果不其然，穹苍下一句话就是："你请我吃个饭吧。"

贺决云不屈服："我为什么要请你吃饭？不应该是你请我吗？我好歹算半个客人吧？"

"因为穷。都是朋友。"穹苍说得字字在理，"陪你说话说饿的。"

无耻之徒！

贺决云一脸冷漠："你还是等三天结算吧，不急于这一顿。直播打赏收益很高。"

穹苍真诚地说："要还房贷的。我也没什么祖上积累的资产，要自己从零开始。你别看这楼破，市中心靠近大学城，全款五百多万。贷款两百五十万，分期三十年，按照目前的利息……"

贺决云连忙打断她卖惨的自述："好了。"

穹苍又打别的主意："五百万转卖给你怎么样？我不想在这儿住了。你耐心一点卖，六百万应该能脱手。多的我不跟你要。"

贺决云发现这位女士想得真挺美。凭她独特的气场，她住过的房子，就差在大门上贴个"危"字了，她还想原价卖？倒贴还差不多。他贺家不做亏本买卖。

穹苍看出了他脸上的拒绝，失望地叹了口气，突然说了句很恐怖的话："其实有时候我就想，凭我的智商和观察力，我要是去策划绑架三天的老板——如果老板不行的话，老板的儿子也可以——肯定不会被发现。我不贪心，就要三天一天的营业额，到手后省着点花，大概能光耀我的下九辈。"

贺决云不知道为什么就绕到了自己身上，顿时打了个哆嗦。

穹苍想起来，又问道："对了，三天老板有儿子吗？没有的话女儿有吗？我查了半天也没查出来。你们隐私保护做得还挺好。"

贺决云英俊的脸上闪过狰狞的表情，又很快控制住。

这绝对是在恐吓吧？

贺决云说："你会把所有的积蓄都投进房市？这不符合投资的最佳选择吧。以你的性格，难道不应该留下一部分作为应急资金？"

"临时买了两块坟地，又买了两具棺材。"穹苍说，"我也没想到坟地那么贵，买个连号，找人下葬，三十万就没有了。这也不在我的计划之内。"

贺决云惊道："谁的坟？"

穹苍含糊说道："一个很照顾我的阿姨和她女儿。"

贺决云被她脸上的悲伤弄得有些心虚，软下语气道："我请你吃饭吧。"

"这怎么好意思呢？"穹苍表情瞬间灵活起来，感激道，"谢谢你啊。你真是一个好人。"

贺决云莫名有种受骗的感觉。

不，他只是一个肉票。

穹苍问："你为什么这个表情？"

贺决云说："你是真的在感谢我吗？"

穹苍含蓄道："不，我只是意思意思，毕竟要吃您的饭了。"

贺决云放弃挣扎了，挥手道："算了，走吧走吧。"

贺决云领着穹苍直接去楼下的面馆里吃午饭。

他都不敢在穹苍面前表现出自己太过有钱的样子，怕这无耻的人又说自己诱惑她。

最后穹苍点了一碗牛肉面，坐在他对面安分地吃饭。

贺决云看了她一会儿，起身说："我先走了。你要是没饭吃，可以去三天蹭蹭。"

穹苍放下筷子，忽然说："我想顺便申请下一个游戏。"

贺决云停下脚步："哪个？你可以直接在官网上申请，只要你的权限许可。"

穹苍从口袋里摸出一张折叠的宣传单，递了过去。

贺决云在看见那张单子的时候,眼皮就跳动起来。他怀疑道:"你身份合适吗?"

"我什么身份?"穹苍比他还惊讶,"原来我也是个有身份的人吗?"

副本二　百万悬赏活动

　　欢迎玩家来到全真模拟直播游戏《凶案解析》（百万悬赏活动），您分配到的身份是【受害者】。案情相关记忆已封锁，请根据人设提示，努力逃离死亡结局，或协助【凶手】与【缉凶者】，完成情景还原。

身份：吴鸣（化名）
死亡方式：谋杀（已入档）
玩家评分：93（您已经超过了全国99%的玩家）
与角色契合度：42%（如果非要牵强地找一些相似之处的话，或许就是同为黄种人吧）
死亡进度：距离"谋杀之夜"副本开启，还有4天。

　　【注】您的生命已经受到威胁，请积极探索剧情，找出相关线索，开启"谋杀之夜"副本。

第十一章

新身份

"早餐，书房，十分钟，我是你男人。为了破案，谢谢配合。"

这张宣传单上印的是前段时间三天应官方要求，赶工新出的一个副本。

广告打得火热，三天更是给出了百万悬赏，计划在8月6号，也就是明天统一开始挑战测试。

对比成功解锁《凶案解析》全副本所能获得的打赏收益来看，百万悬赏其实并不算多，但它代表着三天对该副本的重视，同时还有无数媒体的关注，是个不可多得的好机会。

目前已经有上百名玩家报名参与。

"我是说，你没有权限。"贺决云只就着折叠的宣传单看了一个角落，没有拆开，就把它按在桌上推了回去，"这是一个面向老玩家的副本，而你才刚刚过了新人关卡。"

穹苍扯过纸巾擦嘴，理所当然道："所以，我这不是找你吃饭来了吗？"

贺决云一口老血梗在心口，用力拍桌道："这是我付的钱！我付的！这是你找我吃饭的诚意吗？！"

周围吃饭的人闻声看了过来，见到二人的组合，脸上皆闪过一言难尽的神色。

那么大人了,请女生吃一碗面而已,也要脸红脖子粗的吗?十几块钱而已,陪美女吃顿饭可是求都求不来的。贫穷真的好可怕啊。

贺决云感觉到不对,尴尬地咳嗽了一声清嗓。

穹苍火上浇油似的叹了口气:"唉……"

贺决云身上一层一层地起鸡皮疙瘩。

穹苍慢吞吞地从兜里掏支付卡,贺决云受不了了,快一步拦下她的手,说:"你够了,可以了啊!"

由于现在是午饭时间,店内人流量较大,并不是一个说话的好地方。贺决云看了眼左右,顶着尴尬说:"你先跟我出来。"

穹苍抄起桌上的宣传单,跟在他身后,一路去了停车场。

车内的灯光比较昏暗,空气也透着阴凉。

贺决云打开车顶的照明灯,说:"我相信你的能力超过多数玩家,单论实力的话,你确实有资格参与这次的副本。用经验来搪塞你,并不是个好理由。可是,你应该也知道,这个案件跟范淮之间的关系。"

"当然。"

穹苍低着头,拆开宣传单,将它沿着对角折起,声音如溪水般,缓缓道:"范淮出狱之后,不到三个月的时间,当年指控他的五名证人全部死亡。

"这五个人经济条件、生活背景各不相同,除了当年指控范淮凶杀这件事之外,没有明显的交集。在范淮入狱的十年里,有些人甚至都没有见过面,保持着足够的社交距离。

"由于时间太过久远,关系又过于曲折,在前三人陆续死亡的时候,警方还没有意识到他们与范淮之间的联系。媒体却先一步报道出了范淮的往事,指出死者之间的关联,让警方深陷被动,同时饱受指责。"

贺决云说:"是。"

穹苍继续说:"可是,后来范淮就被警方严密监控,根本没有机会再去行凶,却依旧出现了第四名跟第五名死者。警方也在随后的侦查当中确认,第四起案件的凶手并不是范淮,而是一个看过新闻后的模仿犯。"

贺决云接下去道:"媒体跟大众怀疑警方是在为自己的无能开脱,甚至怀疑结果的可信性。所以,官方联合三天,制作了这一个解析副本,邀请各大玩家参与,进行侦破,稳定民心。"

穹苍哂笑道:"毕竟人类的自作聪明几乎是刻在基因里的,他们只相信自己发现的事情。"

穹苍举起手里折好的纸鹤,放在中间的凹槽里。蓝白色的纸张看起来十分可爱。

穹苍看向他,说:"所以我对此很感兴趣。"

贺决云观察着她脸上每一个细微的表情,试图辨别出真假。他问道:"你相信你的学生是无辜的吗?"

穹苍笑说:"我只相信证据和事实。除此之外的情感,没有任何意义。"

贺决云问:"范淮是个什么样的人?"

"我认识他的时候他已经在牢里了。他出狱之后就被警方监控了。你觉得,我能比你们更了解他多少?"穹苍视线低垂,语气有些缥缈,"而且我也很想知道,他的世界是什么样子的。"

贺决云实在无法从她的脸上看出端倪,思忖片刻,说:"我可以帮你通过申请,但是你要先回答我一个问题。"

穹苍干脆道:"讲。"

贺决云说:"范淮成功逃亡前,打给你的那通电话,32秒,他说了什么?"

穹苍唇角勾了个极浅的笑容,然后说:"其实我已经告诉警察了,只是他们不相信。"

贺决云再次问道:"他说了什么?"

穹苍微微张开嘴:"他跟我说:'老师,我觉得,这个世界不会好了。起码,我的世界不会好了。'我不知道该怎么回答他。"

贺决云狐疑道:"32秒?"

"嗯。"穹苍说,"再加上一点沉默做点缀。"

贺决云不大相信。这句话说完,撑死也就十来秒的时间。范淮在逃离追捕的危急关头,抽出最关键的时间给她打了一个电话,只是为了说这么一句话?

"我们两个人其实没有那么多可以交流的东西,或者说,对聪明人而言,有时候沉默就能读出很多东西。"穹苍说,"那个时候警方还没有对他发布通缉,追捕行动也没有正式展开,媒体更是还没有报道。32秒不足以让他说完他杀了什么人犯了什么事,在什么地方,面对什么样的危险,同时向我求救,而我又能给他做出明确性的指示。32秒什么都做不了。聪明人再聪明,也不是上帝。"

贺决云心说你可比上帝厉害。他不信上帝,可他总是偏向性地相信这个人。

穹苍补充了一句:"他可能只是单纯地想找个人,说一句话而已。"

贺决云心说,不可思议。

穹苍耐心地道:"还有什么想问的吗?"

贺决云瞥她一眼,拉开前面的小格子,从里面抽出一张邀请卡,递过去说:"明天早上八点半,还是原来那个房间。"

穹苍说:"谢谢。"

8月6号,早上八点半。

这天的天色灰蒙蒙的,一片巨大的乌云覆盖在天空中,却始终没有要下雨的征兆。

三天总部聚集了不少同样前来参赛的玩家,而在大厅那个占据了整面墙壁的巨大屏幕前,围着成排的记者。

穹苍出现的时候,有几个镜头对准了她,但因为她不是三天的知名玩家,那些人又移开了镜头。

游戏会在9点正式开始。穹苍提前进入机器进行能力测试之后,贺决云也出现了。

他走到办公室,曲指敲着一个年轻人的桌面,吩咐说:"给我安排一个离穹苍距离近的身份,最好是她甩不掉的那一种。"

年轻人闻言从电脑桌前抬起头,仔细想了想,站起身,郑重地朝他敬了个礼,说:"老大放心!保证完成任务!"

贺决云见他这架势，隐隐有那么一点不祥的预感，但是也没时间多想，转身进了模拟舱，准备登入。

要是再迟到一次，他真的觉得穹苍会先人道毁灭了他。

9点整。

穹苍准时登入自己所在的副本。熟悉的字体出现在她眼前。

欢迎玩家来到全真模拟直播游戏《凶案解析》（百万悬赏活动），您分配到的身份是【受害者】。案情相关记忆已封锁，请根据人设提示，努力逃离死亡结局，或协助【凶手】与【缉凶者】，完成情景还原。

身份：吴鸣（化名）

死亡方式：谋杀（已入档）

玩家评分：93（您已经超过了全国99%的玩家）

与角色契合度：42%（如果非要牵强地找一些相似之处的话，或许就是同为黄种人吧）

死亡进度：距离"谋杀之夜"副本开启，还有4天。

【注】您的生命已经受到威胁，请积极探索剧情，找出相关线索，开启"谋杀之夜"副本。

【点此查看副本详情】

穹苍脑海中关于案件的信息果不其然都被隐去。她按了按太阳穴，让自己从不适感中脱离。

案情介绍一如既往地简单。

吴鸣是一家网络运营公司的老板，做新媒体内容起家。公司里签有十多位知名网红，其中就有《凶案解析》的专业玩家。

吴鸣年少有为，今年33岁，身家过十亿。已婚，未育。成功人士的代表，外界口碑良好。

2月26号，吴鸣发觉有人在跟踪自己，遂报警。警方对其进行保护后并未发现犯人。

2月28号晚上，吴鸣死于自己家中。次日早晨被发现。场面极其惨烈。初步判断凶手对死者有强烈的怨恨。

死亡时，他身上带有多种不同的伤害。死后尸体部分位置受到解剖。同时现场留下了几段关于罪行惩戒的文字信息。

至于死因是什么，留下的信息具体又是什么，介绍中并没有写明，应该要在开启"谋杀之夜"后，才会随着场景还原告知玩家。

而此时的副本时间是：2月25号，早晨8点。

穹苍关闭剧情描述，试探性地往前走了一步。

画面逐渐清晰起来，穹苍沉默地打量着周围，获取信息。

这是一栋别墅，装潢……金碧辉煌。

就算穹苍十分贫困，也不是很喜欢这么直白的富贵风格，有种要被黄金砸弯了腰的错觉。

穹苍低下头。

她穿着一身灰色的宽松睡衣，戴着一款镶钻的手表。掌心的皮肤有些粗糙，手指上还有一道明显的刀痕。看位置与角度，极有可能是小时候被菜刀切中留下的。

看来吴鸣在发迹之前，生活条件可能并不太好。

穹苍弯下腰，扫了眼茶几上的物品，正要继续观察，突然，从厨房的位置传来一声瓷碗破碎的声音。

穹苍快步过去，就见一个女人正背对着她站在餐桌前。

"她"的肩膀在剧烈抖动，似乎受到了强烈的刺激。而在"她"的人物头像旁边，有一行绿色的人物介绍。

"李毓佳，妻子，家庭主妇，监察者。"

穹苍咳了一声，从嗓子里发出一个男性浑厚的声音："你好？"

女人转过身,脸上闪过愤怒,又有隐忍,以及各种难以描述的表情,总结起来大概就是抽搐的狰狞。

那表情……实在是有点眼熟。

穹苍错愕道:"Q哥?"口味这么重的吗?

贺决云咬牙切齿道:"不是!"

穹苍:"……"

她应该怎么告诉这个男人,每个人对表情的把控都不一样,而他在自己眼里,就等于脸上写着"贺决云"三个字。

不过穹苍很快就幸灾乐祸起来。本来她对于又要扮演一个命不久矣的角色,还有那么一点不大乐意。但是跟贺决云对比一下,好像都算不上什么。

贺决云还在试图接受这个残酷的现实,穹苍默不吭声地上前,用拖鞋踩住一块碎瓷片,朝他的方向踢了一脚。

穹苍严厉指责道:"还不快点打扫干净?傻站着干什么?"

贺决云惊讶地抬起头。

穹苍冷笑着说:"你这个女人,连个盘子都端不稳,还有什么用?你知道这个盘子值多少钱吗?"

贺决云脸上的狰狞散去,唇角的肌肉却仍在颤抖,陷于震惊之中无法自拔。

穹苍皱着眉头,字字句句都带着羞辱与不屑,用手势支使道:"重新做一份早餐,端到我的书房。给你十分钟的时间,快一点!"

见她神情不似作伪,贺决云满腔见鬼的心情,忍不住骂道:"穹苍你有病啊?"

"穹苍是谁?"冷酷的男人两指一夹,吐了口虚无的白烟,说,"从今天开始,记住,我是你男人。"

贺决云终是难以忍受,破例骂了个脏字。

穹苍警告瞪眼。

贺决云叫道:"你别私下给自己加什么奇怪的人设!这跟副本没有关系好吧!你根本就是在增加游戏难度!"

"凭良心讲，我可没有。"穹苍走过去，抓起贺决云的手，让他自己看。

"手指粗糙，皮肤苍白，面色蜡黄，发丝干枯，眼下青紫。很显然，你平时疏于保养，而且有久病的可能。不像是养尊处优的阔太太。"穹苍对着他从头到脚指了一遍。

贺决云说："你当是看相啊？说不定她真的只是病了一场，有些憔悴而已。"

穹苍抬起手表道："现在是早上8点，没有阿姨过来帮忙。你在厨房，端着盘子，可想而知是在为我准备早餐。"

贺决云说："也许是保姆临时有事没有来。也有可能是吴鸣多疑，不喜欢家里有别的人存在。李毓佳是家庭主妇，帮忙做个早餐，没什么。"

穹苍盯着他看了会儿，笑道："一般的家庭关系，可以从各种地方显露出来。甚至是，一眼望穿。"

穹苍指向餐桌旁两把刻意拉远的椅子，伸出一根手指示意道："一。"

然后又拉着贺决云，退了两步，来到客厅，指着橱柜上摆放着的照片，将手在贺决云的面前晃了晃："二。"

贺决云顺着她的手指看过去，发现照片里的人不是这个家的男女主人，而是吴鸣跟他的父母。

纵观一圈，客厅里竟然没有一张夫妻的合影。

穹苍走到门口位置那个足有半面墙大的鞋柜前面，掀开柜门，朝他比道："三。"

吴鸣的鞋子全部摆放在最显眼的地方，占据了绝大多数的空间。而李毓佳的鞋子则挤在边缘的角落。

"我承认，他们夫妻关系可能不和。但下一步的推导有待考证，"贺决云不死心地道，"楼上可能会有专门的衣帽间。李毓佳的东西或许在上面。"

穹苍对他的垂死挣扎感到很有意思，带着他走到茶几前面，示意他自己看。

茶几上摆了一份李毓佳的医院检查报告，被人不耐烦地挥到角落。片子贺决云是看不出门道，但是底部的结论大致是没什么问题，然而地上仍旧摆放了两大袋的药品。

贺决云随手一翻，针剂、激素药以及保健品都有。

穹苍又从桌面上拿出一张便笺纸，上面记录着不同的日期要去不同的医院进行检查的安排。

贺决云简直看得头皮发麻，浑身不适。

穹苍说："李毓佳的身体检查结果分明没有什么大的问题，却仍在保持着高强度的治疗。他们两人结婚应该已经有……将近七年的时间了，始终没有孩子。排除两人主观意愿的可能性，唯一的理由，你是男人，你懂的。"

"我不懂！"贺决云激动地道，"你不要想污蔑我！我为什么要懂他？！"

穹苍干巴巴道："哦。"

穹苍蹲下身，把装药品的袋子全部提了起来，丢进一旁的垃圾桶。

"一眼看过去，整个客厅里，唯一明显表明女主人身份的东西，就是这一份病历。李毓佳把东西摆在这么显眼的位置，很有可能是在表示一种无声的控诉。连控诉都进行得这么低调，说明什么？"

贺决云脸色发黑。

穹苍再次恢复了自己的冷酷无情，命令道："早餐，书房，十分钟，我是你男人。为了破案，谢谢配合。"话音落，高傲地离去。

直播间里的网友一阵哄笑，万万没想到刚进直播就遇见了这两个活宝。

"谢谢，有被笑到。另外恭喜结婚，你俩贼配。"

"欢迎大家收看：《豪门怨Q，到深闺寡Q的那些年》第一集。"

"鲁迅：阿Q这个名字，不允许你们这样糟践。"

"看人物ID，好像是上次那个新手大佬？还带着监察者，是新人无疑了。"

"大佬的评分这么快又涨了？上次还是92呀。"

"这边进度好快，都已经高度入戏了，隔壁直播间那两个人还在做自我介绍，争取副本主导权。"

"入什么戏？霸道总裁和他的糟糠妻？还是我不孕不育的那些年？"

"现在观众开口都这么毒的吗？"

"小娇……小爆炸妻。Q哥看起来要疯了。"

贺决云的确是快疯了。

他去仓库间拿了一把扫把，用力地清扫着地面上的瓷器残渣，然后又拿抹布随意抹了一下溅洒出去的汤汁，将场面收拾得看似干净的样子，剩下的全部交给扫地机器人。

他不知道是在跟自己生气，还是在跟穹苍生气，反正最后所有的怒火，注定要由他手底下那个不要命的小崽子承担。

终究还是得靠社会的毒打，才能让员工明白老板的伟大。

贺决云单手叉腰，粗暴地打开冰箱，发现里面放了不少冷冻食品。虽然他平时不怎么做家务，但加热食材还是会的。贺决云直接将它们拿出来，盛到碗里，放进烤箱和微波炉加热。

在等待食物处理的时间里，贺决云倒是冷静下来了。他去客厅又逛了一圈，找到放在桌子角落的手机，靠在旁边翻查里面的聊天记录。

李毓佳跟许多家庭主妇一样，社交范围很窄。她近期的通话记录，要么是未存储的陌生号码，要么就是自己的家人、雇用的钟点工，或者备注为医院的联系号码。

而她的搜索软件设置了隐私保护，同样没有看出太多的端倪。

正在贺决云准备进一步搜寻信息的时候，厨房相继响起一阵电子提示音，提醒他他的早餐已经好了。

贺决云端着整理过的餐盘走上二楼，一脚顶开书房的大门，迎面就看见穹苍毫无正形地坐在书桌前面，高高地架着腿，翻阅手中的杂志。那姿态，颇像一个挥霍人生的二世祖。

所以说，她穷是有理由的，要是有钱，岂不是得膨胀到炸裂？

贺决云把盘子往桌上一蹾，催促道："吃。"

穹苍掀起眼皮，厌恶地看了他一眼，又举高杂志，挡住自己的视线。

"哎哟！"贺决云叫她这鄙视意味明显的一眼给气到了，"这游戏里是能饿死你怎么的？刚才是你非说要吃，现在你敢说不要试试！"

"你什么意思？你知道我是谁吗？"穹苍把手里的杂志往前一甩，用力拍着桌面强调道，"我可是上过九次主流财经杂志内页，还被邀请参加过电视台个人访谈的知名年轻企业家，被评选为我市十大优秀青年，是当代最有商业潜力的创业人之一。懂吗？"

贺决云浑身起了鸡皮疙瘩，受不了地道："……你到底玩够了没有？"

"玩？角色扮演，从了解一个人开始。我在很认真地工作。"穹苍说，"不过，吴鸣的生活确实挺有意思的。"

穹苍的面前铺着一整桌的杂志跟报纸，而翻开的那一页，全部是吴鸣那张精修过的脸。

纵然以大众的眼光来看，吴鸣算得上长相帅气的男人，但是当许多张脸并排摆在一起，就显得有点变态了。

穹苍放下脚，在椅子上转了半圈，停在某个位置，指给贺决云说明道："吴鸣的书房里有许多的报纸杂志，就摆放在距离他最近的这个位置。而书桌上，还直接放着他最近接受过的采访报道。他旗下的员工的，以及他自己的，总之所有跟他有关的新闻或采访，他全部保留下来了。"

贺决云已经看见了，这数量真的是不少。

穹苍说："吴鸣频繁地接受采访，不论大小报刊，并把这些东西都放在肉眼可见的地方，说明他对此很骄傲，他很享受自己事业的成功，也很享受被人关注的感觉。从他的个人经历来看，他早些年也曾做过网红，只是因为放不开，没能运作成功，后来才转型专心做幕后。"

贺决云说："说明他很自恋。"

"不错，他有一定的虚荣心，喜欢消费奢侈品，极爱面子。所以整栋别墅的装修风格都有点浮夸。"穹苍从一堆书的底部抽出一份被她特意折叠了一个角的报纸，推到前面，示意贺决云看，"从他回答这名记者提问的语气跟内容上看，他是个性格敏感的人。当这位记者问了令他不高兴，或者比较犀利的问题之后，他的回答也会变得针锋相对。而他尤其讨厌有人提及他的童年跟过往。说明他讨厌曾经贫穷的自己。过去被他视为一段黑历史。"

贺决云一面拿起，一面惊讶道："这么短的时间，你看完了所有的报纸跟杂志？"

"当然不是。"穹苍说，"凡是被他好好存放，且位于显眼位置的，写的必然都是好听的废话，看了也是浪费时间。而被他深深压在底下，偏偏又不舍得扔掉的，才是真正带有信息的东西。"

就是这种对信息的选择和处理能力，搭配上她漫不经心的语气，最为欠揍。

你又不能在她面前承认自己的愚蠢，只能保持沉默。

贺决云认真查看手上这篇采访稿。

这是一家权威报刊的报道，而采访时间也在早期。那时候的吴鸣应该是初露锋芒，对于能接受这种采访感到很兴奋。所以虽然内容让他略感不适，但他还是把东西留了下来。

当时的他没有现在的地位，记者的提问也就显得比较犀利。

从访谈的字里行间可以看出，记者想要的是"草根出身，热血励志"的人物形象，偏偏吴鸣不喜欢背上"草根"这两个字。于是整篇采访报道的内容就变得非常有趣，深深透露着吴鸣的抗拒与记者的无语。

穹苍笑道："原来这就是成熟男人的世界。我看见了许多的低级趣味。"

她将餐盘拖到自己面前，摊开手问道："早餐为什么没有牛奶？"

贺决云还在看报纸，淡淡道："因为成熟男人的世界早就断奶了。"

穹苍："……"感觉被冒犯到了。

穹苍低下头吃早饭，同时翻看手机上的聊天记录。贺决云则在一旁的小沙发上坐下，做着跟她一样的工作。

然而李毓佳的这部手机是旧款，软件不多，他实在没什么好查的。过了会儿，贺决云起身去主卧翻女主人的包包。等他回来的时候，穹苍也正好从书房出来。

贺决云问："有什么发现吗？"

"倒没什么很重要的。书房的电脑里没有太多跟工作相关的内容。说明他很可能是个不恋家的男人。除此以外，吴鸣性格很谨慎。他的聊天记录会定时清理，工作类的信息部分留存，而生活类的几乎没有。"穹苍揉了下脖颈后面的肌肉，把手机递过去说，"我相信，他应该不害怕李毓佳查他的手机，他这样做的原因，可能是他的聊天记录当中有令他自己也觉得羞愧的内容，又或者是纯粹的习惯使然？这件事情暂时不明。但是他删掉的内容里，或许有跟案情有关的东西。"

贺决云拿到手机后看了一眼，又还给她。

穹苍侧身从他身边穿过，继续往外走，贺决云下意识地跟了上去。

两人找到了房子里的保险柜。

柜子摆放在角落的位置，一行黑色的密码被系统标注在半空。

穹苍蹲下身，输入密码，拉开柜门。

保险柜的最上层，存放的是珠宝首饰一类的东西。穹苍将它们拿出来，摆在旁边。中下层堆叠着的各种文件，全部用棕色的档案袋保存。

吴鸣应该是个不喜欢断离舍的人。各种有用没用的重要文件，按照年份，全部被他保留了下来。也许他不再用不会看，但是他不舍得丢。

穹苍将它们一一取出，平铺在地面上，粗略地扫了一遍合同中涉及的内容。

那些年代久远的银行单据、贷款合同的副本、房产证的复印件等文件，将吴鸣想要隐瞒的过去，一清二楚地暴露了出来。

贺决云说："李毓佳的家庭条件虽然算是普通，但是跟当年的吴鸣比起来，却好上不少。她父母是双职工，家里还有两套房。吴鸣绝对算高攀。"

穹苍点头："吴鸣毕业后从事自媒体行业，想要发展网红经济。他购买摄像机、化妆品，支付运营广告费等花销，应该全都是李毓佳接济的。"

"吴鸣最初成立公司所需要的两百万，是李毓佳抵押了父母的房产所提供。"贺决云拿起地上的一份文件，"公司法人不是吴鸣也不是李毓佳，而是吴鸣他妈。他到底是怎么说服李毓佳的？"

穹苍补充说："他们现在住的这栋别墅，同样是记在吴鸣母亲的名下，没有李毓佳的名字。看来就算离婚，李毓佳也讨不到多少好处。"

穹苍将东西放下，吐槽了一句："吴鸣这位所谓身家十亿的成功男人背后的成功女人，居然不是李毓佳，而是他自己的妈。"语气颇为不可思议。

不过十几分钟，两人以直播间的观众都还没有反应过来的速度，厘清了文件袋里的全部内容，并提取出比较关键的几条线索。

穹苍一面将东西往回装，一面分析说："他对李毓佳非常不客气，可能是因为两人结婚多年没有生育，感情已经寡淡。还有一点应该就是强烈的自尊心作祟，让他不愿意承认自己当初受女方接济的那段生活。甚至有可能，当初那段感情从根本上就不大纯粹。"

贺决云点头。这并没什么异议。

穹苍说完，手下突然不再动作，而是一动不动地盯着他。

贺决云脊背发寒道："怎么？"

"你知道，其实从游戏身份的角度上来说，我并不相信你。从我看见茶几上那份病历报告开始，我就认为，你有足够的杀人动机。"穹苍认真说，"起码，我无法长年忍受吴鸣这样一个男人。"

贺决云面不改色道："那现在看见这些文件，你应该更加确定了。你要怎么样？分居吗？"

穹苍摇头："不，我还是愿意跟你分享我所发现的各种线索。"

贺决云哂笑道："干什么？想继续带我躺赢？"

"不，如果你真的是凶手，我也有信心在你动手之前，找到决定性的证据，并阻止你的行为。"穹苍说完停顿了下，露出一个诡异的微笑，"这是一位没有断奶的优秀男人，对自己女人的放纵。"

贺决云："……"他手下一个力道没控制住，直接把纸张给撕碎了。

贺决云气得龇牙咧嘴，甩下东西骂道："你神经病啊！"

直播间的观众发出一串串省略号。

"一句话生生扭转了直播间的氛围，自降了大佬的格调。她到底在想什么？"

"这是调戏还是挑逗？大佬的世界好刺激，居然敢在死亡副本里撩凶手。"

"这边的线索获取速度真的好快啊。隔壁直播间的朋友还在去医院检查不孕不育的路上。"

"93分的大佬看文件都这么快的吗？她翻下一页的时候，我才刚刚看完第一段。"

"基操[1]，基操而已。新观众冷静一下，这位大佬可是一天时间看完一大摞作业册和草稿纸的牛人。"

"首席凶手候选人李毓佳。按照这个设定，案子好像没有难点吧？三天到底怎么改编的？"

"这是个恐婚教程副本。[窒息]"

在把东西全部放回保险柜后，穹苍也回自己的卧室换下睡衣。

虽然穹苍没有说要跟他分居，但是贺决云一怒之下把自己关进了隔壁的书房里。

穹苍过去敲门，说道："Q哥，你会开车吗？送我出门一趟，我想趁现在去买几个监控摄像头。"

贺决云过来拉开门。"你不会开车？"

穹苍带着三分讥笑："像我这种身份尊贵的人，我出门怎么可能……"

"砰！"大门无情地在她面前合上。

穹苍摸了摸鼻子，再次敲门。

贺决云冷着脸站在门后。穹苍说："对，我不会开车。"

贺决云没好气道："那等一下吧。我换身衣服。"

---

[1] 即基本操作。

第十二章

跟 踪

穹苍翻了一遍，未有收获，转而打开地图导航软件，在路线的下拉框中，看见了一排来不及清除的选项。

穹苍卑微地上了贺决云的车。

贺决云换上的是一身偏中性的衣服，宽松衬衫加长裤，外面套一件黑色的风衣，长发束好后直接藏进帽子里。他极力想掩盖自己在游戏里是个女人的事实，只是神色间有些鬼祟，一眼看去不像是什么好人。

穹苍人在车上，也不方便对此吐槽。

好在电器店就在离他们别墅区不远处的一家大型商城里，穹苍快步走进去随意挑选了一个型号，让老板帮忙包装。等两人重新回到家，只用了半个小时的时间。

进门后，穹苍将监控设备从箱子里拿出来，别墅的角落立即多出了几个红色的圆圈标记，提醒她安装地点，大概就是吴鸣现实中安装监控的地方。

看来在察觉到被人跟踪之后，吴鸣也跟着做出了一些防备。

穹苍环视四周，在脑海中粗略地画出监控拍摄范围的草图，点头说："按照这个镜头的视野宽度，以及房屋的大小构造。他安装的位置选得不错,基本上整个房子没有留下太大的死角。而且摄像头可以被部分装饰物遮盖,比较隐蔽。"

贺决云说:"这个别墅可是第一案发现场,如果有监控在的话,岂不是能直接拍到行凶现场?那这个案件就太简单了,没必要专门设置成一个副本。"

穹苍提着东西往里走,说:"说明后来监控没有发挥出应有的作用。"

贺决云:"那你还要装?"

"当然。没发挥出作用,也有契机跟原因。"穹苍说,"说不定能留下一些其他的证据。"

穹苍直接盘腿坐到地上,一面往摄像头的卡槽里插入存储卡,准备进行安装,一面说道:"我这次买的只是最普通的ARM[1]嵌入式远程监控系统,搭载Linux[2]操作系统,支持跨网关,可以在多个平台间快速完成数据传输。摄像头自带存储跟联网功能,吴鸣死亡不到十二个小时就被发现了,存储卡以及云端的数据必然还没有被覆盖。这种情况下,想要彻底删除所有监控视频,且做到无法被公安的技术人员恢复,我不好说完全不可能,起码普通的黑客做不到。"

穹苍将设置好的摄像头一一摆在自己身侧。"想要安全避开监控,可以先停止监控的运行,再进行杀人。能做到这一点的,只有李毓佳。而如果凶手不是你的话,最好的方法就是拿走所有的摄像头以及与它连接的通信设备,让警方从一开始就不知道这里有监控的存在。"

"如果凶手真的这么做的话,那就更好办了。"穹苍笑道,"在吴鸣广泛的交际圈里,找一个不知道究竟是谁的凶手,与在一个固定范围内寻找一堆监控摄像头,你觉得哪个更简单?"

这说得的确是没有错。

贺决云走过去,帮她调试网络。没用多少工夫,两人顺利把监控设备按照提示安装并设置完成,穹苍确认手机中的画面能正常运行,满意道:

---

[1] 是一家微处理器公司,也指一类微处理器。
[2] 是一种免费使用和自由传播的操作系统。

"劳驾,再送我去一趟公司,我要上班了。"

虽然两人里里外外忙活了一阵,但其实游戏时间才刚过 12 点。用剩下的半天时间去搜查公司的情报,对穹苍来说足够了。

贺决云点头。只要她能正常说话,贺决云还是很乐意满足她的要求的,甚至为了表示自己对此的鼓励,他还颇为热情地说了一句:"好嘞!"

按照吴鸣的性格,他公司的办公地点也必须要体面。他在科技城的一栋商贸大厦租了两层楼,大楼门口立着一个玻璃碑,上面用金色烙着公司的大名,看上去现代又辉煌。

穹苍的迟到并没有给众人带来太大的惊讶,她径直穿过前台,走向自己的办公室,合上门窗,隔绝了外界的视线。

学生身份与公司老板身份所能接触到的信息量,自然是不能同日而语。两者的活动范围跟所接触的人、事都截然不同。

穹苍率先打开吴鸣的电脑,查看最近新增加的文件,从命名上简要筛选内容主次。很快,穹苍翻到了一版新的签约合同。吴鸣大概是想改,但具体细节还未敲定。

穹苍仔细研读了一下里面的条款,可以看出吴鸣对元老和新人的待遇有明显的差距,在权利和解约限制上都有体现,给了那些老员工足够的自由和尊重。

众所周知,文娱行业的合同一向是比较不讲道理的,尤其是对平台依赖性较强的从业者,比如主播、新人艺人等,表面上吹嘘得光鲜靓丽,背地里签订的都是完全不平等的买卖合同。于是一些工会或者团队便应运而生。

在行业越来越成熟,资源逐渐固化的情况下,妄图依靠单打独斗来谋求出头的机会越来越难。新人想要入行,不仅要依托平台,还要依托团队,即便是面对霸王合同,也没有选择的余地。

吴鸣的这份合同,相较同行业的其他公司,可以说"良心"了不少,或许这也是他能抢占市场、迅速壮大的原因。

不仅如此,穹苍还发现吴鸣有一个小号。

这个闷骚的男人,居然偷偷潜伏在他们公司的员工群里,打听员工对自己的评价。然后将那些背地里说自己坏话的连名带姓地记在备忘录里,私下找机会再责骂回来。他听不得批评。

不过从群里人的态度来看,他这个老板做得还是比较合格的。

穹苍舒展开手臂,伸了个懒腰。

从目前发现的各种信息来看,吴鸣不算是一个很坏的人,更像是一个庸俗的普通人。他有着一堆的坏毛病,也有一点小聪明,好功利,能隐忍,分得清利弊。

这种人,在没有利益影响的情况下,不会在明面上死死得罪某个人,他的性格更偏向于窝里横。

说实话,除了李毓佳,穹苍实在找不到第二个会恨他至死的对象。

电脑里其余的财务报告或者创意策划,穹苍没兴趣看了。她起身走到玻璃窗前,以纵览全局的方式,将整个房间的布置收入眼底。

吴鸣的这个办公室,有着浓重的生活气息。部分小摆件带着一些偏女性的审美,比如盆栽以及桌上的摆台,应该是受了某人的影响。而且穹苍刚刚在座位上闻到了一股淡淡的属于女士香水的味道。

李毓佳的身上没有喷洒香水,他们的卧室也没有类似的东西。

穹苍反身拉下百叶窗,看着在外面工作的男男女女。

作为一家由许多年轻人组成的 MCN 公司[1],吴鸣签约的员工中不乏帅哥美女。他不喜欢李毓佳,但也是个有生理需求的年轻男人,按照常理来说,他有别的情人也算合理。假使他真的出轨了,那么在这些人之间进行选择,似乎更方便,也更安全。

穹苍面无表情地扫视着走动的几人,猜测那里面会不会有吴鸣中意的对象。

可是,从她来到办公室开始,就没人进来打扰过她。她一路进来,也没有哪个女生对她露出明显暧昧的神情。

最关键的是,穹苍没有从吴鸣的通信记录中看出任何与情人有关的端倪。找不出实质性的证据,一切就只是猜测。

穹苍摩挲着下巴的胡楂,感受着指腹下那陌生的粗糙感,内心闪过一

---

[1] 一种新的网红经济运作机构。

丝自我怀疑。指不定真的是她心思猥琐，污蔑了吴鸣的清白。也没说男人就不能喷女士香水，或者员工就不能坐老板的位置。

正在这时，助理提着一个蓝色的礼品袋走进来，朝她笑说："老板，这是您上次让我帮忙订的礼物。我已经给您包好了。"

穹苍接过来，将里面的东西拿出来看了一眼。

不过是手心大小的盒子，打包得很精美，手感不轻不重，看体积难以判别里面究竟是什么。盒子外面的缎带绑着一张淡蓝色的卡纸，上面用钢笔写了一行劲挺的字：

"沐着极星灿光，你穿越黑夜走来。"

穹苍眼皮都跳了起来。以他们夫妻两人的关系，可不像是会有这么浪漫的情趣。

这句话选自一首知名的情诗。穹苍还在想吴鸣是个挺文艺的人，就听助理说："老板，没事我先出去了。"

"等等。"穹苍将卡片从缝隙里抽出，若无其事地问道，"最后是选了什么礼物？我有点忘了。"

助理笑道："那条紫色的水晶项链。您不是说老板娘比较喜欢紫色吗？"

穹苍也笑："哦，对。我上次买礼物的时候，她跟我强调过，说我没记性……欸，那是多久前的事情了？"

"也就半个月吧。"助理说，"你们二位的结婚纪念日，您送了老板娘一款手链来着。"

穹苍无奈一笑："对，她还老抱怨我不记得纪念日，漏了应该给她的礼物。"

助理露出羡慕的表情，说："老板你已经很好啦！每个月都亲自挑选礼物送给老板娘。不像我，我男朋友连我生日都不记得。你们两个人关系真好。"

"是啊。"穹苍笑着说，"谁让她比较爱撒娇呢？"

穹苍又跟她聊了几句，发现助理真的不知道这份礼物是要送给谁的，摆了摆手道："没事了，你先出去吧。"

助理略一躬身："好的。"

等人离开，穹苍就把礼物拆开，对着那条紫水晶项链拍了张照片，传给贺决云。

穹苍：吴鸣送给爱人的礼物。助理说他每个月都会准备相关的礼物。

穹苍：家里应该没有紫水晶一类的首饰吧？我看李毓佳也不是个喜欢打扮的人。

贺决云那边很快回复，且言简意赅。

贺决云：无。

穹苍单手快速打字。

穹苍：说明吴鸣真的很爱面子，他在外居然还有爱老婆的人设。

穹苍：他很害怕被人发现这段关系，所以将细节处理得非常好。但是又沉迷于对方给自己的影响，在众人都不知道的时候享受着对方让自己做出的改变。这段关系让他感到矛盾又刺激。你觉得呢？

穹苍希望贺决云能帮自己完善对吴鸣的心理侧写，毕竟男人应该更了解男人的心理。没想到贺决云那边很快给了两条简短的答复。

贺决云：啧。

贺决云：渣男。

穹苍品了品，感觉有点微妙，但是又说不出来。

"这句'渣男'脱口而出的时候，我知道，他入戏了。"

"哈哈哈！"

"眼看着Q哥被越带越偏。"

"我三开直播间，电脑快吃不消了，眼睛也快不行了。所以我决定留在这里看段子。"

"连大佬都找不到的小三，厉害了。吴鸣如果愿意，简直是海王的最强竞争者啊。"

穹苍在办公室里做二次搜寻，想要找出吴鸣那位情人的信息。没多久，收到系统的提示，告诉她现在已经到了下班时间。

今天的游戏日期是 2 月 25 号，吴鸣最早开始怀疑有人跟踪他的时候。那个跟踪的人究竟是谁还不确定，这一段是固定剧情。

穹苍快速收拾好东西，准备步行回家。

2 月底，日头还没有彻底亮起来。

穹苍离开公司的时候，外面的天已经是灰蒙蒙的了。昏黄的路灯亮起，同夕阳的余晖一道，将人扯出两条淡淡的光影。

她走在绿化带里侧的步行道上，看着身边人影匆匆，心底的违和感越来越重，不由得放缓脚步。

三天的设定还是很完善的，许多线索都隐藏在细节之中。

她刚才离开的时候，公司里的员工基本没有表示惊讶，还有不少人直接跟在她的身后一起下班。说明吴鸣平时就不是一个喜欢无事加班的人。

可是，按照别墅里搜查出的线索来看，吴鸣也不是个下班准时归家的好伴侣。别墅里有关他的生活痕迹太少，连书房电脑中都没有太多的使用记录，说明他更可能只是回家稍做休息，不长期逗留。他在努力避开和李毓佳的见面机会。

那么这一段空白的时间里，他到底去了哪里？是 MCN 类的公司互相间需要应酬合作，还是出门采风寻找人设灵感？

穹苍沉着脸，回头看了一眼。

天色迅猛地暗了下来，太阳沉入天际线之后，连最后一抹橙红也消失不见。

车灯刺眼的光线从马路上闪过，鸣笛的声音随着噪声不时响起。街上的车流量达到了晚间的高峰。

吴鸣是个会开车的人，他不像穹苍，下班后需要步行回家。那么跟踪的人，是从什么地方开始尾随的？

市中心高峰期的交通状况可不适合进行跟踪，一个红绿灯或风骚别车就能让他们失散在茫茫车海。

穹苍再次拿出手机。吴鸣手机中的 GPS 定位并没有对相关软件进行授权，因此无法简单获知他每天的行车轨迹。

穹苍翻了一遍，未有收获，转而打开地图导航软件，在路线的下拉框中，看见了一排来不及清除的选项。

穹苍唇角微微勾了起来。

果然，再谨慎的人，也不会在自己的私人手机当中做到不留一丝痕迹，否则他的生活未免太过紧绷。

吴鸣是个需要经常出差的人，毕竟他作为老板，偶尔要帮忙监督拍摄、选取广告、招纳新人。而在路线页面"我的位置到某处"的记录当中，外省和省内的地址互相交错，可以透露出他平时的工作业务。

即便省内的路线他已经足够熟悉，往来不需要导航，但是当他从外地驶回的时候，总是需要把地址设成自己常去的地方。

穹苍将省内的每个定位都试了一遍，发现底部一条记录中的地址，既不是去往公司，也不是去往某个商业街区，而是通向某个居民小区。

穹苍直接在路边叫了辆车，报上位置，去往目的地。

出租车司机顺利将穹苍送到小区门口。穹苍提着公文包，单手插兜，摆出霸道总裁的架势，从车门走下。

她没在身上找到和这个小区有关的钥匙，也不知道吴鸣的房产究竟买在哪个位置，三天这次没有给她提示，说明这里应该有关键性的隐藏证据，或者，是一条根本就不是给她这个角色提供的证据。

穹苍阔步朝着保安亭走去。门口的栅栏紧闭，需要感应钥匙才能进出。

保安穿着一身红色的制服在值班，看见她过来，笑了一下，主动招呼道："吴先生？今天怎么没开车啊？"

"今天钱包丢了，所有的钥匙都不见了，还没找回来呢。"穹苍说，"对了，你这里有联系方式吗？帮我请个开锁师傅上门，我直接在这里等。"

保安热情道："好的，您稍等。我让他马上过来。"

穹苍跟他保持着一米左右的距离，看着他进了保安亭，从桌上一堆杂乱的名片中翻出一张，照着上面的号码拨打出去。

"喂，开锁师傅吗？"这位保安显然跟吴鸣是比较熟的，连房号都没问，直接说道："竹苑3栋2单元602的业主需要开锁，您现在能过来吗？好的，好的。他就在小区门口等呢，您快些啊。谢谢了。"

他吩咐了两句，快速挂断电话，又朝吴鸣笑了下，说："您在这里稍等片刻,人马上来了。"

穹苍绅士地微笑说:"谢谢。"

没多久,一个中年男人提着一个工具箱走进来。保安给两人开了门,让他们进去。

吴鸣上次离开的时候,没有将门进行反锁,所以开门的程序很简单。开锁师傅只在门边捣鼓了一阵,就顺利把门打开。收完钱之后干脆利落地走了,穹苍自己留在屋里观察里面的环境。

房间打扫得很干净,一进门就能闻到一股淡淡的清香,穹苍鼻子动了动,循着味道看向附近的餐桌。

桌上摆了一瓶仿真花,颜色搭配得很好看,上面不知道喷了什么香水,与花香相似的味道很自然,以至穹苍第一眼还误以为那是一束真花。

穹苍顺手拉开一旁的鞋柜,看见里面放了几双黑色皮鞋,并排放着的是各种不同类型的高跟鞋。

她将鞋子拎在手里。高跟鞋粗看起来不显尺码,但是底部标注的号码,显示它们都在39码和40码以上。有几款甚至在44码以上,应该是定制生产的。

鞋底全都很干净,看得出来主人非常爱护,或者根本就不会穿它们出门。

穹苍反手将柜门合上,继续往里走。

这套房子的装潢风格与别墅截然不同,但又有点一脉相承的感觉。别墅里是金碧辉煌,土豪到有点刺眼,这套房子同样豪华,却是颜色艳丽到让人觉得刺眼。

明显能看出主人喜欢蓝色、紫色,以及红色。这三种颜色搭配在一起,并不和谐,不是穹苍喜欢的装修风格。

屋里还有各种手工制品,摆满了木架,堪称琳琅满目。是这套房子的面积太小,阻碍了吴鸣的审美发挥。

穹苍顺着走道来到卧室。

梳妆台上摆放着不少的首饰,其中就有紫水晶的手链和项链。吴鸣购买的大量女性饰品,应该都在这里。他并不是送给夫人,而是送给他自己的。

穹苍转了个身,看向靠墙的衣柜,里面挂了各种款式大胆的长裙。

她拿下裙子比了下长度跟大小，发现部分合身，部分偏小。在几件大小合适的裙子上，有被人试穿过的褶皱。

穹苍将房子全部逛了一圈，说实话，虽然有所准备，但内心还是感受到了一股震撼。她面上保持着不动声色，心情很是复杂。

即便她不想承认，事实也已经摆在眼前。

为什么吴鸣的手机里没有任何与"情人"的交流记录？不是因为他过分谨慎，而是从一开始就不存在。

他也并没有享受出轨所带来的兴奋与刺激，他本身的爱好就很刺激。他有异装癖，他所害怕的只是被人发现这件事情。

穹苍感慨地叹了口气。

在她刚刚进入这个房子的时候，她还天真地以为这里只是一套霸道总裁用来藏娇的金屋。原来她的推理从根本上出现了大差错，因为她根本不了解有钱人的生活。

有钱人可以为了掩饰自己的爱好直接买下一套房子玩换装游戏。而她，她做不到。她没办法买一套房子，专门用来存放草稿纸，毕竟一套完全放不下。

直播间里的网友所受的刺激并不比穹苍小。男性网友一时语塞，怕自己此时出声会暴露出什么。

"啊！是我的阅历限制了我的推理。"

"就，一时不知道是该感慨大佬的搜索能力，还是该感慨这个花花世界的神奇之处。我能包容、能理解，就是弯拐得太快停不下来。"

"方向盘都飞掉了……"

"不少男人都有女装癖，只是没有尝试过而已。因为女装真的很漂亮。"

"看不出来，我是真的没看出来。吴鸣居然是个这样的人。"

"大佬能不能给个旁白解说啊？她一直沉默，我到现在都不知道她是怎么想到来这个地方的。"

"这个直播间的剧情探索度真的是飞一般的感觉。跟着大佬，躺赢。"

穹苍在屋里坐了很久，一半时间在发呆，一半时间在玩手机。只是她平淡的表情显得太过高深莫测，叫人看不出她内心的想法，观众以为她还在勤奋地寻找线索。

在游戏时间走过9点时，穹苍去泡了杯吴鸣存放在厨房里的泡面，吃完夜宵，身心舒畅，才慢吞吞地起身下楼。

她内心有过犹豫，最后决定还是先不把这个线索告诉贺决云，以免影响到自己在贺决云心中的伟岸形象。

只要当无事发生，她就还是那个霸道总裁。

穹苍走出一层大门的时候，候客厅的感应灯正好熄灭，周遭的一切陷入漆黑的夜色。她脑海中不期然地浮现出吴鸣写给自己的那句情诗：

"沐着极星灿光，你穿越黑夜走来。"

就……不愧是他。

穹苍用手机导航点了别墅的地址，顺着上面规划出的路线，缓步走出小区，准备到方便的位置再打车回去。

她也不知道今天的行程安排还能不能让她碰到那个跟踪吴鸣的人，为了尽量给对方提供尾随的机会，她把打车的行程缩短了两公里左右，延长了步行的距离，希望对方能努力一下。

由于穹苍定位的上车点附近有一群大爷大妈在跳广场舞，即使在夜里，依旧人来人往，热闹非凡，穹苍没有发现身后有人跟踪。

等她上了出租车，车子开到无人的主城道上，穹苍才察觉出来，一辆白色的小面包车一直不远不近地在后方跟着他们。

司机按照穹苍的吩咐，在一个公交车站牌附近将她放下，那辆小面包车同样停在了路边。

穹苍下车后在原地等了会儿，不见对方出来，只能自己先往前走。等走到无人又僻静的地方，穹苍重新回过头，却见身后空荡荡的，依旧没有人影，唯有两侧的绿化植被在灯影下不停摇曳。

穹苍说："出来吧。"

毫无动静。

"我不是在诈你。"穹苍放大了声音,配合吴鸣那浑厚的嗓音,有点挑衅的味道在里面,"虽然现在有风,但还不至于将植物压出那么明显的痕迹。我说的是距离我六米远左右,藏在我目前正对位置的那个人。要么你现在出来跟我好好谈谈,要么我就直接回家了。"

见被她直接道破,黑暗中的人影终于从灌木后面走了出来。

那是一个中年男人,身形很瘦,因为骨骼本身偏小,又穿着一条单薄的牛仔裤,两条腿显得跟竹竿似的,使他看上去像一只猴子。他的脖子上挂着一个相机,半张脸被鸭舌帽遮盖,虽然看不清脸,但走路的姿势很有特点。

穹苍说:"你跟拍我。"

那人背部微微佝偻,一手捏着相机,一手插在兜里,没有回答。

"你拍到什么了?"穹苍问,"你还想跟我多久?"

对方突然道:"两百万。"

穹苍不言语,片刻后低下头在手机上按动。

对面的人有点焦躁,伸着脑袋往她这边张望。突然,穹苍哂笑着打破了寂静:"精神病院的电话号码是××××××××××,后转左拐。既然你有车,我就不送了。"

"我拍到了!"中年男人急促地说了一句,而后放缓语气,"你不想让别人知道,你是一个变态吧?"

穹苍低头无声地笑了下,不仅没有生气,还朝他走近了一步。

"从概念的角度上来讲,变态的意思是异于常态。我不知道你是指它的贬义意思,还是单纯地说我的与众不同。"

穹苍就是听着这两个字长大的,如果它值两百万的话,她早发财了。

"我拍到了你穿女装的样子,很多。你每天都会去那个小区,换上女装,扮女人,不肯回家,也不生孩子。你换衣服的照片我也有。"对方的声音里能听出一点笑意,他举着相机示意说,"你老婆怀疑你在外面包了女人,却不知道你根本就不是个男人。你不会是骗婚的吧?你喜欢男人?"

穹苍嗤笑出声:"别的不谈,我只是先纠正你一点。异装癖、同性恋、性别认同障碍者,这三者之间,是不一样的。我还是第一次见到一句话混淆三个概念的人。你们做私家侦探的,不用多读书吗?"

"照片要不要啊?不要我就去卖给别人了。"中年男人根本不理会,只笑嘻嘻地问道,"像你们这种企业,市净率……是市净率吧?市净率都很高吧?出点什么负面新闻,股价那都是嗖嗖地跌。别怪我没提醒你。"

"不要。"穹苍干脆地回绝并转身,兴致缺缺地道,"你如果还敢跟着我,我就报警了。"

对方怔了下,起先还保持着不屑站在原地,看她是真的要走,才慌了神,追上去喊道:"吴鸣你疯了?你真敢报警?"

穹苍再次停下,反问道:"我为什么不敢报警?现在是你在勒索我,我有明确的证据,需要害怕的人是你。"

她拿出手机,示意自己刚才已经录音了。"你知道勒索要判多少年吗?数额特别巨大的,十年起步,并处罚金。30万到50万已经属于特别巨大。你刚刚所说的两百万,远远超过这个数值。我随便请个律师,都可以让你把牢底坐穿。你自己盘算。"

中年男人叫道:"那所有人都会知道,你有异装癖!"

穹苍不以为意地耸了下肩。"喜欢穿女装怎么了?你还喜欢偷拍呢。怎么想都是你比较猥琐。"

"你要是真的不害怕,也不会特意买一栋那么私密的房子来做这些事情。"中年男人说着又有信心了,得意道,"你以为吓得住我?你平时上杂志的时候是什么形象,你敢曝光自己是个变态吗?"

长影在夜空下踱步,皮鞋踏在水泥地上,发出沉闷的响动。

"我最讨厌别人威胁我,还是因为这些无所谓的玩意儿。"

穹苍停在中年男人的面前,拉近与他的距离。通透的瞳孔锁定对方的脸庞,一边眉毛高高挑起,以睥睨的姿态俯视着他。

吴鸣或许会很害怕。他虽然从事着社会新兴的行业,能够把握舆论的热点和话题,但是他出生在贫穷的山区,受到家庭跟环境的影响,内心始终有着保守的道德观。

他无法接受自己的异装癖,有着强烈乃至敏感的自尊心。恐怕在他心里,也认为那样的行为很变态,否则他不必采用那么隐秘的方法,连表达自己的喜好,都如此小心翼翼。

可是穹苍在乎什么呢?她需要烦恼的问题太多了,哪里还有闲暇去关心别人喜欢什么?异装癖诚然小众不值得提倡宣传,可它是什么不可原谅的罪行吗?吴鸣已经那么努力地想要掩盖,非要将它从最隐秘的地方挖掘出来,又是什么高明的手段吗?

穹苍坦坦荡荡道:"刚才那句话应该我来说才对,你以为你吓得住我?你忘了我是做什么行业的?我是做网红经济的,我的团队就是为了营销知名网红赚取流量。你知道现在有多少网红,都是走男扮女装的路线?他们有热度,受欢迎,和娱乐扯上关系,没有人会觉得他们是变态。你曝光出去,我可以顺势说这是我们公司的下一项策划,这难道是什么稀奇的事吗?倒是非常感谢你能替我引流。如果到时候我们的股价涨了,我可以给你们老板发一封感谢信。对了,你是哪家公司的来着?"

穹苍抬手,用食指将他的帽子往上顶,露出他的额头。

"浪费我时间。"穹苍语气阴恻恻地道,"脸我记住了,给你最后一次机会,滚!"

中年男人打了个寒战,似是终于回神。他一面后退,一面低语道:"你会后悔的。这可是你自己选的。"

他飞也似的回到车上,关上车门,疾驰而去。

直播间的观众看着夜色里模糊的人影,发出一声声意义不明的语气词。

"其实我以为这人是范淮的。[心虚]"

"大佬刚刚那眼神吓到我了,但是好帅![我可以]我什么时候才能像她一样当机立断!"

"所以那两天跟踪吴鸣的人,居然是李毓佳找的私家侦探而不是范淮?这私家侦探没有职业道德啊,居然还想两头通吃,臭不要脸。"

"凭吴鸣的性格,肯定会选择跟对方交涉吧?可是他后来又报警了,是不是惹怒对方被报复了?"

"想不通吴鸣居然会走到必死局,而且我看媒体说他死得很惨。继续押李毓佳。"

"看似发生了很多事,但其实游戏时间才过了不到一天而已。隔壁直播间里的兄弟,今天就做了两件事,大扫除跟医院体检。[微笑]"

穹苍回到别墅的时候,贺决云还在翻角落里的东西。客厅里的柜子被他翻得乱七八糟的,地上散落着各种小物件。瓶瓶罐罐的药品、名片、宣传单、药费单据等,几乎都是李毓佳这几年艰苦备孕的证明。

穹苍选了个干净的地方落脚,问道:"你在干吗呢?"

贺决云抬起头问:"你怎么这么晚才回来?"

"遇到跟踪吴鸣的人了。"穹苍脱下外套,挂在一旁的椅背上,"是李毓佳雇的私家侦探。"

"哦。"贺决云说着,在地上摸索了一会儿,抽出一份雇用合同,说,"是这个吧?"

穹苍道:"大概吧。他之后可能会找你汇报,别给钱。他居然想坑我,臭不要脸。"

贺决云听见她被坑反而有点高兴。"这种一般是付过定金了的,不给尾款他们也不亏。"

穹苍在沙发的角落坐下,问道:"找到什么了吗?需要帮忙吗?"

"没什么有用的。"贺决云粗暴地把那些东西装回柜子里,站起来说,"就算有线索……我也不能告诉你。"

穹苍笑道:"行。毕竟这是没有断……"

贺决云一喝:"停!"

穹苍遗憾道:"哦。"

贺决云见她好歹还算听话,缓和表情说:"我去卧室了,晚上你自己安排。"

穹苍:"嗯。我也可以先陪你一起……"

"打住!"贺决云再次高喊,他这次是真的激动了,脸色还微微发红,"多少观众在看你知道吗?小心你号没了!"

穹苍:"……?"这么危险的吗?她只是想说,陪他去卧室找找线索而已。

她愣神之际,贺决云已经踩着拖鞋,嗒嗒嗒奔上了楼梯。

在没有重要剧情的情况下,夜晚很快过去。穹苍才刚把凌乱的柜子整理到一半,窗外已经是一片明亮。

突然,门口传来一阵短促的敲门声,打断了穹苍的动作。她低头扫了眼时间,早晨 7 点 23 分。

外面的人喊道:"儿子啊,快开门,我是妈妈呀!"

第十三章

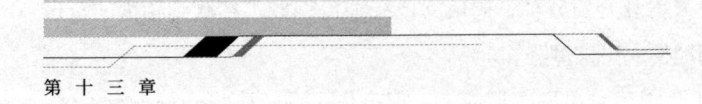

戏 精

"事情发展到这个地步,没有一个戏精是无辜的!全都特别能演!"

穹苍过去将门打开,就见外面站着一个"红红火火"的中年女士。

她身形偏胖,中式旗袍外面裹着一件红色的披肩,及肩的头发也染成了红色,并烫得微卷,手上拎了个皮质的红色手提包,口红跟指甲同样涂得深红。

实不相瞒,穹苍的眼睛猝不及防地被闪了一下。

人物头像旁边有一行小小的文字解释:"周琅秀,母亲,59岁。"

周琅秀还保持着用力拍门的姿势,生生卡在一半,险些一巴掌拍到穹苍的脸上。

仔细看的话,她的五官与吴鸣确实有两分相似。只是那两分相似的五官长在女人的脸上,过于男性化了。

"怎么才来开门?傻站着干什么?早饭吃了吗?"周琅秀不等穹苍招呼,用手虚推了她一下,便风风火火地冲进客厅,待看见满地狼藉,顿时放声尖叫道,"怎么回事?怎么客厅搞得一团乱?为什么是你在下面收拾?李毓佳呢?啊?李毓佳!真是个光吃饭不干活的婆娘!人呢!"

穹苍还没来得及开口解释，周琅秀已经独自完成了猜测到扣锅的全过程，骂骂咧咧地找人出来算账。

"李毓佳！"周琅秀虽说体形庞大，但身体灵活，脚步一刻没有停过，将手提包甩下之后，又嗒嗒嗒地跑到楼梯口，扯着嗓子大喊道，"李毓佳！你给我下来！"

到目前为止，穹苍半句话都没插上，也放弃了出声，不远不近地跟在周琅秀的身后，看看她到底想做什么。

贺决云带着茫然的神色从房间走出来，停在二楼的扶手边朝下望。

看见他如此闲适又不严肃的模样，周琅秀明显更生气了，脸上的褶皱都挤在了一起，一根手指用力指着，刻薄地骂道："你现在还没有起床呀？这都几点了？我的天哪，你居然还在睡觉？家里乱成这个样子你怎么好意思睡懒觉？保洁一请假你就把这里弄成狗窝了是不是？你怎么做人家老婆的？我们阿鸣还要上班都比你起得早，你看看自己，一天天的都在干些什么！"

她语速极快，中气十足，贺决云被她骂蒙了，都没反应过来。他虽然曾有耳闻，也有幸见识，但从未亲身经历过这样的阵仗。这涉及他的社交盲区了。于是贺决云歪过脑袋，看向穹苍，试图朝她求助。

所以说，一个优秀的男人，怎么可能漠视自己的对象给出这样无辜可怜的眼神？

穹苍缓缓道："妈……你这么一大早的过来有事吗？"

"我要带她去看医生的呀，我早就跟她说过了，有人介绍了一个很厉害的医生坐堂，去晚了连号都拿不到。人家不认黄牛的，得自己排队。我让她六点过来找我，结果呢？结果她居然在睡懒觉！我托了一大圈的关系就是为了她，她就这个态度？"周琅秀的嘴一开，就如同关不上闸的水龙头，"早知道要娶她这么一个麻烦精，我当初就不同意你们结婚了！"

贺决云听了半晌总算是听明白了，这是要带他去做妇科检查？

我可去他妈的！

贺决云身形猛地后退一步，腿部肌肉紧绷起来，表明自己宁愿玉石俱焚的决心。

穹苍说:"他不去医院。"

周琅秀急道:"为什么不去医院?她生得出来吗?生不出来就得去医院!七年啊,我就是在乡下养条狗,都能多代祖孙同堂了!连孩子都不会生,我能让她过清净日子?李毓佳,你给我下来!"

贺决云脸色沉了下去。

比贺决云脸色更黑的是穹苍。她从上到下,乃至每一个毛孔,都感觉到了被冒犯。

穹苍说:"生不出来那就不生了。没见过谁非拿自己跟畜生比。"

周琅秀叫道:"你想什么呢?不能生孩子那还叫女人吗?那你娶她干什么!"

这一句话真是得罪了无数人,让人无名火大。

直播间的评论区闪过无数排屏蔽词,一时间被各种星号所代替。

贺决云反被她给气笑了,几次深呼吸,偏偏找不到一个骂人的词,最后只冒出一句:"你话说得可真是够难听的。穹——吴鸣,快管管你妈!"

周琅秀快速踩着楼梯小跑上去,一面逼近贺决云,一面叫嚣道:"我话难听怎么了?你要是再生不出来,我的话就不只是难听了。七年,我给你一次又一次的机会,你连个蛋都生不出来,还敢管我?你信不信我让吴鸣跟你离婚!"

贺决云面部肌肉一阵抽搐,最后咧开嘴,露出一口森森白牙,狞笑道:"我今天号都不要了,你给我过来啊。"

两人在楼梯尽头的走道里对上。

周琅秀高举起手,正要上前,还没发力,突地脖子后面的衣领一紧,感觉被人掐住了喉咙。她回过头,就见自己儿子一脸寒气地揪住她的衣服,把她往边上一撞。

"哎呀哎呀……"周琅秀打了个趔趄,一直靠到墙才稳住脚步。她左手按住并没有被撞疼的胳膊,抬起头震惊道:"阿鸣你干什么呀!"

穹苍下巴一点,示意道:"想教训他?"

周琅秀睁大眼睛道:"我还不能了?"

穹苍大步向周琅秀走近,高大的身躯投下一道阴影,将人困在狭小的角落里。

"对，不能。"穹苍冷厉道，"说明白点，你儿媳妇跟你是两个人。他欠你的了，还是你养他了？他对你尊重，是给九年制义务教育一点面子。你得寸进尺，那就是暴力合作。你试试，我会不会纵着你？"

周琅秀被穹苍的气势压得不敢动弹，终于意识到自己儿子与往日不同。她不安地缩起脖子，目光不断转动，想要寻求帮助。忽然瞥见贺决云站在后头看好戏，一副恍然大悟的样子道："她是不是背地里挑唆你了？阿鸣你弄清楚一点，我是你妈，我在帮你！你难道也脑子糊涂了，不想要孩子？"

"如果不会生孩子的女人不叫女人，那么不会生孩子的男人是不是就不叫男人了？不会做人的基本上就连人都不是了？"穹苍说，"既然人都不做了，还要生什么孩子？"

周琅秀不敢相信，声音尖细地叫道："你居然跟她联合起来对付我？"

穹苍嗤笑："不用联合，你要是还敢，我一个人对付你也行。"

周琅秀："你……你疯啦？"

穹苍说："我向来只逼疯别人。"

贺决云正站在后头偷笑，穹苍转过身，抓住他的手腕，带着他往楼下走。

贺决云顺从地跟着她走了两步，心里还挺高兴。走到半途的时候，回过味来，觉得哪里不对，挣扎着要把自己的手抽出来。

"你是想黑我还是想让我请你吃饭？"贺决云压低声音说，"我告诉你不要太入戏！不要太入戏！"

穹苍无语道："我没有。"

周琅秀看着两人窃窃私语的背影，回想起吴鸣曾经对自己的信赖与尊重，内心感到极大的落差，无法接受，那难以转化的情绪，一瞬间全部变成了对贺决云的怨恨，让她大脑失控。她大吼一声，朝贺决云冲了过去。

贺决云听到动静回头，就见那老太太不要命似的撞向自己。

家里的楼梯本来就不宽敞，并排走了两个人已经是极限，眼看那红色的身影飞扑而来，贺决云下意识地贴着栏杆进行躲避。

他自己身体的下盘是很稳的，绝对不会因为这么轻易一推而怎样。但他现在的身份是李毓佳，一个缺乏运动，常年吃药，被各种所谓的调养品"补"得面黄肌瘦的女人。

冲撞之下，他甚至还没回过神，半边身体就越出了扶手之外。

穹苍呼吸一窒，伸长手臂想要将他抓住，结果抓住的却是越位而来的周琅秀。

这位老太太爆发之下的身体素质十分惊人，被穹苍拽住一只手，还不甘心地给贺决云补上一拳。

贺决云直接从扶手外翻了下去。一声重物落地的巨响传来，然后是压抑着的痛苦呻吟。贺决云的视野瞬间陷入一片黑暗，四肢蜷缩，无法起身。

穹苍快速跑下去，单手托住他的脖子，将他抱起来，让他的头靠在自己膝盖上，问道："贺决云？你没事吧？"

贺决云闭着眼睛，咝咝抽着冷气。等过了系统提示的剧痛期，才得以开口说话，摇头说："没事。"

他摔下来的地方其实只有一米不到的高度，看落地姿势，也避开了比较危险的位置。而且客厅里铺着厚重的毛毯。虽然疼，但并没摔出大碍来。

穹苍抬头瞪向楼梯上的周琅秀，那位老太太此刻也后怕起来，不住摇着头往后退，不敢靠近他们，嘴里还喃喃道："就那么点距离，摔不坏人。我以前从窗台上摔下去，也没什么事。人哪儿有那么娇贵。"

贺决云简直不想理她，摆手道："没事。我先起来。"

穹苍以为他真没事，掐住他的腋下想要扶他起来，结果刚刚支起半身，贺决云喉头一滚，从嘴里呕出一口鲜血，将穹苍的衣服溅上暗红色。

穹苍浑身打了个哆嗦，差点将手松开。周琅秀也被吓得叫了一声。

"你……你……你受内伤了？"穹苍伸手去按他的腹部，"这是摔断肋骨了？"

"内伤个鬼。"贺决云气虚道，"这摆明了是旧病复发，胃里涌出来的血。"

穹苍问："什么旧病？"

"我怎么知道！"贺决云急道，"你开玩笑吗？！"

穹苍禁锢住他的手脚，让他不要乱动，说："先去医院。"

穹苍准备扶人去车上，又想起自己不会开车，低头问道："你能自己开车去医院吗？"

贺决云倒抽一口气，眼神满是谴责地看向她。这个人还有心吗？

穹苍识趣地腾出一只手去摸手机。"好的，我还是先给你叫个120。你坚持一下，能行。"

周琅秀这时候跟下来说："她说了，是她自己有病，她本来就有病，不关我的事，别说是我推的她——"

穹苍打断她的话："你说够了没有？"

周琅秀嘴唇翕动，安分了没一会儿，那点微弱的愧疚感就被愤怒所代替，长久以来身为家长的绝对权威让她理直气壮起来，倔强地叫道："我说得没错啊！你就这么跟我说话？你还记不记得我是你妈？你长本事了是不是？"

"不——"穹苍刚想开口，听见手机里传来接通的提示，声音一转，说道，"喂，120，我们家有个人大吐血了……是大吐血不是大出血，我也是第一次在电视剧之外见到，地址是……"

穹苍用脚将大门重重合上，又从兜里摸出钥匙，塞到地毯下。

小区附近就有一家医院，两人在门口等了没多久，就被急赶过来的医生送上救护车。

周琅秀一直在屋里待着没出来，在贺决云被送上去的时候，躲在窗帘后面悄悄偷看，一点都没关心过他的情况。

"怎么搞的呀这是？"医生拉紧手套，让贺决云躺平。

穹苍表情阴沉，比了个手势，让贺决云自己阐述伤情，她拿出手机拨打了报警电话。

"喂，110。"穹苍将另外一只手安抚地搭在贺决云的肩膀上，纵然内心愤怒，语气依旧平缓，"有一个亲戚来我家里找碴，把我老婆推下楼梯，摔成重伤，我可以报警吗？"

救护车里诡异地安静下来，几人都竖着耳朵，听她这边的动静。可惜听筒里的声音很模糊，无法辨别对方究竟说了什么。

紧跟着穹苍快速报了个地址，说："你们快来。她现在还在家，钥匙我放地毯下面了，一摸就能找到。"

"你的亲戚是哪个？"接线员问道，"你现在也在家里吗？"

"那个亲戚是我妈。"穹苍用平静的语调说着石破天惊的话，"我现在先去医院，你们给她做做思想工作吧。不接受和解，让她在所里多待几天，感受一下使用暴力的后果。伤情报告我会在医院开好以后拿过去。如果构成轻伤，需要走刑事流程，也请按照规矩办事。"

对方惊了下，再三求证道："你认真的啊？"

穹苍说："认真的。就这样吧，麻烦了。"

正在给贺决云检查肋骨的医生不知不觉间已经停下手上的动作，用一种极为复杂的目光看着她。

"干什么？不能大义灭亲吗？"穹苍面不改色地收起手机，把贺决云披散到地上的头发捞起来，让他躺好不要扭动。

"故意伤害就是犯法，谁也不能仗着是一家人就使用暴力。她既然坚定地认为自己是对的，不跟你讲道理，那就只能走程序了。"穹苍说，"要是永远不痛不痒的，她下次还敢，而且得寸进尺。谁也不是活该受她欺负。"

护士忍不住应了一句："对！"

贺决云恍恍惚惚道："还能报警啊？"

"为什么不能？"穹苍问，"你结婚的时候难道签卖身契了？"

贺决云很理智，心说，我什么时候结婚了？

"小伙子觉悟很高啊，就是……挺厉害的。"医生也说不出来自己的评价，问道，"你们结婚多久了？"

穹苍答："七年了。"

贺决云特别想跳过这个话题。

医生奇怪道："七年了关系一直这么不好？"

"嗯。"穹苍说，"都是我纵容的。我和稀泥，我拉偏架，我觉得烦不想管，就让妻子受委屈去尊重长辈。连我都不是真的对他好，家长就更不用说了。每次搞得自己好像很难做的样子，其实就是没有同理心又臭不要脸。我这样的男人不是一个好东西。"

医生跟护士都被她忽然的深刻自省给说愣了。

穹苍低头看了眼贺决云,问道:"你记住了吗?这样的都不是男人。"

贺决云:"……"

直播间的网友因为这一手骚操作笑弯了腰。

"Q哥,欲言又止。就好难。"
"Q哥这次应该深刻体会到了做女人的苦。"
"大佬:我绝对不是在嘲讽,我只是在自我反思。[狗头]"
"某些人,在家里的时候,各种不可一世、趾高气扬,找借口压迫女性,欺负弱小。但实际上也知道,这块遮羞布不能扯,在公众面前一个屁都不敢放。"
"大佬:没错,我的确不是男人。[你是没看过我变身]"

从救护车在医院停下之后,穹苍的手机就一直响个不停。

她拿出来看了眼号码,发现来电显示是"妈妈"。

医生跟护士不停地用余光瞥她。结合之前的电话,他们完全能猜到这位来电人是谁,他们也很想见识一下传说中的修罗场是如何平息的。

但穹苍就是穹苍,注定要让他们失望了。她面不改色地给手机调了静音,配合着医生送贺决云过去拍片,然后去前台缴费,全程看不出半点慌乱,堪称从容不迫。

等把贺决云安顿好,手上没有琐事了,她才找了个安静的位置坐下,接通电话。

信号刚刚连接,听筒里就传来一阵鬼哭狼嚎似的叫声,从那抑扬顿挫的声音里,足以脑补出对方的状态。

周琅秀被她晾了那么久,已经从最初的疯狂转至崩溃,如今听见她的声音,不见愤怒,只剩下抓住救命稻草似的庆幸。

她卑微地恳求着自己最信任的儿子,朝儿子呼救:"儿啊!家里来了一帮骗子，不知道从哪里拿的钥匙，直接冲进门要抓我，还假装自己是警察，你快点回来啊！救命啊！报警，他们要抓我！他们要害死我！"

穹苍一直听她说完，才平静地说："我报警了。他们就是我叫的警察。建议你配合调查。袭警的话，也是犯法。"

"你……你报警？"周琅秀狠狠怔住，然后歇斯底里地吼叫道，"天底下从来没有儿子报警抓他母亲的！吴鸣你疯了吗？我是你妈啊！"

穹苍直接挂断电话，将号码拉黑，然后起身去往病房。

贺决云不用真的接受一遍体检，毕竟那样太不人道了。他只需要在床上躺着，等待游戏时间过去，然后拿到李毓佳曾经在医院做过的体检数据。但是这期间，他也只能躺在床上，哪里都不能走动。

穹苍进到病房的时候，贺决云正大睁着眼，一脸了无生趣地看着天花板。

本来应该是多么刺激的一款凶案解析游戏，却被他玩成了放置类，想想也是挺惨淡的，都不知道应该怎么安慰。

穹苍钩过来椅子，在他身边坐下，问道："多长时间啊？"

贺决云看了眼提示，道："起码到下午吧。"

穹苍说："周琅秀应该已经被警方带走了，我回家给你拿点换洗的衣服和零食，怎么样？"

贺决云抬起头，总算有了点生气，补充道："还有书或者电脑，谢谢。"

穹苍说："行。"

贺决云迟疑了下，又说："你不用陪着我吧？你不去找线索吗？"

"不急。现在也没有方向，还找什么线索？"穹苍安抚他说，"这不是在给观众做思想教育吗？我要是就这么走了影响多不好。"

到目前为止，她最怀疑的凶手就是李毓佳。正好先看着他，看看他下一步是什么做法。

穹苍回到别墅的时候，家里已经是一片狼藉。地上是各种被砸碎的摆设品。

瓷器、电器，连墙上挂着的画都被摘下来踩了两脚，墙上还有各种划痕，靠近门口的位置有一团看不清的脚印，可见当时战况激烈。

以吴鸣的性格，他肯定不会在自己的家里放便宜货，周琅秀这一发疯，真是让他损失惨重。

出警的小哥在餐桌上留了个联系方式，希望她有空能来处理一下。

穹苍看着那行字，莫名觉得好笑，绕过地上的残骸，一路来到了二楼。她站在门口的位置，停顿了下，目光完整地扫过一圈，然后才走进去。

贺决云出来得急，身上是没带手机的，东西被他放在靠墙的床头柜上。

穹苍径直过去拿起来，尝试着解开他的密码，结果连续两次失败。她不再迟疑，把手机揣进兜里，等找机会再进行解锁。

随后，穹苍走到了衣帽间的前面。

贺决云在别墅里待了整整一天的时间，总不可能是在睡觉。这么大的别墅里肯定藏有不少的线索，穹苍回来之后，他却没有给出任何有用的信息，说明他发现的细节很可能对他自己不利。

而穹苍回来的时候，他第一反应是离开客厅回到卧室，且拒绝了穹苍入内。所以那些东西，多半被他藏在房间里。

穹苍伸手在每一个衣兜里摸了一遍。

男人藏私房钱的技巧据说可以很高超，是在多年游击战中摸索出的高明策略。但贺决云是个没经验的家伙，对穹苍也没多大的戒心，估计只是粗略地把东西藏在表面看不见的地方，就以为没事了。

穹苍虚伪地叹了口气。

这也不能怪她。男人不狠，地位不稳。

直播间的观众看她忙活了好一会儿，一直在衣柜边徘徊，却没整理东西，终于后知后觉地明白她的用意，一时间内心沉痛不已。

"我前一秒还在夸大佬是个好男人，女人比男人更疼女人。我错了。原来都是国家保护级戏精，失敬，失敬。[抱拳]"

"说好的相信Q哥，背地里就回来翻人家的罪证。[指指点点]"

"这架势，好像在翻私房钱。Q哥是真的信任你你知道吗？"

"我信了你们两个之前说的信任和带飞。可怜Q哥，太过单纯，毫不设防,还在医院对大佬感激涕零。我好同情他。"

"男人的嘴,骗人的鬼。连穿上男人的躯壳,都受到了这样的诅咒。可怕。"

"真是人心险恶啊……"

"故意放Q哥在家里搜集线索,自己回来一波收割,还能赚尽好感。真的好狠一男人。"

在观众疯狂吐槽的时候,穹苍的手突然顿了一下,然后从一个大衣内侧的口袋里摸出一张折叠过的纸。

那分明是几张剪裁过的报纸,大小不一,按照时间顺序,粗糙地对折在一起。

穹苍打开,将它们排列出来。

从最初寥寥无几的一句话,到后来占据整个版面的报道分析,以及最后轰轰烈烈的全民批判——这份资料讲述了一名杀人犯刑满获释之后重新堕落的全过程。

虽然范淮的名字用化名代替,但新闻的内容,直接是截取的现实中媒体报道的文本,只要看过,就能清楚地猜到是谁。

只是,他们为什么要搜集范淮的新闻?

是吴鸣在关注范淮,还是李毓佳在关注范淮?从目前来看,范淮出狱后,并没有参与他们的生活,反而是他们在主动了解这个人。

东西一被搜出来,直播间里的人齐齐抽了口凉气。

他们都要忘了这个被他们口诛笔伐,认定是罪魁祸首的嫌疑人了。他全程神隐,没想到在剧情进入后半段的时候,居然会以这样的方式出现。

有种正事干着干着跑偏了的感觉。

穹苍看完之后,将东西原样放回衣兜,当作没有发现,继续搜剩下的地方。

可惜贺决云还是挺机智的,并没有将所有的线索都放在一个位置。其余的衣兜非常"干净",穹苍什么也没摸出来。

她单膝跪到地上,将底部的抽屉一一抽出,将手伸进去,在四壁与地上摸索。

这样查找到第三个抽屉的时候，竟然真的发现内壁的某个位置贴着一个文件袋。

根据贺决云藏东西的隐秘程度，可以推断出这份文件的重要性。

他的想法有时候就是很好猜。他居然是走傻白甜路线的人。

穹苍心下如此感慨。

她小心地将袋口的绳子解开，抽出内部单据。里面是一份疾控中心的确诊报告单。

穹苍看着下方的HIV阳性诊断结果，抬手按住了眼皮。

吴鸣虽然不喜欢李毓佳，且家庭关系极其恶劣，但他并没有什么不良的男女关系。或者说，穹苍怀疑，吴鸣其实没有"作案"能力。

他的生活轨迹简单透明，唯一的一所隐秘金屋，藏的是自己的女装，而里面没有其余人生活的迹象。多年不育，讳疾忌医，很大可能是他的身体有一定问题。

那么，他就没有感染HIV的途径，也不可能将病症传给其他人。

这份报告上的名字写的是李毓佳，时间在将近三个月以前。真正出轨的人应该是她。

她难以忍受吴鸣对她的冷落，也难以忍受周琅秀对她身心的恶意诋毁，在巨大的压力之下，她迫切地想要一个孩子，于是寻求了特殊途径，没想到不幸接踵而来，出现了意外，将她推入另外一个深渊。

就……女人不狠，地位也不稳。

不知道吴鸣安全吗？

穹苍挑了挑眉毛，以表示自己的震惊，脸部的肌肉却没有给出过于强烈的变动，依旧一派云淡风轻，观众看得一愣一愣的。

直播间的评论早就已经被某个没文化的感叹词所刷屏，大家都没想到刚刚还那么和谐的夫妻关系会在短时间内崩塌成这个样子，简直像是塑料夫妻情遇到了三昧真火的考验——渣都不剩。

"我再也不要相信爱情了。"

"别搜了，别搜了。[抱头尖叫]"

"我以为Q哥是朵小白花，对不起，原来我才是。[再见]"

"我什么时候才能学会大佬的这种高人式面瘫？"

"事情发展到这个地步，没有一个戏精是无辜的！全都特别能演！"

穹苍再次把东西归于原位，站起来，在房间里走了一圈。

窗户紧闭，窗帘垂落在地上，东西摆放得井然有序。

穹苍回头看了眼门口，再次看向屋内。

从穹苍载入游戏开始，就没有清洁工出现。根据周琅秀的台词，是因为他们一直请的清洁工有事请假了，导致别墅需要李毓佳帮忙清理。

昨天贺决云下来将客厅翻得一团杂乱，也没说要帮忙归位，毕竟他不是真正的家庭主妇，不大习惯做家务。但是这一间卧室，却整理得很干净，仿佛贺决云在房间里翻找证据的时候，没有弄乱任何地方。

穹苍用手指在地上抹了一把，确认地板上没有沉积过多的灰尘，应该是不久前刚刚打扫过。

贺决云把自己关在卧室的那一个晚上，花大功夫清理了这个房间。

有趣。他是想要清理掉什么？

穹苍唇角勾起一个浅笑，转身去往隔壁的厕所。白色灯光亮起，照亮里面所有的器具。

穹苍从柜子的下方捡起一条被丢弃的抹布。这本来应该是一条白色的抹布，由于贺决云的不当使用，已经变得颜色斑驳。

穹苍把它提到洗手池上，展开放在水里，小心洗去上面沾的灰尘，查看布上留下的有用痕迹。

在抹布的右上角位置，有一小团暗红色的污渍，很像是血迹。至于究竟是不是，需要用专业的试剂检验之后才能确定。

穹苍用手比了比。污渍范围不大，也就拇指大小。应该是某个角落的残留血渍，被贺决云看见，顺手给清理了。

穹苍回到卧室，趴在地上，往各个角落张望。

贺决云打扫卫生，果然不大仔细，床底下的灰尘都还在。被家具遮挡的位置应该是直男的清洁盲区。

穹苍拿手电筒往底下一照,用衣服在床底下扫出一小块染血的玻璃碎片。在玻璃的周围,还有一些细小的碎片,在电筒下反着微弱的光。

这应该是某样东西碎裂之后飞进床底,没有被打扫干净。

那么,李毓佳与吴鸣在不久前因为某事发生过争吵,并最终演变成斗殴。

穹苍在自己身上摸了一遍。男女有明显的力量差异,何况李毓佳身体虚弱。吴鸣身上没有明显外伤,所以受伤的人是李毓佳。

今天贺决云突然吐血,是不是跟上一次的旧伤有关?

穹苍在地上躺了会儿,用手挡着头顶的光线,细细捋着脑海中的线索。片刻后从地上坐起来,在房间里进行二次搜索。

这回没有更多的证据了。

穹苍去仓库翻出一个黑色的行李包,随意拿了几件衣服,塞上毛巾跟洗漱用品,准备去医院。

感谢贺决云倾情提供的证据。辛苦他了。人民胜利后会记住他的。

这一段游戏时间过得很快,穹苍回到医院的时候,已经是下午三点,贺决云正在睡觉。他呼吸平稳,看起来是躺久了之后真的睡着了。

穹苍默默拿出李毓佳的手机,拆下她的手机壳,在床边坐下。

没多久,贺决云睁开眼睛,在床上动了一下,声音低沉地问道:"你回来了啊?"

"是啊。"穹苍稍稍移开手机的位置,对着他的脸拍了一下,说,"我不知道你是想穿女装还是想穿男装,所以都给你带了几件。全是我精心挑选的,你应该会喜欢。"

"啊?"贺决云说,"在医院不应该穿病服吗?"

穹苍说:"出院的时候穿啊。"

贺决云不以为意道:"副本都要结束了还穿什么穿?"

穹苍一脸认真地说:"能让你高兴就行,副本什么的都不重要。"

贺决云被她这句话激了一下,起了一身的鸡皮疙瘩,看着穹苍的眼神渐渐带上担忧，怕这个女人太过入戏，把什么事情当真了。

她演霸道总裁为什么能那么上瘾？……她还记得自己是个女的吗？

"时间差不多了，我去拿你的片子，要不你再睡一会儿吧。"穹苍拍拍他的肩膀，露出一个温和的笑容，"东西都在行李箱里了，电脑也带了，不想睡的话就起来玩会儿。"

贺决云问："我的手机你带来了吗？"

穹苍说："好像带过来了，我也没注意。你自己翻翻，我顺便去给你买点吃的。"

贺决云被她突然的体贴弄得有些惭愧，单纯善良的他开始心虚地道："不用了吧？你还要在我旁边照顾我？只是设定而已，你去忙自己的就行了。26号已经快结束了，你的时间不多了。"

"等你的检查报告出了再说，只放你一个人躺着多无聊？"穹苍不容置疑地说，"别担心，我有分寸。"

她说着走出病房，合上门之后，方向一拐，握着手机去了隔壁的休息间。

房间里贺决云双目放空，许久后对着半空重重地叹了口气。

"对Q哥不知是该怜爱还是该怎么，就有点想笑。"

"Q哥：感动。[呸]"

"大佬没有心。"

"渣男啊！这就是渣男啊！可是这样的渣男你能不心动吗？不能！"

"Q哥千万不要看直播回放，会哭的。"

"虽说这个游戏里有过各种骗术，但被成功骗到心的……Q哥好惨啊。"

第十四章
从零开始

"我将刀尖对准了别人,并深深刺了下去。"

穹苍坐在休息室里,快速将李毓佳的通信软件翻查了一遍,可惜没有太多的收获。贺决云基本都将它们删除了。

由于不知道后续剧情会如何发展,穹苍也无法准确判断信息的有效性。她干脆把李毓佳的最近通话记录以及社交软件上的相关好友 ID 一一记了下来,然后抓紧时间去四楼拿片子。

文件早就被放在窗口位置,穹苍抽出写着李毓佳名字的资料袋,送去给主治医生查看。

那位尚算年轻的医生对着片子翻来覆去地研究了数遍,表情愈发趋向凝重,最后将卡一刷,一面快速打字,一面吩咐道:"你带病人再去做一次检查吧,缴完费后拿着单子去找站在门口的那个护士,她会告诉你去哪里拍片。"

穹苍走程序表达了自己的关心,问道:"怎么了吗?是有什么问题?"

医生只含糊道:"等结果出来了再说,现在还不确定。病人和家属都不要太紧张,也许不是大事。去吧。"

穹苍接过病历卡,礼貌地朝他道谢。

于是，贺决云在医院"躺尸"的时间又被拉长了。他是在翻行李箱的时候惊闻这个坏消息的。

当时他的视野中闪现一道亮眼的红光，紧跟着右上角的系统时间迅猛地跳了一段，让他差点裂开。

贺决云站起来，愤愤地将手里的衣服砸到地上。

他受不了这委屈！

没多久，穹苍回来。她神色自若地把资料袋放在桌上，看着浑身散发着自闭气场的同伴，无辜地问道："怎么了？"

"为什么！"贺决云心态崩溃，指着腕上的手表叫道，"我的检查时间直接跳到了明天下午，我还要继续在这里躺一天！这个副本是强制挂机模式吗？它可以啊，故意整我呢？"

"医生看了片子，觉得有点问题，又去找了几个同事一起研究了下，然后决定让你再做一个检查。"穹苍遗憾地道，"我拉着他问了很久，他也没告诉我为什么。你知道李毓佳有什么严重病史吗？"

贺决云干巴巴地说："我不知道。没发现。"

"没事的。我留下陪你说说话吧，免得你无聊。"穹苍在床边坐下，极尽耐心地说，"我看这个副本应该不难，出场人物也不多。要么后面还有关键剧情，要么凶手就在这几个人之间。我们慢慢讨论一下，不用急。"

被她一安慰，贺决云心底那种不大自在的感觉又冒了出来。

任何男人被这样对待，应该都难以保持常态。直男虽然反应迟钝了一点，但并不是什么都不懂。

他很想看穿穹苍在想什么，可别说现在是在游戏里，就算是在现实中，他也很难看穿这个女人。明明在开场的时候，她还是一个神经病，突然转变人设成了暖男，你说谁能猜到？

既然穹苍已经表现得那么豁达，他也不能再发脾气。贺决云在屋里走了一圈，问道："对了，我的手机呢？我刚刚没找到。"

穹苍说："我记得拿了。"

穹苍两手往兜里一插，奇怪地低下头，从衣兜里摸出两个手机。

"嗯？"

贺决云马上道:"带手机壳的是我的。"

穹苍顺势把手机递过去。

贺决云点亮屏幕,发现首页有几条未读信息,说明穹苍应该没打开过他的手机。他暗中松了口气,抬起头说:"就昨天那个私家侦探,他又给我发信息了。"

穹苍冷笑道:"贼心不死,胆子够大。他说什么了?"

贺决云往下翻了翻,看全信息,解释道:"他给我发了一组照片。"他拿着手机,走到穹苍身边,弯下腰与她肩并着肩,然后把屏幕凑过去。

穹苍闻到了他身上的淡淡药味,将视线转过去,落在照片上。

从角度来看,这些照片明显是从远处偷拍的。那个侦探应该是在吴鸣对面的建筑里,租了同一个楼层的房间,用来偷拍。

照片是组图,前三张分别是吴鸣进入小区门口、走进住所的一层大厅、穿着男装站在窗户边。最后一张则是一个女人的剪影。

前面三张照片都很清晰,只有最后一张图,人影被窗帘遮挡住了,拍到的也只是一个背面。它清晰地表达了两个信息:他们在同一个地方,这是一个女人。

有了先入为主的观念,看到照片的人,很难不相信这两个人之间有不纯洁的关系。

而且那位侦探也在图片的最后给出结论,说吴鸣确实在外包养了一个女人,让李毓佳快点支付尾款,他会给出原版照片。

穹苍看着最后一行的文字,忍不住笑了出来。

贺决云收回手机,问道:"吴鸣出轨的这个女人,可疑吗?"

"应该没什么可疑的。"穹苍马上板起脸说,"她最近这段时间离开了,没有作案时间。"

贺决云没有生疑,只应了一声:"哦。"

没多久,穹苍的手机也响了起来,联系她的正是昨天那个侦探。

"我已经把照片给你老婆了。你知道了吧?

"昨天的事情你再想想,别后悔。

"事情曝光出去的话,大家都没好处。又逢离婚,又有丑闻,你的公司还能继续经营下去吗？网红也是需要口碑的吧？"

穹苍也把手机转给贺决云看，一脸坦荡地说："你看，这个人胃口真大，还想吃两家饭，梦做得挺美的。"

贺决云顺着话题说："看来是他激怒了李毓佳。李毓佳被周琅秀推搡得入院，正好查出不明病因，又在这个时候收到了丈夫出轨的证据，连续几个重大打击，情绪很可能会失控。"

穹苍赞同，同时将界面截图下来，熟练地打电话报警，控诉那位侦探对她进行勒索。

能看住一个是一个。现在周琅秀和私家侦探都交给警方管控，唯一一个既有作案动机，又有作案时间的，就是李毓佳。

想到这里，穹苍跟接线员汇报的声音停顿了一下，目光温柔地看向贺决云。

贺决云被她刺激得打了个哆嗦，小声道："你……"

穹苍做了个噤声的手势，贺决云欲言又止地咽下话头。

一直等穹苍把电话打完，贺决云才忍不住提醒道："你不觉得李毓佳就是凶手吗？很可能是李毓佳拿着照片去找吴鸣对质，争吵中不小心将他杀死了。你不会猜不到吧？"

穹苍悠悠道："从男女的体形差异来看，很难做到这个'不小心'。"

"关键不是蓄意或者无意，而是在面对一个重要嫌疑人的时候，你身为受害人的扮演者，应该保持足够的戒心。你现在在干什么啊？你为什么要对我这么坦诚？这一局我们不一定是队友，甚至可能是敌人，没有所谓的躺赢。你到底知不知道三天副本的规则？"贺决云因为着急，语速有点快，把成串的问题一股脑问了出来，他心里哭笑不得，表情却很严肃地道，"你感化不了凶手的，三天没这个设置。要杀你的人，注定还是会杀你，角色如果偏离剧本，只能算OOC[1]。"

贺决云虽然是监察者，但主要任务是观察新手玩家在游戏中的精神状态跟查案手段，以免过于真实的场景模拟对玩家及观众造成不良的心理影

---

[1] 指在角色扮演游戏中，脱离所扮演的角色，做出与角色定位不符的行为。

响。但这并不代表他值得玩家依靠。如果他被分配到了角色剧本,就要按照剧本身份参与游戏。

譬如他第一局的身份是【缉凶者】,可以帮助穹苍搜集线索。

而这一局他推测自己的身份很可能是【凶手】,那就只能站在穹苍的对立面。等待"谋杀之夜"副本开启之后,系统下发完整剧本,他才能确定自己是不是真正的凶手。

穹苍收起手机,目光清澈,却含着让人看不清的深意,她嘴角噙笑,说道:"没关系,我知道。"但是我不改。

贺决云被她噎了一下,无奈地摇头道:"算了算了,搞不懂你。"

直播间里的观众都在兴奋地"吃瓜"。

"说累了:她有。她在做了。她搞得很快。"
"Q哥:你要对我保持戒心!大佬:不然呢?"
"这件事情告诉我们,人最重要的还是有自知之明。"
"呸!渣男!"
"我知道,Q哥现在一定有人生三大错觉之一……"
"隔壁副本的玩家都彻底掰了,这两个人居然还在谈情说爱。[大雾[1]]"
"是我的错觉吗?我觉得这一次的凶案现场还原不了,要直接进入侦破环节了。"

贺决云跟穹苍没话讲,干脆躺到床上,跷着腿开始玩手机。

出乎意料的是,穹苍那种性格的人,居然在他沉默之后,开始主动找他聊天。

她问:"你对三天很了解吗?你在三天工作多久了?"

贺决云愣了下,才回道:"挺久了。"

---

[1] 网络用语,"大误"的谐音,为了防止因用词不当或开玩笑而造成不必要的误解,会在后面加上一个"大雾",提醒人们不要信以为真。

穹苍又问:"三天的工资高吗?"

"还……还行吧?"贺决云说,"福利挺好的,撑老板都不会被开除,平时加班也会给双倍工资。不过我们一般不加班。如果工作量变大,就直接招新人。"

穹苍说:"难怪你身上有种金钱的芬芳。"

贺决云:"?"钱包有种凉凉的感觉。

"没什么。"穹苍控制好态度,又问,"你有什么兴趣爱好吗?"

贺决云迟疑了下,才说:"看书,玩游戏,做考察?你问这个干什么?"

穹苍评价道:"普普通通。"

"不然呢?"贺决云盘腿坐起来,笑道,"在危险的边缘大鹏展翅,感受脚踩生命警戒线的刺激?"

穹苍耸肩。"但是你不可否认,许多富二代因为金钱的充裕,娱乐阈值被拉高,需要从不同的渠道来满足自己的精神需求。"

"我不是。"贺决云从根本上进行否认,"我不是富二代。"他应该是富N代了。

此时外面的天已经黑了。护士进来给贺决云量了体温,然后调好房间温度,带上门出去。

贺决云的头发散下来,垂在旁边,让他很不舒服。他去找人要了根发绳,熟练地将头发绑上去。

穹苍拿着苹果,放在手上削皮,见状问道:"你女朋友教你的?"

"什么?"贺决云说,"不好意思,我没有女朋友。"

穹苍受之有愧。"你不用因为你没有女朋友而对我感到抱歉,毕竟我也不是你的长辈。"

贺决云仔细品品觉得不是滋味,说:"我道歉只是因为不能告诉你具体的细节,而不是你说的这个原因。"

穹苍说:"我没有想要探究具体的细节。"

"呵呵。"贺决云说,"你真有趣。"

穹苍手上的刀片蓦地一歪,长长的果皮断裂,掉到地上。

她意味深长地道:"你以后可能会为你今天说过的这句话感到后悔。"

贺抉云说:"为什么?"

穹苍道:"因为凡是说过我有趣的,最后证明都不是什么好人。"

贺抉云还以为她要说什么,自信地笑了一下:"这你就放心好了。我根正苗红,最大的优点就是爱国。我这样的,不可能做得了坏人。"

穹苍也回了他一个微笑,并将削完皮的苹果递给他。

贺抉云眯起眼睛,抗拒地将苹果接过来,总有一种这苹果有毒的错觉。

穹苍擦干净手,从行李箱里拿出一本书,铺平在膝盖上,极其绅士地笑说:"我给你念会儿书吧。你好好睡一会儿。"

贺抉云全身酥麻:……×!太恐怖了!

因为医院里没有重要剧情触发,游戏时间快速走动。

第二天下午,李毓佳的检查报告终于出来了。

李毓佳,胃癌中期。

拿到报告的贺抉云久久沉默,已经不知道该怎么形容这诡谲的命运。

而此时距离28号的"谋杀之夜"开启,只剩下不到半天的时间,身为关键人物的两位却依旧百无聊赖地坐在医院里,没有嗅到任何危险的气息。

当时间越来越少,两人都开始察觉到不对劲。这岁月静好的氛围,显然跟《凶案解析》这个副本的风格不搭。

"明天我就要死了。"穹苍的语气平静得如在嘱托遗言,"为什么暴风雨前的最后一天,会这么无波无澜呢?"

贺抉云也很平静,毕竟他的角色同样命不久矣。

两个将死之人在病房里面面相觑。

"你不是很了解三天吗?"穹苍说,"我只是一个新人。三天的规则讲得很粗糙,我没看懂。没有后续剧情出现的时候,会怎么样?"

贺抉云嘀咕道:"会不会还有另外一个玩家?"

穹苍眨了下眼。

贺抉云想想觉得还挺有可能。"我们躲到医院来了,他没探索出剧情,导致我们这边也什么都没摸索出。以致26号到27号的时间里进度完全空白。"

穹苍心底有了一种不祥的预感。

像是印证穹苍的想法似的,三天的系统跳出一个红框提示。

因一名玩家未探索出主要剧情,一名主要玩家严重OOC,剧情脱离剧本,"谋杀之夜"副本未能成功开启。游戏时间拨动至3月1日早晨8点。【受害者:吴鸣】死亡。非正常数据已修正。

穹苍:"……嗯?"

穹苍难得露出了一丝困惑的表情:"所以……我就这么死了?"

贺决云说:"哎哟?"

穹苍说:"你嘴笑咧了。"

贺决云伸手抹了把脸,努力克制说:"没有呢。"

穹苍耿耿于怀:"那个人到底是谁?他探索失败了为什么死的人却是我?"

贺决云不得不提醒她道:"主要是还有一个人严重OOC。"

以吴鸣跟李毓佳的关系,他绝不可能在医院陪着李毓佳,甚至还会站在周琅秀的那一边。剧情从这里开始出现了大幅的偏差,他们无法预测陷入极端情况下的三人会做出什么样的举动。

穹苍以为看住三个可疑人士就能确认凶手,但是影响了角色的行动轨迹,同样会导致证据的缺失。而她现在还无法明确指证谁是真正的凶手。

"我死了。"穹苍淡淡道,"因为关心你才死的。"

贺决云指责道:"你不要胡说。"

穹苍的界面已经整个灰了下来,视线中贺决云的面部也变得雾蒙蒙的。

她抬起手,准备抱憾地点击退出,系统再次弹出一个提示框。

【因ID为QC1361的玩家,个人线索探索度超过80%,是否在清除相关记忆数据后,重新投放至副本?】

【新副本身份:缉凶者】

【副本时间:3月1日早晨8点】

【你接到辖区的报警电话,火速率领侦查人员前往案发现场……点击查

看身份详情。】

穹苍缓缓扭过头，望向贺决云。
贺决云不安道："干什么？"
穹苍说："哟嚯。"
这个哟嚯，就很有灵魂了。

直播间里的观众在看见三天面板出现变化的那一刻，激动得从床上蹦了起来。深夜的环境让他们不敢动静太大，只能选择在评论区发出一声声狂号。打赏和点赞的图标刷屏了整个评论区。

"我以为她死了，结果猝不及防地来了一招秽土转生。"
"等于重新登入吧，一切从零开始？他们估计追不上隔壁副本的进度了，遗憾。"
"不，准确说这应该是借尸还魂。[认真]"
"啊？就一会儿没看，怎么世界全变了？"
"大佬把三个嫌疑人都给摁下了，两个送进了局子，一个守在医院里亲自监视，导致谋杀剧情进行不下去，被三天系统强制修正数据。游戏直接跳入二阶段，重新开始了。"
"大佬：是不是玩不起？我只是个新人罢了。"
"对不起，我错了，但是站在Q哥的角度想想，这是一段什么剧情？'你终究逃不出我的手掌心，就算我死了也不行。'"

穹苍伫立在落地窗前，目光落在精致修葺过的花园里一瞬不瞬。刺眼的日光照进她的眼睛，带来微微的涩意。等凉风从玻璃窗的缝隙中穿过，扑面打在她的脸上，她才稍稍动了下手臂。
她身后的技侦人员见她一直站着发呆，走过来问道："老大，你怎么了？"
穹苍抬手按住太阳穴两侧，感觉头部的经脉在隐隐发疼。她闭上眼睛，吐出口气，说："好累。明明才刚开始游戏，却有一种熬了大夜的感觉。"

"昨天又熬夜了吧？还让我们回去好好休息呢，你自己都不讲究。"年轻男人捏着手里的证物袋，遗憾道，"今天这又是个大案子，估计最近都没法休息咯。"

穹苍转过身，看向不远处正面躺在地上的男性尸体。

那人穿着一件白色衬衫，此时衣服已经被剪开，露出里面密集的伤口。如此狰狞的刀伤，地上却只留下了少量的暗黑色血液，而在周围喷溅了不少细小的肉末。

他的尸体已经经过马赛克处理，穹苍只能看见一个白色的人偶和一串文字描述，并没有那么强烈的视觉冲击。三天系统不可能让玩家直面过度血腥的场面，在直播间里，观众甚至连白色人偶都看不见，只有一个寡淡的火柴人。

系统用辅助线的方式，在人偶各处标注出尸体所受的刀伤跟宽度。一行小字飘浮在旁边，又快速消失。

死者：吴鸣。死亡时间：深夜1点至2点。

穹苍朝着吴鸣的尸体走过去，蹲在法医的旁边。那位中年男人稍稍歪过头，让出一点位置，给她讲解。

"具体死因，要等待解剖才能确认。但是这些伤口都是死者死后留下的。具体有多少道，我还没有数清楚。"法医指向几个部位，示意她看，说，"死者身上的刀伤凌乱错落，大部分集中在腹部跟手臂。刀口并不平整，刀锋也不锋利。像手肘这个位置，从伤口的截面来看，凶手多次以相似角度进行剁砍，然后用力拉锯，于是留下了一个非常深的伤口。"

正在记录的警员咂了一声，说："这得多恨啊？跟要挫骨扬灰似的。不至于吧？"

法医换了个半蹲的姿势放松肌肉，闻言说道："凶手可能是对死者抱有强烈的恨意，所以在他身上留下这么多残忍的伤口用以泄愤。但是也有可能……"

穹苍接过他的话道:"也有可能,凶手原本是想要分尸转移视线,结果错估了分尸的难度,对人体关节也不够了解,就造成了这样的局面。"

法医点头。

"啊?"年轻警员说,"那听起来像是一场没有足够准备的激情犯案。可是,凶手在吴鸣的身边特意留下了指向性的字条,这种举动感觉又像是一场早有预谋的复仇啊。或者说,是污蔑?"

警员一面将相机里的照片往回翻,一面说:"凶手在破坏尸体的时候,死者应该还没有出现尸僵,尸体被摆出了特定的姿势。当时死者右手握着一把西式菜刀,那把菜刀就是造成他身上各种伤口的凶器,他把菜刀对准了自己的腹部,且在半米远的位置留下了一张字条。这些细节,都跟之前的几起案件很相似。另外,我们刚刚确认过了,死者吴鸣,也是当年指证宁冬冬的证人之一。"

宁冬冬,就是范淮在这个副本中的化名。

穹苍沉默着,没有出声。

"唉,这都已经是第四个人了,不知道什么时候才能结束。再不抓到凶手,感觉媒体都要拿我们点灯祭天了。"警察小哥懊丧地说,"不过,昨天我们有两位兄弟一直守在宁冬冬的楼下,确认他自始至终都没有离开过自己的住所,所以这一次真的不可能是他犯的案。难道是模仿犯?"

另外一位现场勘查人员走过来说:"凶手很明显是故意将场景布置成这个样子,想伪装成跟前三起案件相关联的谋杀案。但是,两者的感觉很不相同。一个精细,一个粗糙。完全不像是一个凶手所为。"

他歪过头细看地上的尸体,说:"可是,你要非说全是模仿的吧,里面又有那么一点味道是模仿不出来的。有些细节我们还没有对外公布过,却奇怪地对上了。这不是普通的模仿犯能做出来的吧?"

"也有对不上的。"年轻小哥说,"字条上的内容我们没有对外公布。前面三位死者手上拿的字条,写的是'谎言'两个字,而吴鸣这张字条上写的是一句话。"

穹苍说:"给我看看。"

年轻小哥说:"好的,我去找刘哥拿。"

"应该跟前三起案件不一样。虽然看着有点相似,但作案水平完全不一样。前三起案件现场打扫得很干净,这一次,却留下了很多的线索。"

众人循声望去,痕检员提着箱子走过来道:"这次的凶手作案并不谨慎,或者说,不够专业。他从后面的花园翻进来,鞋底踩到了泥土,进屋后没有脱鞋,留下了大片的鞋印。后来他应该发现了,试图进行擦拭,但是因为心急,没有擦拭干净。我们在现场提取到了一个完整的脚印。跟死者家里的所有鞋子做过比对,确认没有匹配的尺码,应该是凶手的。"

年轻警员拿着一个装字条的证物袋回来,激动地猜测道:"会不会是宁冬冬知道自己被监视,抽不开身,于是买凶杀人,让对方伪造成一桩类似的凶杀案件,来转移我们的视线?"

穹苍接过他递来的证物袋,隔着塑料捏了下里面单薄的纸张。

袋子里放着一张用红笔书写的字条,顶部沾了一点血迹,落款的位置按了吴鸣的手印。

纸上写的话是:"我将刀尖对准了别人,并深深刺了下去。"

穹苍仔细看过之后,将东西交还给那名警员。年轻小哥问:"老大,你说这句话是什么意思啊?字面上的意思?他的这个第一人称'我',到底是指凶手,还是指死者啊?"

穹苍掀起眼皮,目光在他脸上晃了一圈,再次垂下视线。

年轻小哥得不到回应,依旧说个不停:"老大,你今天怎么一直不说话啊?你平时话不是挺多的吗?"

穹苍问:"死者家属呢?"

年轻小哥抬手一指:"李毓佳?她正在院子里,被吓到了,王姐在给她录详细口供。"

穹苍顺着他指的方向望去,正好看见了安装在墙角的摄像头,问道:"监控视频调出来了吗?拍到了什么?"

年轻小哥说:"调出来了,我拿给你看。"

他准备转身离开,穹苍又开口道:"交给你一个任务。"

他马上折了回来。"你说,你说!"

"凶手既然想嫁祸给宁冬冬,那么他留下的这张字条,以及现场给出的线索,很可能不是随便写写的。"穹苍费力多解释了一句,说,"你去帮我查一下,时间在十年前,宁冬冬那起凶杀案件发生前后,地点在案发现场附近,当时局里有没有接到过跟持刀伤害有关的报警记录。"

年轻小哥点头:"好。"

穹苍坐进车里,手里端着平板电脑。她调整了下姿势,把平板夹到椅背上,两手环胸观看上面的视频。

屏幕里正在播放吴鸣别墅中安装的几个摄像头里所存储的最后一段视频。

28号晚上10点多,吴鸣从外面回来。看他当时通红的脸色与趔趄的脚步,晚间应该有大量饮酒。

吴鸣进门的动静影响了屋里的另外一个人,很快,李毓佳从二楼卧室走了出来。

李毓佳看见他,尖声叫了出来。她骂道:"吴鸣,你还有没有一点良心!"

吴鸣瞥了她一眼,没有回应,醉醺醺地往楼上走。

李毓佳继续破口大骂,只是咒骂的声音里除了愤怒以外,还混合着沙哑的哭声。她骂吴鸣忘恩负义,还提到了他的母亲和医院,到最后甚至说要报警。

吴鸣全程没有理会她,上了楼梯之后,径直从她身边走过,进了卧室。李毓佳紧跟着进去,并将门用力一甩,关上了。

那木门的隔音效果很好。

穹苍将背景声音开到最大,但由于卧室附近没有安装摄像头,没能清楚收到音,无法探知他们两人之间争吵了什么。

过了大约十五分钟,李毓佳推开门仓皇地冲了出来。她拎起沙发上的手提包,连鞋也没有穿好,直接出了门。

别墅里一片安静。

穹苍将监控视频快进。

又过了二十分钟左右,吴鸣捂着脑袋,从卧室里走出来。

穹苍坐正身体。

嘿？她还以为这位朋友已经死了。

吴鸣情况很不好，半个小时的时间没能让他醒酒。他走在楼梯间的时候差点摔了一跤，好在及时蹲下身，才稳住身形。

吴鸣就着姿势，在楼梯上蹲了许久，然后迈着沉重的步伐去了厨房。

穹苍切换了监控摄像头的画面。

吴鸣进了厨房之后……从冰箱里拿出一瓶红酒，继续在桌边喝了起来。喝到神志模糊的时候，吴鸣开始大哭。他双手抱住头，嘴里发出一阵无意义的呻吟，似乎很是痛苦。

随后他拿起手机，似乎是要在上面搜索什么。可能是因为看不清楚，他恼怒地把手机砸到了地上。

在监控时间跳到 12 点半的时候，吴鸣起身。他一脸泪渍，主动切断了监控摄像头的电源。最关键的画面，就这么没有了。

穹苍："……"

她要这监控有何用？

"如果我没记错的话，大佬曾经对监控寄予厚望……她信誓旦旦地说肯定能留下证据的。"

"我去，从缉凶者的角度看，这个案子这么迷惑的吗？"

"我真的以为李毓佳是凶手啊，结果侦破阶段开场就被否认了？80%的线索探索度，不应该有那么大出入才对。"

"这么看的话，这个凶手模仿得并不高明。媒体当时还说是一模一样，还说范淮在之前跟踪过死者，但警方不作为，结果跟踪吴鸣的根本不是范淮。[撇嘴]"

"好奇。有现代科技的帮助，大佬要用几天的时间，才能找回之前的线索？怎么感觉这个角度更难了？"

"嗯嗯嗯！大佬是不是要去审问 Q 哥了啊？"

在观众疯狂猜测的时候，穹苍已经下了警车，走向别墅附近的一处凉亭。

这个地方很安静,边上就是一片景观湖,女警正与李毓佳坐在长凳上,小声地说话。

穹苍踏上石阶,对着那副跟监控录像里相同的面容,疏离又礼貌地说了一声:"李女士,你好。"

第十五章

不在场证明

"他的行为其实是多此一举。可是他不知道。"

    面前的人头发枯黄，但梳理得很整齐，听见声音后抬起头，露出一张憔悴的脸。

    两人视线在空中交会，"李毓佳"看清是她，嘴角抽了抽，露出一丝抑制不住的情绪波动。

    穹苍被一种莫名的熟悉感击中，在他脸上打量许久，最后试探性地叫了一声："Q哥。"

    贺决云一脸冷漠，当自己没听懂。

    穹苍低下头闷声笑了出来。

    贺决云表面的平静再也难以维系，恨恨咬牙，两腮肌肉用力绷紧。

    为什么他要被嘲笑两次？啊？为什么！

    "你到底问不问啊？"贺决云不耐烦道，"你不要忘记你自己的身份。你工作那么不严肃，对得起肩膀上的那枚徽章吗？你还算什么警察？"

    穹苍止了笑，单侧眉毛上挑，不明白他为什么反应这么大。

    贺决云阴沉着脸催促道："好好问话，快一点。"

    "好吧。"穹苍咳嗽了声，在他边上坐下。隔着人朝对面的女警比了个手势。那女警会意，主动离开，给他们留下单独说话的机会。

女警一走，贺决云明显消极怠工，连豪门怨妇的角色都不想扮演了，不顾形象地靠在椅子上，示意穹苍赶紧问话。

穹苍笑了一下，有模有样地掏出一本册子和一支笔，翻到中间的空白页，说："你们家里装了监控系统。我看了一下摄像头的安装位置，拍摄范围很广。大部分的空间都拍到了，有几个甚至还对着厕所和卧室的门口。一般人家里不养宠物又没孩子的话，应该不会装那么多个摄像头吧？"

贺决云说："因为媒体狂轰滥炸，不停报道范……宁冬冬出狱寻仇的事情。吴鸣当年也是证人之一，他觉得很害怕，于是经常疑神疑鬼的。正好最近他感觉到自己被人跟踪，就在家里安装了监控，好歹能让自己安心一点。"

穹苍问："你看过监控了吗？"

"没有，我刚回来。回来后就发现吴鸣已经死了，于是报警。"贺决云说，"警方不到十分钟就出警完毕，我没有时间查看监控。"

穹苍点头，盯着他的脸问："那天晚上，你们发生了激烈的争吵。"

贺决云神情淡漠地道："是的。后来我冲出了门。"

穹苍："去了哪里？"

"我朋友家里，你可以去问。"贺决云说，"如果你不相信我朋友的证词，我是自己开车出去的，你可以查看车里的GPS定位记录，或者查看道路的监控录像也可以。"

穹苍两指夹着笔，在本子上不断戳动。

"你们两个争吵了些什么？"

"说笼统一点，叫家长里短。可是在某些人眼里，也许就只是牢骚。"贺决云讽刺地哼笑一声，"他现在已经死了，我也不怕告诉你，反正你们查得到。他们母子都没什么良心。吴鸣从一个默默无闻、毫无根基的乡下小子，变成全市最有潜力的创业青年，飞黄腾达了，是我支持他的。呵呵，他刚发迹，整个人就变了，到了后来，更是变本加厉。也可能，他只是露出本性而已。"

贺决云说着，一直试图保持冷漠的脸上还是出现了凶狠的怨毒："前两天，他母亲周琅秀直接把我从楼梯上推下去，我疼得在地上痛哭，他们却连救护车都不给我叫。是我自己，我自己爬着上了楼梯，拿着手机拨打的急救电话。他们两个全程就那么冷眼看着我，你能想象那种眼神吗？你能想象那两个是什么东西吗？"

穹苍配合地捧了个哏："确实想象不到。"

贺决云又瞪了她一眼，继续说："事后他们两个甚至没去医院看过我。他们恐怕巴不得我死了。在这个家里，我没有得到过任何的尊重。我生气，跟他发生争吵，很正常吧？"

穹苍说："家事不便评价。我们会去医院调你的就诊记录，核实具体情况的。"

贺决云问："还有什么要问的吗？"

穹苍合上本子，将它揣回衣服当中。"我刚刚在屋里，看见了很多的药物。"

"是我的。"贺决云说，"我本来以为，给他生个孩子，能改善我们之间的关系。我想跟他走得更远，没想到，是我天真了。"

穹苍意味深长地道："哦……"

贺决云撇撇嘴，补充说："这些都是本人证词，不是我自己发挥的。"

穹苍点头："我明白我明白。"

贺决云说："嗯。"

穹苍盯着他瞧了半响，又问："你现在这样的态度，是因为演技太差，还是李毓佳真的不掩饰她对吴鸣的憎恨？"

"你怀疑我的演技？"贺决云勃然大怒，比死了"老公"要激动多了，他身体前倾，压向穹苍，恶狠狠道，"就你？还怀疑我的演技？你知道什么叫人设，什么叫OOC吗？"

"我知道，没别的意思。"穹苍按着他的肩膀示意他冷静，"我其实是想问，李毓佳对吴鸣，究竟是一种什么样的感情。"

贺决云唇角紧绷，显然并不能释怀，最后却垂下视线，只平淡地说了一句："爱过。但是我们之间没有感情了。"

穹苍被他的高超演技所影响，竟然有了种感同身受的怅然。她拍着贺决云的肩膀安慰道："不要为了一个渣男而变了初心，他不值得。"

贺决云用一种极为复杂的眼神看着她,然后发出一声强烈不屑的咂舌。

直播间的观众捧腹大笑。

"我就站在你面前,你看我有几分像渣男?[狗头]这一对好酸爽。"
"啧啧。好一个渣男。大佬你的温柔呢?"
"男人,翻脸,无情。"
"大佬的自省,总是这么深刻到位。"
"Q哥演技可以的,我都要入戏了。"
"众所周知。《凶案解析》的玩家不一定是个好的小五郎,但一定是个好戏精。[优秀]"

穹苍问得差不多的时候,别墅门口的位置传来一阵吵闹声,像是一位中年女士在扯着嗓子痛苦地咆哮。

穹苍连忙起身过去,发现是死者家属周琅秀来了。

周琅秀站在靠近门口的主路上,用力拽住一名警员,不顾对方的反抗,将对方的衣服用力扯下。

警戒线外站着一大群早起围聚过来的住户。有些人还穿着睡衣,举着手机朝他们这边一顿猛拍。

"我的儿子,他怎么会死得那么惨啊?一定是那个宁冬冬,你们警察为什么还不去抓他!他都杀三个人了,你们警察还要包庇着他!你们想干什么呀!他到底是什么来头?!"

周琅秀哭得妆容都花了,眼睛下面流着两条黑色的泪渍,原本梳得整齐的红色鬈发也被揉成乱糟糟的一团。

周琅秀一大早打扮好,气势汹汹地赶来别墅,原是想看看李毓佳的情况,敲打她一顿,让她别出去乱说,却没想到,没见着李毓佳,反倒看见了自己儿子被害的凶案现场。

她还没看见尸体,因为警员不建议她看,怕画面过于惨烈,会刺激到她。她听完警察描述的伤口之后,整个人已经快要疯了。

"还我儿子的命！"周琅秀只管朝着警方发难，"必须去把人抓起来，我儿子不能死得这么不明不白！"

那警员的衣服半挂在身上，脖子处已经被衣领勒出一条深红的痕迹，脸色也涨得通红，不敢对她动手，只能耐心地劝解道："我们会查出凶手的，阿姨，请您冷静一点。"

周琅秀嘶声尖叫："我怎么冷静？你没有看见我的儿子被人大卸八块吗？乡亲们，左右的邻里啊，你们评评理，我儿子被人大卸八块了呀！这谁能冷静？他是我身上掉下来的一块肉，我命都要没了！还不如是我死了，那该死的宁冬冬啊，啊——！"

她的叫嚷到后面变成了悲痛的哭腔，两手依旧死死扒住警员的衣服，不让他走。

穹苍拉高警戒线走进去，没想到贺决云跟在她身后走了进来。

周琅秀余光看见自己的儿媳妇，哭声一顿，表情变得凶狠。倒是不再揪着宁冬冬做凶手了，将炮口全部转向李毓佳。

"是不是她，是不是她杀了我儿子？警察同志，我告诉你们，肯定是她。我儿子人很好的，只有她每天盼着我儿子死。前不久他们还狠狠吵了一架。呸！一个不入流的东西，当初骗着进了我们家的门，我儿子想离婚都离不掉。肯定是她。同志，我举报她！"

警员说："我们正在勘查，请您先去边上休息一下。如果有了什么结果，我们会第一时间告诉您，好吗？"

周琅秀完全不听。"我儿子才三十多岁啊，他还那么年轻，他就那么走了，我这老太婆怎么活？快把她抓起来，就是她！"

贺决云冷眼看着她撒泼。

穹苍开口说："是不是，是由证据决定的。我不建议您在公开场合下随意指认他人为杀人凶手。"

警员见穹苍出面，跟见着恩人似的喊道："老大，这怎么办啊？要不死者家属你来接洽一下吧？"

一听有更高级别的警察，周琅秀立即松手，朝着穹苍跑过来。

穹苍快一步按住她的双手，以防她冲撞到自己的身上，说："我理解您的悲痛，但您如果过于激动，只会影响我们的调查进度。有什么线索，请跟我们的同事去边上做口供记录。我们也希望能尽快抓住真凶。请您配合。"

周琅秀抽噎着发出一阵颤音。

眼见她冷静下来，贺决云火上浇油似的开口道："如果没什么事的话，我先走了。我约了律师，还有别的事情。"

周琅秀的眼刀狠狠刺向她，鼻间哼出粗气，还能听见她后槽牙用力摩擦的声音。

穹苍说："稍等一下。"

她向自己的同事求证道："李毓佳的不在场证明，核实过了吗？"

一个女声在通信器里响起："我刚刚联系了李毓佳所说的那个朋友，也联了那边小区的物业，确认李毓佳说的是真的。夜里1点左右的时候，她的车进入小区门口，车牌跟脸都拍得很清楚。因为时间太晚，保安也还记得她。按照两地距离和吴鸣的死亡时间推算，她不可能会是凶手。"

穹苍说："好的。"

于是穹苍对贺决云说："你可以走了。但是请你保持手机畅通，我们随时可能会联系你。"

贺决云点头，转过身之后，挑衅地向周琅秀勾了勾唇角，让原本就不大冷静的周女士直接进入狂暴模式，随后独自云淡风轻地离去。

穹苍："……"这个男人以前是这样的吗？这么喜欢拱火的吗？

周琅秀见人真的离开，躺倒在地上不依不饶地开始叫嚷，没一会儿爬起来，说要去联系媒体，要曝光他们。

年轻警员经验少，没见过这样的局面，眼眶发热，急得想给她跪下了。

"你先安抚一下她，让她别破坏现场的物证，照片随便拍，但是把门关上。"穹苍拍了拍那个可怜小警员的肩膀，无视他痛苦的眼神，对所有人道，"其余人有空的先过来开个会。没空的也报一下走访情况。"

五分钟后，穹苍再次坐进狭小的车厢里，听着同事在频道里汇报。

"我们走访了附近的居民，他们对吴鸣的印象还挺不错。觉得他温和有礼，很好说话。毕竟他是做网红经济的，平时一直注意自己的形象，没听说得罪过什么人。昨天晚上,左右的两户人家都说没听见什么可疑的动静。我们还询问了小区里部分住户的不在场证明,不过因为是深夜,大部分的居民都在睡觉,没有明确的证据。"

"我觉得李毓佳很可疑,她应该是最有动机的一个人。但是她表现得太坦然了,我向她问口供的时候,她丝毫不掩饰自己对吴鸣母子的憎恨。一般人都会刻意掩饰一下的。"

"可是她没有作案时间啊。"

"她有那么一个婆婆,想掩饰也掩饰不了啊,还不如坦率一点。"

"那会不会是她买凶杀人呢?门锁没有撬动的痕迹。要么是凶手拿着钥匙,要么是吴鸣主动开的门。"

"监控是吴鸣自己关掉的,他为什么要突然关掉监控。"

穹苍问:"小区监控呢?"

"昨天保安值班的时候睡着了,没有看见什么。但是根据监控显示,在晚上一点多的时候,有一个戴帽子的男人从小区门口溜了进去,不知道是来找谁的。深夜来访,这人很不对劲。但是,周琅秀跟李毓佳看过照片,都说不知道。"

他们也有一些庆幸,吴鸣死亡时间是在深夜,这个时间段出入人少,监控录像很好排查,一些违和的细节也会清晰地暴露出来。

穹苍问:"照片比对过了吗?"

"很遗憾,监控没有拍到他的脸。"

"唉……"

"他应该是开车来的,我们正在找交通局的同事拿附近的街道监控,看看有没有收获。"

"眼睛又要瞎掉了。"

穹苍说:"把截图给我。"

很快,穹苍手机上收到了一张男人的照片截图。

照片是从他身后拍下来的。那个男人很瘦,虽然被鸭舌帽遮挡了脸庞,但是身材以及走路的姿势很有特点。如果是认识他的人,光凭这个背影,应该也能猜到他是谁。

穹苍直接将照片转发给贺决云。

贺决云很快回复道：不认识。

穹苍：我建议你说实话。虽然这个摄像头没拍到他的脸，但是附近马路上有监控，我们肯定是能查出来的，区别只是早晚。可是如果被我们发现，你明知道却故意装作不知道，在阻碍调查进度的话，我不介意将这件事情告诉周琅秀。

穹苍：我可以请你来警局接受调查，然后请周琅秀也过来。

穹苍：你仔细想想。

好恶毒的威胁！

贺决云简直不敢相信这个人二十分钟之前还在对他说着安慰的话。

虚伪。

没有心。

贺决云：赵烨，一个私家侦探。我觉得吴鸣很奇怪，身上经常带着不同的香水味，所以让他帮我进行跟踪调查。

穹苍：手机号码，公司地址。

贺决云将信息编辑出来，不大情愿地发送过去。

穹苍：谢谢配合。祝您心情愉快哟。

贺决云用力"呸"了一口。

臭不要脸。

穹苍将那位侦探的信息告知自己的同事，交流频道里顿时传来众人激动不已的声音。

"不会吧，这么快？老大你怎么知道的？你之前就认识他？"

"老大简直是神人啊！"

"那就不用去翻监控了？队长你果然是我的偶像！"

穹苍谦虚道："哪里哪里，知交遍天下罢了。"

众人继续客套地吹捧。穹苍点了几位兄弟过去请赵烨回来强制调查。

一个小时后，穹苍坐在开着大灯的审讯室里，对面是觍着脸朝她尴尬微笑的私家侦探。

警察抓到赵烨的时候，他正躺在床上，对一切一无所知。等到了审讯室,依旧没回过神。

不过他表现得很镇静,探头探脑的,跟看新鲜事物似的,还有闲情不停地打量这个狭小的房间。

他擦了把鼻子,问道:"几位同志,什么事啊?"声音在空旷的屋内回响,显得特别洪亮,赵烨被自己的嗓音吓了一跳。

边上的警员拍桌道:"装,接着装。"

赵烨叫道:"我没装啊!"

警员手指按在键盘上,审问道:"昨天晚上,你去了哪里?"

赵烨说:"就躺在家里睡觉啊。"

警员问:"26号晚上,吴鸣报警说有人跟踪他,那个人是你吗?"

赵烨正准备否认,穹苍冷不丁地开口道:"李毓佳已经指认你了。我们只要查一下街道上的监控,看看你的白色面包车是否跟在吴鸣的车后面,就可以确定那个人是不是你。你自己主动承认,让我们少一点工作量,还能算你认错态度良好。"

她的声音跟没有温度似的,眼神也深得像一汪寒池,赵烨一眼望过去,莫名觉得遍体生寒。

他挪动着屁股,让自己坐得端正,好显得有底气,而后扯了扯嘴角,不敢再那么嬉皮笑脸。

穹苍继续道:"昨晚深夜一点左右的时候,你出现在吴鸣的小区门口,趁着保安睡觉悄悄进去,然后趁机杀害了吴鸣。"

"啊?我没有啊!"赵烨急叫道,"这跟踪和杀人是两件事情吧?我只是求财而已!难道吴鸣死了吗?他是怎么死的?"

警员嗤笑道:"装得挺像。你不是去过吗?难道没看见?"

赵烨说:"我真没看见人啊!"

"那么巧?"穹苍勾着唇角,一脸兴味地道,"你出现的时间,恰好是吴鸣死亡的时间。你没看见人,难道是看见尸体了?"

警员跟着道:"难不成是他深夜请你去他家里做客?什么事情不能白天说,非得等到晚上啊?"

赵烨说:"他喝得醉醺醺的,说要找我谈生意,那我……我可不就去了吗?"

警员问:"多少钱的生意啊?"

赵烨含糊道:"没多少。"

见他还在闪烁其词,警员气得拍了下桌:"嘿!你这小子!"

穹苍并不生气,只是看着面前的资料,不紧不慢地对着它读了出来:"昨天晚上,吴鸣喝得酩酊大醉,没有反抗的力气。他的后脑有一处明显的撞击伤,死亡时间与你的行动轨迹吻合。"

穹苍继续道:"吴鸣这个人口碑挺好的。我们调查了他所有的亲朋,唯一一个跟他交恶的,就是你。你抓住他的软肋,勒索他。能做出这种事情的人,肯定贪得无厌,但吴鸣又是一个谨慎的人。于是你们两个商谈不妥,发生了争吵,你失手将他杀死,最后仓皇而逃。"

赵烨说:"你们要我说几遍啊?我没见到他!"

穹苍抬起头,目光分明落在他身上,却好像不是在看他。"我觉得你还不清楚这件事情的严重性。让你说实话,是真诚地劝告你,帮你自己。而你简直在浪费时间。"

穹苍说:"吴鸣身家雄厚,旗下有多位知名网红。现在他被人谋杀身亡,无数的媒体记者守在外面等一个结果。警方不可能放过任何的线索。你禁得起警方地毯式的搜查和媒体狂风暴雨式的审问吗?"

赵烨在她的步步紧逼之下开始慌神,额头出现沁凉的薄汗。

"我没进去!"赵烨两手按在桌上,真到了紧张的时候嘴巴却说不出流畅的话来了,"是吴鸣打电话给我,让我过去的。结果我去了以后,就联系不上他了。我没有他家的钥匙,又不敢在外面大声喊人。我以为他是在耍我。我懂,入室抢劫罪行很重的,那么三更半夜的,他要是想害我,我简直百口莫辩。所以我逗留了一会儿,就回去了。你们自己去查,我就没进他们家门!"

"你所谓的逗留的那一会儿,足够你杀人。"穹苍轻叹了口气,说,"房间里的脚印被擦拭过了,而花园里属于男性的鞋印,只有44码和42码的。吴鸣是44码的鞋,你应该是42码吧。现在算人证跟物证都齐全了。你说怎么办呢?"

"我没有，不是我！"赵烨疯狂地叫道，"不是我！你们不要冤枉我！"

灯光将赵烨脸色的变动照得一清二楚。他的嘴唇几乎是刹那间就没了血色，变得一片苍白。

"可是小区的监控显示，那个时间段只有你一个人出现，不是你，还能是谁？"穹苍手肘抵在桌上，将身体凑近了一点，轻飘飘地道，"你有跟踪勒索的前科，与吴鸣关系不好。出现的时间又那么凑巧。你觉得法官和大众，会相信你吗？"

赵烨眼珠一转，急切问道："李毓佳呢？她更恨吴鸣！"

穹苍说："她当时不在家。"

"那么巧？你们去查她啊！"赵烨拍着胸口说，"当初就是李毓佳委托我调查他的！"

"我知道，她告诉我了。"穹苍问，"调查结果呢？吴鸣出轨？"

"吴鸣根本不是出轨，我骗她的！"赵烨压着嗓子，深呼吸后小心道，"吴鸣是一个变态。他喜欢穿女装。他专门买了一套房子用来悄悄穿女装。他还阳痿，那么多年没生孩子，我看过他蒙着脸悄悄去医院买伟哥。他明明是自己不能生，对外却说是他老婆有问题。呵，他老婆要是真有问题，他早离婚了，他哪里是什么重情重义的人？他……我就是想拿这些，跟他要点辛苦费。你情我愿的，不算勒索。"

警员翻白眼道："哪本字典上注解的你情我愿啊？"

穹苍问："你到吴鸣家门口的时候，听见什么动静了吗？"

"没有，什么都没有！里面一片安静。客厅里的灯是亮着的，但是没有人给我开门。"赵烨说，"真的不是我啊！"

穹苍提着文件站起来，冷声说："先去你说的那套房子看看。"

不久后，一辆警车载着赵烨开往城市郊区的小区。

正好此时是市中心最拥堵的时候，他们花费了比平时多一倍的时间，才抵达小区门口。随后和物业交涉，请开锁的师傅过来帮忙开门。

穹苍推开房门，目光一寸寸地在屋里的摆设上扫过，迈动脚步，仿佛在走一条她曾经走过一次的道路。她嘴里呢喃道："异装癖……"

警员一面拍照取证，一面感慨道："真是人不可貌相啊。吴鸣很在乎自己的口碑，他肯定不会允许那些照片流传出去。我觉得赵烨很有嫌疑。"

穹苍按着额头，说："总感觉这一幕似曾相识啊。不正常。"

警员走过来问："队长，你没事吧？"

"没事。"穹苍说，"你留在这里好好搜证，看看有没有有用的线索，我回局里一趟。"

"哦。"

等穹苍回到局里的时候，早上被她分派去查资料的下属也正好回来了。

"有两个……说不上好坏的大消息。"

那位女警摘下帽子，虽然是三月的冷天，她却出了一身的汗。她举起手中的两份档案袋示意，周围的同事立马靠拢过来，等着她汇报结果。

"第一份，队长你让我查的报警记录。十年前……准确来说其实已经是十一年前了。十一年前的八月，在宁冬冬杀人的同一天，距离案发地两公里左右的地方，发生了一起持刀抢劫案件。受害人腹部被捅了一刀，好在伤势不重，最后被抢救回来了。警方在现场找到了一串新鲜的脚印，再根据受害人的口供，确定犯人应该是个穿44码的鞋子，身高185厘米，体重71公斤左右，身穿快消品牌衣物，鞋子破旧的年轻男性。这几点，吴鸣完全符合。但是因为他当时做了宁冬冬案的目击证人，反而给他制造了不在场证明，排除了他的嫌疑。到现在，抢劫案的犯人还没有找到。"

一名警员紧紧皱着眉头道："你是说，吴鸣当年做了伪证？那张字条的意思，其实就是说他持刀伤人？"

那位同事耸肩："不知道啊。目前我们可以这样猜测。但是知道这件事情的人应该很少，连受害人自己都没看见犯人的脸。就很奇怪。"

"一般凶手会选择凌虐一具尸体，基本上都是有其特殊意义的。强烈的憎恨、消失的正义，或者是迁怒、发泄。"穹苍缓缓道，"前三起案件写的是'谎言'，很明确，是在指宁冬冬的事。这符合常理。因为宁冬冬已经坐了十年牢，他的冤屈没有办法得到昭雪。可是，吴鸣的死亡，指的却是持刀伤人，是站在当年那个受害者的角度来讨伐的。"

穹苍端起桌上的纸杯，手指将其抠到变形。"当年受害者并不知道吴鸣是劫犯，如果知道，他可以直接报警，还有机会能够报仇。凶手又为什么要因为一个不相干的人,一件有转圜余地的事,怀有那么强烈的恨意呢?虽然过程对了,但是重点和道理都不对。"

众人的脸色都不大好看。这里面夹着一个令人不悦的信息,让他们不敢去深想。

一同事拍掌道:"所以现在可以确定,这一次的案件真的是模仿作案!能知道吴鸣这个秘密的,只有他最亲近的人!要么是像背后灵一样跟着他的私家侦探,要么就是他老婆了。"

众人再次吵成一片。

穹苍问:"李毓佳的检查报告呢?"

"哦,在这儿。"同事将第二份文件递过去,说,"李毓佳在医院做了验伤报告。她身上有多处淤青,大脑后方有被钝器敲打的痕迹,医生在她的伤口里取出了两块碎玻璃。但是她身上的伤都是比较新鲜的,应该不是长期家暴。这次住院,她确诊了胃癌。"

一同事听见,叹了一声:"她也太惨了吧?"

送报告的同事道:"胃癌还算发现得早,更大的问题是,她还有HIV。"

几人都被惊了下:"HIV?"

同事点头:"根据疾控中心的登记时间来看,她是在去年的时候被查出有HIV的,一直在好好吃药。但是这个月和上个月的药,她还没去领。"

"会不会是她患HIV的事情被吴鸣知道了,所以李毓佳必须痛下杀手?"

"李毓佳是真的很可疑。目前来说她动机最大,虽然她没有作案时间,但我没有办法排除她的嫌疑。我怀疑是她买凶杀人。"

"老大,你觉得赵烨跟李毓佳,哪个会是凶手?"

众人停下来争论,齐刷刷地将视线转向从刚才开始就一直不再开口的队长。

穹苍看向问问题的人,脸上露出个极浅的笑来。

那名同事下意识地打了个哆嗦,颇感瘆人,道:"老大,你这么笑,是不是已经知道是怎么回事了?"

"能肯定吗?"

穹苍放下手里的杯子，用手指在桌上画了一条曲线，用陈述的语气分析道："赵烨进入小区后不到半个小时就出来了。按照他的脚程，他顶多在吴鸣的别墅门口站了五分钟，其实是没有时间杀人的。"

一名男士嘀咕道："可是除了他，没有别人有作案时间了啊。"

另外一人快速反驳："不对，也许小区有可以避开监控的入口呢？如果是熟悉小区的人，说不定会知道。"

穹苍说："吴鸣后脑的伤跟赵烨没关系，是李毓佳打的，吴鸣当时走出卧室的时候，正用手按着伤口。他尸体上的外伤则全都是死后造成的，所以现场没有留下太多的血迹。"

"死亡报告还没有出来。"警员奇道，"如果没有致命外伤，那吴鸣到底是怎么死的？"

穹苍顿了顿，说："我觉得可能是意外，没有直接的凶手。"

这句话犹如一道惊雷落地，让现场的人全部怔在原地。

"意外？！那现场情况跟意外……有点差距吧？意外不起来啊！"

"老大的意思是，吴鸣是意外死的，凶手只是伪造了凶案现场，将之嫁祸给宁冬冬？"

"可是为什么呀？这伪装得不高明啊，真以为警察都是吃干饭的？"

"舆论是把更锋利的刀，也许凶手本来就没想嫁祸成功，但是只要警方破不了案，他们就可以利用舆论逼死宁冬冬。"

"这得多恨宁冬冬啊？到底是什么人啊？"

穹苍不受他们情绪的影响，依旧缓缓道："你猜不透凶手的想法，是因为里面可能还有你不知道的内情，倒是没必要做这样的联想。不管推理成不成立，证据形成的逻辑链，告诉我的就是这个结果。"

众人认真听她解释。

穹苍说："如果赵烨不是凶手，他就没有必要说谎。赵烨说，他到的时候，屋里的灯还亮着。"

先前跟穹苍一起审讯的同事点头："对啊！"

穹苍看着那人笑。

"啊，不对！"另外一人叫道，"我们早上出警过去的时候，他们家的电闸是关着的。还是小刘通的电呢。"

"啊?"那名同事说,"摸黑行凶啊?非得关电吗?为什么呀?"

"因为监控。"穹苍的声音总是有种特别的味道,让人不知不觉地跟着她的思路走,"那个人应该知道,吴鸣的家里有监控,为了防止被拍到证据,他先关掉了电闸。但是他没想到的是,吴鸣自己已经把监控给关了,他的行为其实是多此一举。可是他不知道。"

几人点头。

穹苍继续说:"赵烨是被吴鸣叫过去的,如果吴鸣那时候还活着,肯定会过去给他开门。可是屋里没有动静,说明那时候吴鸣已经无法行动,或者死亡了。赵烨离开之后,吴鸣的家里又来了一个人。他切断了电源,并对吴鸣的尸体造成伤害,伪造成一个残酷的凶杀现场。所以吴鸣身上的伤口都是死后造成的。因为那个人来的时候,吴鸣真的已经死了。"

众人被她一说,有种豁然开朗的感觉。只是这个弯拐得太大,让他们有点难以跟上。直觉上觉得有道理,逻辑上,却好像陷入了死胡同。

"就……挺突然的。可是,为什么啊?到底是谁啊?目的是什么?陷害,还是说他本来是想杀人啊?"

穹苍说:"吴鸣的摄像头是前两天刚装的,知道这件事的人很少。门锁经鉴定,没有任何被撬过的痕迹,凶手很可能是用钥匙直接开门进去的。"

穹苍说完,鼓励似的看着几人。

几人小心翼翼,生怕说错,在穹苍的注视下宛如面对师长补考关怀的学渣。

"李……李毓佳?"

穹苍点头:"我偏向是她。"

众人松了口气。一名年轻警员红着脸惭愧道:"可是为什么啊?我还是想不通。"

穹苍说:"以下只是我的猜测。监控显示,李毓佳推了吴鸣一把,然后慌慌张张地跑了。吴鸣在很久之后,才从屋里走出来。他当时可能是陷入昏厥了。人在慌乱之下,很容易会判断错误。尤其是吴鸣当时醉酒,身体状态并不好。李毓佳或许误以为吴鸣被自己杀死了。"

众人皱眉沉思。

穹苍继续道:"李毓佳太慌乱了,她走了之后才想起来,家里还有监控,可能拍到了这一幕。于是找人帮她回去处理现场。结果,那个人布置完现场之后,和李毓佳交流,李毓佳才知道,吴鸣当时是躺在客厅里,并没有因为她的推搡而死亡,所以,监控反而成了她的不在场证明。她就让人把监控留下了。"

这样一来的话,很多细节就真的对得上了。

下属激动道:"那我们要不要现在去抓李毓佳回来审问?"

穹苍笑说:"不要急,还没有证据,先等尸检报告吧,注意让人看着她。"

第 十 六 章

搜 证

当众人看着摆在橱柜上的巨大玻璃罐时,竟有一种哑然失笑的荒谬感。

直播间里的朋友有很多问号。

"啊?"

"为什么要在大晚上的走剧情?我早上七点起来看,就听见一句'意外死亡'。懂我的心情吗?!这不人道!"

"大佬看起来还挺温柔的,循循善诱啊,从没对我等凡人表现出任何的不屑。感动。"

"这个 ID 里的名字缩写,我感觉我知道她是谁了。[笑哭]果然,这世上的天才总是少数。"

"慕名而来!为了抢她的课我们学长专门做了一个外挂,结果第一年崩了没用上,第二年她已经辞职了。[再见]"

"所以大佬的职业还真是老师啊?[炯炯有神]"

游戏的节奏很快,尤其穹苍的线索已经探索到了一定程度,尸检报告在当天晚上就出来了。与他们比较熟悉的法医主动将文件送了过来,顺道和他们解释一遍。

众人都很好奇吴鸣究竟是怎么死的。

"呃——"法医用手指掐住了自己的脖子,做了个鬼脸,"就是这样,窒息死的,但又不全是窒息死的。"

"什么意思啊?"

法医找了把椅子坐下,两手架在扶手上,说:"吴鸣的呼吸道被自己的呕吐物所堵塞,因为无法动弹,最后窒息而死。但是,我发现他有慢性呼吸衰竭的问题。他的肺部、胃部、肝部,都出现了与之相关的症状,是长期缺氧造成的。而且,你们肯定想不到,我在他的血液里验出了微量毒素。我认为,他很可能处于被人长期投毒的状态。"

"投毒?"众人俱是精神一振,面上流露出意外的神色,但很快又压下去。他们互相对视,纷纷从嘴里吐出一个名字:"李毓佳?"

相同的名字一齐出现,逻辑好像就变得合理了,甚至成了一种特殊的做证。

可他们还是尽量地想要保持自己的公正,努力地用冷静的思维去分析。

"长期投毒肯定是身边人才能做到。除了李毓佳,好像没有第二人选了。她是什么时候开始这么做的?"

"吴鸣身边,只有一个李毓佳在不停地接触医生。她在最近几年的时间里以备孕的借口,频繁地接触中医和西医。我想她有足够的渠道用以获取她所需要的毒药。"

"先听我说完嘛。"法医笑道,"吴鸣身上检测出的毒素还挺复杂的,并不是只有一种。比如,莨菪碱类、氢氰酸类等,虽然都是微量的,但是结合在一起,几乎把五脏六腑给毒全了。加上他平时因为应酬需要经常喝酒,导致他的身体十分不好,可以说是外强中干。根据他的尸检情况推测,微中毒的状态,很可能持续了四五年以上。"

众人唏嘘:"太狠了吧这个!五毒俱全?"

正在看资料的穹苍微微抬了下头,补充说:"中药里有。"

法医点头:"对,这些毒素可以从植物中提取,而且大部分都可以入药。微量服食,或经过正常处理,不会对人体造成太大伤害。"

一名年轻警员猜测道:"李毓佳一直在调养身体。她会不会以补药的名义，哄骗吴鸣服用大剂量的中药？"

穹苍突然开口，清朗的声音瞬间将众人的注意力吸引了过去："吴鸣如果能听李毓佳的话，两个人之间的关系就不会变得那么僵了。吴鸣连李毓佳受伤住院都不会去探望，更不用说陪她一起吃药了。他对李毓佳，有着天然的防备心。"

众人张了张嘴，想要进行反驳，却不知道从哪里切入。

这个推测在他们看来，不大站得住脚。比起李毓佳的嫌疑来说，根本不能算是一个理由。

穹苍补充道："而且，如果李毓佳一直在给吴鸣投毒，为什么还要长期备孕呢？备孕是很辛苦的，奔走于不同的医院，会见不同的名医。尤其她还在前两年多次冻卵。对女性来说，取卵对身体的损伤是巨大的。如果只是欲盖弥彰，那她的隐忍跟谋算未免太深，这跟她在吴鸣死后的表现截然不同。"

这确实是。李毓佳如果早在五年前，甚至更早以前已经想杀死吴鸣了，就不会等到最近才去找私家侦探跟踪吴鸣。

何况，五年前吴鸣的事业才刚刚起步，虽然小有名气，但资产却不算多。两人当时处于婚后的稳定生活中，没可能会互相憎恨到这种地步。

几人迷茫道："那能是谁啊？凶手究竟是怎么投毒的？"

穹苍合上资料，呼出一口气，将东西递给一旁的法医，说："我知道了。跟我去吴鸣的家一趟吧。"

穹苍带着队里的警员，火速赶往吴鸣的别墅。

当众人看着摆在橱柜上的巨大玻璃罐时，竟有一种哑然失笑的荒谬感。

第一次搜证的时候，他们几乎完全忽略了这个东西，因为它太常见了，在许多人的家里都有，总是让人轻易忽略它的危险性。

穹苍看了眼手表，现在已经是凌晨4点多，再过3个小时左右，天色就要大亮了。他们这群人一直在走访排查，彻夜未眠。每个人的脸上都带着深深的疲惫感。穹苍也是。

这次的游戏玩得太累了，她感觉自己已经玩了很久。

穹苍问："周琅秀呢？"

"从昨天吴鸣出事之后,她就一直在跟媒体哭诉。现在应该在家里休息了吧。"

穹苍说:"等天亮之后,将她叫过来。"

直播间的人却是大早上的被惊醒了。这段剧情比什么都有效,直接让他们从浓浓的困意之中被当头泼醒。

"我惊呆了,我承认我没有见识,但是这一波峰回路转搞得有点骚哟。"

"这一次副本好有《走近科学》的味道啊……"

"如果只看警方给的通告,我一定会阴谋论。现在嘛,就是……"

"哎呀。[挠头]我又押错了。副本线索探索度超80%还押错了,我可真是一个牛人。"

"早上刚起来,你们在说什么?坚决不看回放,我一定能猜出来。"

穹苍度过了一小段尚算清净的休息时间。

早上8点半,空气里带着一股清新的味道,气温稍低,街道上开始热闹起来。

穹苍走进审讯室,周琅秀已经坐在里面。摄像头的红光闪动,对准了前面的位置。

穹苍翻开面前的文件夹,随口问道:"周琅秀,对吗?"

"对。"周琅秀表现得有些局促,因为她从来没见过审讯室。作为一名极其普通的中年妇女,她对公安局、派出所,有着天然的畏惧心理。

穹苍等人还没开始问话,周琅秀已经紧张道:"你们为什么要把我抓到这里来?我没犯事吧?我只是说了实话,记者问我,我就说了而已,你们别想着欺负人,我告诉你们!"

穹苍抬高视线,并没有因为她虚张声势的话语表示不悦,反而露出一个安抚的笑容,说道:"别紧张,只是找家属聊聊天而已。这里比较安静,而且有摄像头,方便我们进行记录。"

周琅秀问:"那李毓佳呢?"

穹苍说:"等和你聊完,我们就会去找她。"

周琅秀担心道:"她会不会跑了?不然你们先去抓她啊!她很狡猾的!"

"我们的人一直在看着她。"穹苍说,"她还没有被排除所有的嫌疑,我们是不会放她离开的。"

周琅秀以为得到了穹苍的保证,这才安心了一点。

穹苍抽出一张照片,一张吴鸣西装革履的采访照。她把那张照片放到桌上,说:"吴鸣的事业很成功,根据我们的走访调查来看,他朋友对他的评价也很高。他是一个非常优秀的青年。"

周琅秀看着照片,眼眶再次发红,她手指抚了上去,悲伤道:"当然。他从小就聪明,有出息。他是我儿子。"

随后她的脸色飞速一变,恶狠狠道:"该死的臭婆娘,都是她!你们知道哦?都是她害的!"

穹苍说:"吴鸣平时应该很辛苦吧?"

周琅秀说:"非常辛苦!他整天熬夜加班,经常出去跟人拼酒局吃饭。好几次都累得胃出血了,我看着心疼死了。哪里像那个李毓佳啊,整天好吃懒做,不知道在干些什么,只会花我儿子的钱!她命好,我真是恨死她了,我们家倒了血霉才把她娶进门!"

"做我们这一行也很辛苦。同事们已经很久没有好好休息了,就是想尽快找到杀害吴鸣的真凶。"穹苍抽出一张照片推过去,说,"我在吴鸣的家里看见这样一桶药酒,那么大的玻璃罐,只剩下一半了。他平时经常喝这种药酒吗?这是谁给他做的?"

周琅秀说:"是我给他做的!他应该好好补补,李毓佳才不会关心他的死活,只有我这个做妈妈的把他放在心尖上!"

穹苍盯着她的眼睛,一字一句地问道:"所以,这药酒是你给他准备的,不是李毓佳。"

周琅秀想也不想道:"怎么可能是李毓佳?那婆娘哪儿有那么好的心?她上哪儿弄这些东西啊!"

穹苍手指敲着照片,再次求证道:"这药方确定是你配的?你是从哪里拿来的？"

"药酒嘛！补药丢进去，泡过之后药效都很好的！这是我们乡下的土方，我让阿鸣每天都要喝一点。"周琅秀说，"补血益气强心肺，还能解毒健脾。他太辛苦了，经常睡不好觉，喝完药酒每天才能舒服一点。"

"里面泡的草药有这些，你确认一下。"穹苍再次抽出一沓照片，一张张地放下去，"万年青、福寿草、红豆杉的树皮、华山参、马钱子……"

周琅秀扫了一眼，看着穹苍的架势，心里已经有点惴惴不安了。她大声说话，想要打断这个话题："我们乡下有些不叫这种名字的，不过好像确实有这些。你们能不能问正事啊！"

穹苍说："你再确认一遍。"

周琅秀急道："你是不是想要那个土方啊？我给你也行，你快去把李毓佳抓起来！她杀了人会跑的！"

"马钱子炮制后可以入药，有消肿止痛健脾胃的功效。"穹苍拿起最后一张照片，捏在手里，停在半空朝周琅秀示意，"可是，它的种子本身含有多种生物碱，有剧毒。"

周琅秀急切道："你到底在说什么？"

"万年青，小剂量服用，有强心的效果。大剂量服用，则会出现中毒症状。"穹苍一张张收回照片，指着上面的药材道，"福寿草同样，华山参……"

周琅秀瞳孔开始颤动，颤抖着叫道："你什么意思啊！你够了！你们那么闲，不去查我儿子的死因，在这里说什么！你们不会是想诬陷我吧？"

穹苍面无表情，扫了她一眼，还是放下手里的东西，手指交叉，摆在桌上，说道："吴鸣的尸检报告已经出来了。你想知道你儿子是怎么死的吗？"

周琅秀粗重地呼吸，站了起来，想要出去。可是审讯室的大门关着，她根本无法离开。

"当天晚上，吴鸣在外面喝了酒回来。回来之后，他和李毓佳发生了争吵。之后李毓佳跑了。吴鸣可能是心情不好，又下楼拿了一瓶红酒，坐在桌边对酒消愁。可是他已经喝了很多的酒，酒精麻痹了他的神经，让他的感官有点迟钝。等到晚一点，他感觉身体不适，又去壁柜那里，倒了一碗药酒。"

周琅秀见无处可逃，转过身，眼神凶狠地瞪着穹苍。

"常年过量服食中药，他的器官受到了不同程度的损伤，出现了呼吸衰竭一类的症状。喝完药酒之后，他发现自己还是很难受，于是想去拿醒酒药。可是他的身体没有力气，在碰到药瓶的时候，整个人软倒了下去，将药瓶推到了地上。"

穹苍不急不缓地从一堆照片中抽出一张，摆在桌子的中间，上面是一个药瓶滚落在客厅的角落。

她不管周琅秀是否在看照片，继续不急不缓地说道："他的胃部开始抽搐，有了胃出血的症状。同时过量饮酒，让他忍不住想要呕吐。然而，他躺在地上无法动弹，甚至难以呼吸，最后因为呕吐物堵塞了呼吸道，窒息而死。"

周琅秀捂着耳朵尖叫道："不可能！"

她刻薄乃至残忍地对待李毓佳，溺爱又信赖着自己的儿子。她认为这世上只有最完美的东西才配得上吴鸣，所以她把最好的一切都给了他，怎么可能出现这样的错误呢？

吴鸣是她最伟大的成就啊，是跟她血脉相连的家人。

穹苍说："这就是你儿子的死因。凶手，既不是宁冬冬，也不是李毓佳。如果真要算的话，应该是你。是你的补药导致吴鸣的器官出现不同程度的功能障碍。可以说他是因为窒息而死的，也可以说，他是因为中毒而死。"

命运的巧合，有时候是如此猝不及防。

这位疯狂地撕咬着别人，要求别人来给儿子偿命的女人，得知自己才是将吴鸣推入死亡深渊的人，无论如何也无法接受这个事实。她眼神涣散，疯狂摇头道："不对！他是被人杀掉的！他都被人分尸了，怎么可能是意外？你们是不是破不了案？怎么可以想出这么恶毒的方法来诬陷我！你们真的好不要脸哇！"

穹苍说："他身上并没有致命性的外伤，而尸体也有窒息死亡的征象，法医不可能会判断错误。"

周琅秀不理会，歇斯底里道："我要告诉媒体！你们为了包庇凶手，居然嫁祸给我！天地良心啊，我是他亲妈，我会害他吗？我怎么可能会害他！"

穹苍定定地看着她陷入癫狂，自顾自整理起桌上的东西，而后将文件在桌上蹾平，起身道："你可以不接受，但事实就是这样。吴鸣在深夜一点左右，因为意外死亡。随后有歹徒进入家中，对他的尸体进行破坏，并伪造了凶案现场。这是两件事情。至于那个人究竟是谁，我们会继续查证。而你，暂时可能出不去了。很遗憾。"

审讯室里传来一阵高似一阵的刺耳尖叫，那犹如毛糙玻璃一样的声音不停在走道回响，伴随着沉闷的摔打声。周琅秀跟个发狂的人一样肆意宣泄，靠着伤害别人和伤害自己来回避现实。进去想将她带出来的警员也被她尖锐的指甲划伤，然后开始冷着脸进行警告。

穹苍在外面驻足了片刻，淡然地转身离去。

"你说这叫什么事？"警员再回忆整件事的经过，依旧觉得这像是一出讽刺意味十足的荒诞小品，"周琅秀也就算了，她没有文化，不懂医学。吴鸣好歹是个知识分子，居然也会落到今天的境地。他要是能把对母亲和对妻子的心平衡一下，我看他向天再借个二十年不难吧？"

穹苍说："只可惜……"只可惜，人心不可预测。

两人走到开阔的大厅，同事问："老大，接下来我们要准备逮捕李毓佳吗？现在我们还差一个破坏尸体的犯人，如果不把他找到，媒体跟大众估计很难相信吴鸣是死于意外。我们会很被动。"

单单知道吴鸣的死因，事情还远没有结束。如此受关注的案子，打着"人证被报复""青年富豪""官方渎职"等各种标签，就应该有一个"跌宕起伏"的过程——这是大众潜意识里对"真相"的期待。

他们又不了解吴鸣，他们的热情只是缘于感兴趣罢了。当发现事件发展平平无奇的时候，他们就会偏向于"阴谋论"的腔调。

"我们没有证据。"穹苍摇头说，"没有证据证明那个伪造凶案现场的人跟李毓佳有关。"

从作案的手段来看，李毓佳是个比较谨慎的人。虽然最初她因为吴鸣的死亡而乱了分寸，但是她在离开别墅之后，很快就冷静下来。

她对吴鸣已经彻底失望。一个绝情的女人会有脱胎换骨的改变。当她已经无所顾忌，她还有什么好害怕的呢？

从她抵达好友小区的时间来看，在开车的途中她已经快速思考好利弊，并策划好整个过程。

她将钥匙留给犯人，教那个人如何避开小区和家中的所有监控，并用最容易吸引大众目光的方式，对现场进行掩饰。

而从别墅离开之后，她一直在忙着处理吴鸣遗产的事。

如果幸运地没有被警方发现她的罪行，那么她的人生就能迎来无比光明的未来。如果最终她的计谋暴露了，那么在警方勘查案件的几天里，她也有机会完成财产的转移和隐藏，为下一步做打算。

她冷漠、冷静，且目标明确。

她已经身患胃癌和HIV，却仍旧那么激烈地想要获取财产，很可能只是不希望将吴鸣的遗产留给周琅秀，那个她无比憎恨的女人。

这个理由让她有十足的动力。

"确实，我们现在没有证据强制传唤她。"同事有点心急道，"可是时间拖得越久，对我们破案越不利啊。犯人有潜逃的风险，李毓佳也不知道在打什么主意。"

李毓佳已经有一天一夜的时间用来处理证据，必然不会给自己留下太多的破绽。就算现在警方把李毓佳抓回来，恐怕也问不出什么。何况对方有完美的不在场证明，他们只能请求配合，不能强制传唤。

同事问："我们一定要先找到那个犯人吗？我们要去哪里找呢？从街道监控一一排查？"

穹苍说："李毓佳既然能够考虑到小区监控和家里的监控，说不定也会考虑到附近街区的监控。那么为了拖延时间，她很可能会让对方做好准备，附近区域的监控或许拍不到嫌疑人的正脸，那排查的范围可就大了。"

同事虚脱地叹了口气，最怕的就是"范围大了"这四个字，导致眼泪开始自然而然地分泌。他抬手擦了下眼角，将莫须有的泪光揩去。

穹苍说:"李毓佳,是从什么时候开始联系那个人的呢?在误以为自己杀死了吴鸣的时候?还是在一个人住在医院,孤苦无依的时候?抑或是被确诊胃癌,却发现身边没有人关心她的时候?再或者更早一点,在发现自己确诊了 HIV,人生陷入黑暗的时候?"

同事偏过头,期待地看着她。

穹苍沉声说:"人类是很脆弱的,越在脆弱的时候,越会需要别人的关心。一个愿意帮她顶下罪行、伪造现场的男人,对她来说应该很重要。"

相比起吴鸣的死亡,清楚认识到吴鸣的冷酷无情,才是最让李毓佳伤心欲绝的事。在接受这个结果之后,吴鸣死了,就不是什么难过的事了,对她而言反而是一种解脱。

李毓佳一个人忍着疼痛在医院躺了两天,她也只是一个普通人,在这期间,她不会忍不住向别人诉苦吗?

穹苍说:"去医院看看。"

同事立马点头:"好。"

李毓佳接受治疗的地方是别墅区附近的一家私人医院。这家医院绿化环境好,监控设备也架设得齐全,平时住院病人不多,服务相对完善。

李毓佳当时住的是三楼。穹苍两人穿过安静的就诊楼,来到后方的住院部,并顺着指示牌直接上了三楼。

空旷又明亮的走道里,一名护士从不远处的病房里出来,推着车辆在各个病房确认病人的体温。

穹苍过去叫住了她,抽出证件表明身份,说道:"你好。我想知道,前两天住在 316 病房的李毓佳,你有印象吗?"

护士几乎没有思考,点头说:"我知道。那个被家暴,又确诊了胃癌的女士对吧?我们当时联系她的家属,结果她的家属都没有到场。"

穹苍将证件塞回胸口的兜里,并问道:"那你记不记得,有什么朋友来医院看过她?"

护士摇头:"好像没有吧,反正前台应该是没登记来着。她一直是一个人,连出院手续都是我们帮忙办的。"

穹苍的搭档抿了抿唇，说："你再想想。男性，鞋子44码，身高一米八三左右。"

"真的没有。"护士语气肯定起来，"起码没进住院部里看过，否则我们会知道。就……我们对她，印象还是挺深刻的，何况最近她家里出了点事对吧？我们都互相确认过了。"

年轻警员几不可察地叹了口气。

穹苍保持着微笑，继续问道："那李毓佳不在病房的时候，一般会去哪里走动？"

护士有点不好意思，直视她的脸，声音小了下去："这里的病人家庭背景都挺好的。何况李女士心情非常不好，她出去清净的时候，不喜欢我们跟着。不过肯定没有离开过医院，否则我们会知道。"

她说完沉吟片刻，补充道："不过一般的病人都是在楼下的花园散心。我们后面有一片草地，阳光挺好的，风景也不错。"

穹苍问："请问那边有监控吗？"

"有的，还装了不少。"护士说，"你可以去我们的保安室拿。"

"谢谢。"穹苍对她粲然一笑，"感谢你的配合。"

护士脸色微红。"能帮到你们就好啦。我先去忙了。"说完她低头匆匆离去，急促的步伐像是羞怯而逃。

同事用手肘撞了下穹苍，挤眉弄眼地暧昧道："哎呀，老大，魅力不小啊。"

穹苍："……"魅力是不小，可她又没"作案工具"，就算了吧。

虽然这是一家私人医院，但工作人员对警方调查配合积极，管理员很快应他们要求，将这两天的监控调了出来。

只不过，穹苍也不知道李毓佳会在什么时候出门遛弯，又去哪里见人，只能盯着住院部的大门先确认相关时间，再让管理员按照时间以及李毓佳的行动轨迹，调出具体位置的监控。

监控室里的工作人员主动帮助他们分担工作，守在屏幕前寻找李毓佳的身影。

这一段过程被拉得特别漫长，直播管理员干脆将监控画面放大到半个屏幕，让在线的观众也能一同感受这种"快乐"。

用了两个多小时的时间，穹苍顺利还原出李毓佳在医院里的经历。

第一天中午的时候，李毓佳独自坐在长椅上发愣。她先是干坐着，然后捧着脸开始哭，到最后又用手背不断擦拭自己的眼泪，让自己保持冷静。

那一段无声的画面，诉尽了她的孤独和伤痛。

到了傍晚，她又出门了一趟，去附近的食堂里买了一碗粥，坐在花园的凉亭里吃了，随后干坐在原地，一直等护士来喊人才回去。

第二天，李毓佳再次来到花园，坐在一个角落里。没过多久，一个身材健壮的成年男性朝她靠近，坐在她的身边。两人说了一段话，似乎发生了争吵，最后男人气急败坏地走了。

但男人并没有真的离开，过了大约三刻钟，监控中的男子提着一袋外卖走了回来。李毓佳伏在他的肩膀上哭了起来。

男人来医院并没有防备。他穿得很单薄，脸光明正大地露了出来，被监控拍得一清二楚。

"就是这个人。"穹苍按住自己的鼻头，闭着酸涩的眼睛说，"麻烦将这一段监控交给我们，辛苦你们了。"

那位热情的中年大叔笑道："没什么，为人民服务嘛。"

穹苍拿着监控急着赶回公安局，直播间的网友发出一阵被救赎的感叹。

"我在直播间里看监控，看得眼睛快要瞎掉了，何苦呢？"

"三天再这样我就不爱它了。"

"虽然是高清的镜头，但我觉得那么远的距离拍摄出来还是挺模糊的，他们到底是怎么在第一时间看出那个是李毓佳的？"

"我以后再也不会轻易说出'去查监控'这四个字了。才两个小时而已，我已经受不了了。这根本是酷刑啊。"

"这个角色藏得好深，都要结束了才出现，很有 boss[1] 的风采了。"

---

[1] 在游戏中一般指比较难缠的敌方对手。

"每一个剧情转折都是以我没有预料到的方式。可以的，朋友。"

有了正面高清照片，嫌疑人的身份很快查明。

陆声，32岁，职业登记为无业，家庭住址：×××。

申请好逮捕证，警方第一时间前往逮捕。

在警察出现的时候，陆声几乎没有抵抗。他只是在最初的时刻惊讶了下，或许是没料到才不到两天的时间他就暴露了。但他快速接受了这个事实，沉默地跟着警察回到局里，并随他们去实验室，做了足迹鉴定。

可是，这并不代表他愿意配合。在进入审讯室之后，陆声一言不发，无论审讯人员如何指控或劝导，都不肯说出任何事实。哪怕警方将现场找到的鞋印甩到他面前，告诉他等鉴定结果出来之后，他所要面对的刑事刑期时，他也没有要反驳的意思。

他沉默寡言的模样，很难让人将其与破坏尸体的凶犯联系起来。

穹苍请另外一个部门的朋友调查了陆声的银行账号，发现他近日并没有收到大额转账。他的账户每月会有一份不固定的收入，来自网络平台，他平时靠游戏直播来赚钱，但是收入不高。

在僵持了数个小时后，陆声的足迹鉴定结果出来了，确认与吴鸣家中发现的脚印吻合。这证明穹苍的猜测是正确的。

可惜，这只能证明陆声是破坏尸体的犯人，并没有直接证据可以证明李毓佳与此事有关。

队里的人一个换一个进去与他沟通，用了各种手段，试图让他供出幕后主谋，最后都不幸铩羽而归。

陆声打定了主意不说话，众人根本无法从他这里取得突破。

穹苍站在监控室里，望着透明玻璃下方的男人，目光涣散，让人看不穿她究竟在想些什么。

一名警员在一旁不住挠头道："这个人的骨头，可是真硬啊！这是铁了心了啊。"

穹苍侧过身，不再旁观，干脆地说了一句："找别的切入口吧，他不会说的。"不管是从哪方面考虑，陆声一个人将事情扛下，都是利益最大化的选择。利益就是最牢固的契约。

"我再去见一次当晚收留李毓佳的那个朋友,你们去翻查一下街道监控。从李毓佳出门开始,到她进入小区门口,我需要你们把她经过的每一个路口,每一个时间都标注出来,统计完成之后,拿给我。"穹苍抬步往外走,单手拉住门,在离开前留下最后一句话,"吴鸣的死亡是一个意外。李毓佳就算心思再缜密,也会在仓促的计划中留下很多破绽。大家再辛苦一下,案子很快就能结束了。"

警员点头应道:"好。"

李毓佳的那个朋友姓于,是她的大学同学。据说当年两人关系很好,可惜李毓佳结婚太早,婚后几乎完全回归了家庭,和朋友交流变少,关系就慢慢淡了。去年于女士来了这边工作,有事请李毓佳帮忙,两人才重新热络起来。

于女士听见门铃声过来开门,问道:"谁啊?"

穹苍和同伴抽出证件道:"来问两句话,现在方便吗?"

于女士见是警察,当即皱眉,语气很冲道:"你们之前不是已经问过了吗?佳佳那天晚上一直都跟我在一起,她真的不可能是凶手!你们完全是在她身上浪费时间!"

穹苍并不介意,反而温柔地笑了下,说:"其实凶手我们已经抓到了。"

"啊?"于女士惊讶地眨眼,"你……你们已经抓到了?"

穹苍说:"是的。等正式起诉后,警方会对外公告,目前还请你帮忙保密。今天过来,是有部分细节的问题想要和你再次求证,方便我们后期写报告。"

"我明白,我明白。"于女士脸色缓和下来,让开一步说,"你们进来吧。"

穹苍走进去,在门口的位置脱了鞋,而后在沙发的边缘坐下,与于女士保持了一个座位的距离。她的同事坐在旁边的单人沙发上,拿出纸笔,准备记录。

穹苍放松肢体,身体微微前倾,问道:"李毓佳是在深夜一点左右抵达你们小区的是吗?"

于女士点头:"是一点一刻左右进的我家门,我亲自下去接的她。"

穹苍问:"她来到你这里之后,情绪怎么样?"

"当然是很生气了!"于女士提起这事,深深为自己的姐妹感到不值,激动地挥着双手道,"大学的时候我就让她眼睛放亮点,不要选吴鸣,可她偏偏不听,一根筋撞了上去。结果你看嘛,结婚以后吴鸣对她好吗?熬了这么多年,钱是有了,可她享受到了吗?陪吴鸣一个凤凰男白手起家,再看着他功成名就地去包养别的女人,呵呵,我都替她不值!虽然现在吴鸣死了,但是他们两个的婚后财产能有多少还不好说。吴鸣那个人忘恩负义,防她跟防贼似的,根本就是一个妈宝男。要我说啊,吴鸣他妈比李毓佳可疑多了。那老太太就不是个正常人!"

年轻警员的手一抖,在纸上划拉出一道墨迹。他用手指擦了擦,抬起头对穹苍做出个一言难尽的表情。

穹苍问:"所以她那天晚上,一直在跟你哭诉?"

"对啊。"于女士满脸厌恶道,"我也是听她讲才知道,吴鸣他妈那么不是个东西!"

穹苍问:"李毓佳大半夜的跑出来,她家里人就没给她打过电话?"

"没有!佳佳当时出来得太急,没带手机呢。"于女士说,"她借我的手机,给吴鸣他妈打了个电话,说要离婚,要分财产,豁出去骂了对方一顿。我说她可算是清醒了!"

穹苍面色如常地应了两声,继续问道:"你听见他们两个人说什么了吗?"

于女士摇头:"没,佳佳性格很要强的,不会让我当面看她出糗。她去阳台打的电话,边打边哭,没打多久,对方就把电话挂了。"

穹苍问:"能不能借你的手机给我看看?"

于女士顺手从茶几上拿过那个套着粉色水晶壳的手机,解开屏锁后递给穹苍,同时道:"佳佳把通信记录删掉了,你现在看不到,但我保证我说的是真的。"

穹苍随手滑了一下,发现确实如此。她礼貌地将手机递回去,征询道:

"你能不能跟我去移动公司查一下这个号码的通信记录？我们要打申请的话，会很麻烦。周琅秀否认接过这通电话，她说，李毓佳不可能跟吴鸣离婚，因为李毓佳想要吴鸣的遗产。"

于女士一听，当即愤怒道："可以啊！那老太婆也太过分了，我们马上去！做伪证是不是要坐牢啊？能不能让她受点教训？她儿子惹上什么仇人，我看有一半以上都是她的功劳！"

穹苍起身道："麻烦你了。"

几人去移动公司查出被删除的号码，同事送于女士回家，穹苍留着，让移动后台追查一下号码的归属。

果然，号码的所有人并不是周琅秀，而是陆声。两人在当晚有过交流，李毓佳聪明地避开了自己的通信工具。

可惜事情并不尽如她预料的那么简单。

等穹苍回到公安局，她之前吩咐警员对李毓佳的车辆做的时间统计也出来了。

虽然部分街道的监控摄像头还没有被连入智能监控系统，无法对视频进行分析，只有最基础的存储记录功能，但李毓佳出行的时间明确，夜晚街道又很空旷，排查还是比较方便的。

年轻警员看见穹苍，挥了挥手里打印出的文件，招呼道："老大，你回来了？我们正准备把数据送去技术部建模呢。"

穹苍伸出手道："给我就行了。"

警员狐疑地将东西递过去。穹苍低头一扫，见表格上连测速也标注出来了，做得还挺详细。她将上面的数值和地点一一输入地图，脑海中已经完成了计算，在登记到三分之一的时候，她停下了动作。

"这一段到这一段，我要全段路程的监控记录。"穹苍说，"李毓佳在这个区域里做过停留，时间在10分钟到15分钟之间。"

警员歪过脑袋去看，确认后拿出电脑比对上面的监控点，摇头说："没有，李毓佳是从小巷子里穿过去的，有一段路拍不到。不过我们可以去问问附近的商家，看看有什么发现。"

穹苍问："那附近有什么24小时营业的店铺吗？"

同事说："路口有家肯德基，附近还有一家 24 小时营业的便利店。"

穹苍笑道："很好，那就去问问。"

几人没有休息，马不停蹄地赶去目标位置附近的店铺，找店员询问当天晚上有没有见过李毓佳。

由于几家店铺值夜班的店员都不在，警方想要获得口供不大方便，最后他们还是直接找店家拿了监控，干起老本行。

监控看得多了，也就麻木了，众人托腮坐在电脑前面，用一双双酸涩的眼盯着快进后的画面。

这一次的幸运来得如此突然。他们顺利在便利店的监控视频里看见李毓佳走进大门。她从兜里拿出一百块钱，然后从店员的手中接过手机，去往角落打了个电话。

由于她背对着镜头，距离又太远，无法得知她当时的情绪和对话内容。打了个五分钟左右的电话之后，李毓佳回去把手机还给店员，对方也坚持将钱还给了她。

因为李毓佳很赶时间，没推拒两次，她急匆匆地离开了。门口的摄像头拍到她走出门之后，往左边走去，走了十米左右，出了拍摄范围。

众人精神抖擞，乐颠颠跑去隔壁的店铺，找他们要安装在门外的监控记录，聚精会神地盯起新一轮的视频。

穹苍和她率领的 NPC 在因为有所突破而兴奋，直播间的观众就不一样了。他们真实地感到疲惫。

"我以为都快要结束了，没想到工作量还是这么大。搜证真的太难了。"

"当初大佬翻作业的时候，我想这一定是顶天的折磨了。我太天真了，没想到后面还有监控。[微笑]"

"我竟无法分辨出工作和看监控哪个更加可怕。[骷髅头]"

"大佬：爱我，你怕了吗？……超怕的。"

"电视剧里不是靠诈一诈就能诈出来了吗？不如找个谈判专家来试试。"

"然而事实是更多的犯人是不见棺材不掉泪的，甚至见了棺材也不掉泪。就算铁证摆在面前他们也敢哇啦哇啦地喊冤，喊得自己都要信了。能松动的，一般都是有利益相关的人。吴鸣十亿身家啊，反正伤害尸体的刑罚不重，换我我也咬死，等分财产。"

穹苍等人拿着证据回到局里的时候，天色再次黑了下来。

黑夜似乎很适合这样的剧情。它让人不知不觉地感到疲惫，进而放下心防，可是真正的剧情才刚刚开始。

贺决云耷拉着眼皮，坐在冷硬的凳子上，等待对面的人开口说话。

"好久不见，李毓佳。"穹苍坐姿慵懒，和善地笑着，想跟对方拉近关系，"我听说你的朋友都叫你佳佳，介意我也这么叫你吗？"

贺决云自以为他的表情控制已经在多年的游戏中训练得炉火纯青，没想到在面对穹苍的时候，还是屡屡失控。他无情地道："介意。你敢叫，我就投诉你性骚扰。"

穹苍笑容一僵。这么入戏的吗？

第十七章

入戏

问题来了,这应该算是影帝还是影后?

穹苍调整好表情,说:"陆声已经动摇了。如果你现在坦白的话,还可以算你自首,怎么样?"

贺决云哂笑道:"我不知道你在说什么。"

穹苍单手搭在椅子上,斜斜地坐着,语气里也透着一股轻松:"我跟他说:'你长得不帅,没有钱,年纪不轻了,收入又不稳定。李毓佳图你什么呢?最多也就是图个简单好利用吧,随便一句话连下半生也给她搭上了,天真。'"

"嗯?"穹苍顿了顿,笑说,"你说对吧?"

贺决云回敬了她一个冷笑,继而保持沉默,跟陆声的架势一样。

穹苍说:"你用什么来让他听话的?钱?反正他的犯罪事实已经定下了,就算供出你,他也一样要坐牢。而你只要稍稍分出一点点财产安抚他,就是陆声一辈子也赚不到的。这实在很有诱惑力。"

贺决云的眼神没有焦点,像是在发呆,完全不理会她的话。

穹苍看了会儿,将视线从他脸上移开,继续说:"你在跟吴鸣的七年婚姻里,过得很狼狈,忍不住想要寻求其他人的慰藉。陆声虽然经济条件不行,但是他单纯。对他来说,你有钱有势,地位比他高上一等。这样的你愿意温柔地、平等地对待他，让他产生了感激，在相处中不知不觉地爱上了你。然后他成了你手上一个好利用又不会背叛你的人。但是你真的喜欢他吗？我觉得不是。经历了和吴鸣的婚姻之后，你还能那么轻易地爱上另外一个男人吗？"

贺决云吸了口气，生硬地扯出一个笑容道："你们叫我来，如果只是为了进行这种无端的指控，不如给大家都省点时间吧。刑侦技术年年进步，破案手段却还是这么老套，你们不能与时俱进一下吗？"

穹苍说："我还是希望，你能在我拿出证据之前自首。"

贺决云摇头："你真的很没意思。"

"那就让我说点有意思的事情吧。"穹苍两手环胸，向后一靠，说，"吴鸣的尸检报告出来了。你猜，他是怎么死的。"

贺决云终于给了点反应，眼神变得认真起来，有意无意地将脸转向了她。

"你也很好奇吧，吴鸣居然不是因为你的推搡而死的。命运好像很喜欢跟你开玩笑，这一次，它总算是偏向你了，可惜，你没有把握住。"穹苍一字一句道，"吴鸣，是间接被周琅秀毒死的。"

饶是贺决云也露出了惊讶的神情，他下意识地问了一句："你说什么？"

穹苍点头，又肯定地说了一遍："周琅秀为吴鸣准备的药酒，因为剂量过重，且部分药物炮制不当，含有多种毒素。吴鸣在长期饮用之后，出现了慢性中毒的症状。当天晚上，你离开之后，他因意外死亡。但本质来说，那个意外跟他长期中毒有很大关系。"

贺决云听完后陷入沉默。他深深埋着头，没有反应，似在消化这件事情，不久后肩膀耸动，胸腔闷闷发笑。

穹苍一动不动地看着他。

最后，贺决云终于笑出声来，并且越笑越大声，抬起头之后，在眼角挤出了几滴眼泪。

这是李毓佳原型在得知事实之后的真实反应。她切实地感受到了一种畅快，畅快里又夹杂着对自己人生的哀叹。她发现自己的生活完全就是一场闹剧，只有"莫名其妙"四个字可以形容。

"活该……"贺决云笑着哭道，"谢谢你，这是我听到过的最好的消息。周琅秀她也有今天？她现在在做什么？我能去看看她吗？"

穹苍说："应该是在自欺欺人吧。"

贺决云继续大笑，笑得说不出话来，原本苍白的脸庞染上了一丝红色。

穹苍静静看着他，说："那么，我们再说说你的事吧。"她翻开面前的文件夹，从里面抽了几张照片，一字排开。

"28号晚上，你从家里开车出来，在去于女士家的路上，你突然想到，如果你不幸被判了故意杀人，你将无法继承吴鸣的遗产。你和吴鸣关系淡薄，乃至对他充满仇恨。两人前不久刚刚发生过剧烈的争吵，周琅秀又对你意见很大，从表面来看，你有很大的杀人动机，于是，在以为自己意外杀人后恐慌之下，你冒出了一个偏激的想法。

"对重病加身的你来说，钱也许不是最重要的，但你无法忍受让周琅秀独自享受巨额的财产。所以你决定伪装现场，洗清自己的嫌疑，起码，这样可以给自己争取到转移财产的机会。"

穹苍的手指按着照片上说话的两人。"你进入便利店，借用店员的手机打了个电话。经查，号码归属为陆声。"她的手指往左侧移动，"从便利店出来之后，你把别墅的钥匙偷偷放在这个小花坛的底部。一家器材店的监控摄像头清楚地拍到了这一幕。半个小时后，住在附近的陆声赶了过来，从花坛里拿走钥匙。"

贺决云垂眸，目光落在那张昏暗的照片上，眼中还有朦胧的水雾，没有出声否认。

穹苍继续道："到于女士家后，你找了个借口，又用她的手机给陆声打了个电话。在这通电话里，你通过陆声的描述得知，自己离开家时吴鸣其实还没死。你很震惊，难以相信这世上竟然有这样的巧合。然而那时候陆声已经破坏了尸体，你们没有收手的余地，于是你干脆让他按照原计划行动，并且留下了家中的监控，作为自己的不在场证明。

"三个小时后，陆声再次出现在这个花坛前面，并将钥匙放了回去。第二天早上六点，你开车路过，拿回钥匙，赶往别墅。整个过程，你说没有你对陆声的指使，恐怕不会有人相信吧。"

贺决云笑了下。

穹苍撑着自己的下巴，说："他现在已经死了，你可以解脱了。"

贺决云闭着眼睛不语，穹苍坐在他的对面等他。

过了不知多久，贺决云平静地开口道："结婚以前，吴鸣对我很好的，甚至可以说是殷勤。他家里很穷，特别穷。我们学校学费已经很便宜了，但是他家花销大啊，他一直在不停地打工，还因为营养不良差点住院。可是，每次他发了工资，都会给我买礼物。我以为他喜欢我，喜欢到卑微，命都不要了，后来我才知道，这是商人对商品的投资。对他来说，我只是一个不错的踏板，是他野心版图里很小很小的一块。"

他说得很慢。

在吴鸣功成名就之后，就没有人会听李毓佳的诉苦了。吴鸣在外保持着好好先生的口碑，打造着爱妻的人设。所有人都认为李毓佳是一个豪门贵妇，生活无忧无虑。哪怕还有烦恼，也只不过是一些调剂生活的情调罢了。

李毓佳在日复一日的冷暴力中，趋近崩溃，梦里都在嘶吼着这个人的罪行。

贺决云冷笑道："他早就知道自己不能生。他当年捅伤别人，留下了心理阴影，之后又因为生活压力大，生了病，彻底不行了。他不肯去医院，只能我去。起初我真的以为是我的问题，他看着我不停地受苦，憔悴、失眠、发烧，却不管不问。对外还说，是我不想生孩子，他要尊重我的想法。我见鬼了才会信他。他成了一个废物，就来折磨我？"

持刀抢劫的罪很重，尤其吴鸣还把人给刺伤了。如果他当年进去了，可能现在还在牢里改造着。

不知道在每个寂寞的夜晚，吴鸣不期然地回首往事时，有没有过后悔的念头。

穹苍问："你没有想过要离婚吗？"

贺决云说："我不甘心，也不舍得。我没他那么狠的心肠，我总是会想他曾经对我的好，以为他可以回心转意。事实是，到了后来，他甚至能面不改色地用花瓶砸破我的头，然后若无其事地离开。呵呵，我不想那么多年的感情白费，结果越赔越多，一无所有。我不是一个好商人，在他眼里，我只是一茬韭菜。"

"人心是最不能用来做筹码的东西。就算在一起十年、二十年，一旦没有感情了，堆积起来的就可能不是亲情，而是憎恶。"穹苍说，"所以，我是一个悲观主义的投资者。"

贺决云沉浸于自己的人设，继续说："吴鸣这个人，很虚伪。他做那么多的慈善，只是为了掩饰内心的不安。媒体和网友的夸赞，能让他忘掉当初的自己。他能逃避一时的刑罚，却一辈子也逃避不了自己的良心。可是，他对我那么残忍，他的内心就不会不安吗？他能认识到当年抢劫的错误，在他眼里，我却是活该受苦的人？他对我，有没有一点感情？"

穹苍在心里回了一句。

"没有。"贺决云自己回答，他惨淡地笑了一下，"最终，我还是变得像吴鸣一样，去利用别人。你觉得，我这样的人可悲吗？"

穹苍深深看着他，想给他鼓掌，正感慨于Q哥对角色的解读真是鞭辟入里、精妙到位，贺决云表情一变，急切地澄清了一句："这些不是我自行发挥的，这些都是原版供词。"

穹苍："……""营业时间"真的不续费延长一下吗？

贺决云那边快速切换回状态，叹说："就这样吧，我认了。你们把我抓了吧，起码我下半辈子不用做一个像吴鸣那样的可怜虫。"

穹苍："……"问题来了，这应该算是影帝还是影后？

穹苍带着贺决云从审讯室出去，正好陆声也被押着从对面的房间出来。数人在狭窄的走道上相逢。

陆声仪表邋遢，看到他们后喉结一阵滚动，忍不住问道："我能不能问你们一个问题？"

穹苍用余光瞥向贺决云。

她心说，应该没爱过。Q哥可是一个绝情的酷boy（男孩）。

"你们怎么抓到我的？"陆声哽咽道，"我就是打游戏，我什么也没干。我载入游戏后一直在打游戏啊，能干点什么也不知道。剧情快进后拿到完整剧本我才知道,我命中注定少了一通电话。我一直……在等你的电话,这位美女,请问怎么称呼?"

破案了。原来是你!

贺决云冷冰冰道:"大哥。"

陆声虎躯一震:"欸!"

穹苍同情道:"他的意思是,他是你大哥。"

陆声:"……"

陆声将嘴里的苦涩咽下,坚强地说完自己的台词:"没关系,我不后悔,一切都是我自愿的。佳佳,我希望你能好好地活着,保护自己。"

穹苍评价:半毛钱演技,不能再多了。

在陆声话音落下的同时,游戏通关的字样,正式从半空飘过。

贺决云松了口气,不等倒计时结束,直接登出副本。

穹苍看着身边突然空掉的位置,抬手抓了一下,然后也随着系统提示,弹出模拟舱。

直播间的观众纷纷跳出来道喜。

"通关旋转撒花花!这算不算全员恶人本啊?除了龙套,竟没有一个无辜的人。"

"有一个,陪跑全场但只有姓名的范淮。[震惊]"

"倒也不必因为片面否认全盘,其实都不是什么大奸大恶之徒,只能说人性总有卑劣,而他们比较不幸罢了。"

"撒花花!可惜这边的'谋杀之夜'副本没开启,大佬没拿到百万悬赏。隔壁好几个踩狗屎运的都撞开了。不过大佬这边的凶案还原度是目前最高的。"

"这个副本告诉我们,逃避责任,男人真的会不行。[炯炯有神]"

"我本来内心很严肃的,奈何最后出了两个活宝。[捂脸]还是撒花吧。"

穹苍从模拟舱里出来,手脚无力,多段记忆同时恢复,对她产生了一定的冲击。她在一旁的椅子上静坐,以缓解大脑的疲惫。

器械室里异常安静,只有各种发动机运作的声音。工作人员收到她下机的提示,又等不到她出来,小心地在外头敲门,询问她有没有身体不适。

穹苍敷衍地回应一句,将手揣进口袋。指尖被硬物磕碰了下,她低下头,摸出一张三天的游戏卡。

穹苍想起三天大楼里的那间豪华休息室,不由得扯起唇角笑了出来,拿出手机,给最近通话的号码发消息。

穹苍:副本结束了,我请你吃顿饭吧。

正在核对后台数据的贺决云受宠若惊,甚至有点不大敢相信,生怕是自己会错了意自作多情。他停下手头的工作,给对方回复。

贺决云:去哪里吃?

穹苍:休息室。里面的服务高级且齐全。专门的服务会所也比不上。

贺决云:"……"谢谢你啊。但是这跟我付钱有什么区别?

贺决云:接着编,你还去过专门的服务会所?

穹苍:哎呀。

穹苍的这个回复透露着她的震惊,大概没想到凡人居然这么快就变聪明了。

穹苍:来不来啊?

贺决云:来。

贺决云回答完,觉得自己不能表现得太过迫切,将手头的总结报告写完上传之后,才不紧不慢地走过去。等他到的时候,穹苍已经坐那儿吃上了,也是一点不客气。

她面前摆着好几个大碗,手里的凉面还在散发着冷气。

贺决云一看就乐了。可以,还挺会享受。

贺决云在她对面坐下,指节在桌上轻叩以做提示。穹苍闻声抬起头,客气地说:"你自便,当在自己家就行,我就不招呼了。"

贺决云:"……"这难道不是他家的吗?

穹苍热情推荐道:"这冷面和卤牛肉挺好的。那边的叔叔还给我剥了一整只螃蟹,我觉得也好吃。"

贺决云扫了眼已经被清空的小碟子,心情复杂道:"这边可没有剥蟹的服务,我都没被招待过,你排面大了。"

"是吗?"穹苍也很高兴。她笑起来之后,身上那种清冷的气质悄然退去。她欣然道:"这里的人太好了,还帮我调了酱。"

想叫她高兴原来是一件这么简单的事情。贺决云也笑了出来,说:"你没调过酱吗?酱当然是自己调的才有灵魂。"

穹苍无比清醒道:"我不希望赋予它黑暗料理的灵魂。"

两人对坐着吃饭的时候,休息室里的人渐渐多了起来,大部分都是参加完《凶案解析》的玩家。

这一次应悬赏召集的玩家人数非常可观,其中不乏各路明星选手。贺决云认出了好些眼熟的人坐在角落里补妆。

能参加《凶案解析》的,未必都是天才,三天考核的更多的是玩家的心理素质,所以一些有镜头经验的网络红人反而容易通过测试。他们虽然破不了案,但用搞笑反差的直播方式,依旧杀出了一条血路。

在两人不远处,一小批人聚在一起,看关系明显是认识的同好。他们激动地讨论着相关的话题,原先还会压着嗓子,到后面说得激动了,不自觉提高了嗓门。

"刚刚出副本的时候我看了下,隔壁有个直播间的热度很高,是个女玩家,好像还是一个新人。没有公司和团队,居然冲上了打赏榜。很久没看见那样的玩家了。"

"我也看见了,我当时追了她第一个副本。我猜她的年纪应该在五十岁以上,经验老到,性格很沉稳,普通的年轻人没那种运筹帷幄的感觉,说不定是一个退休的专业人士。"

"这次副本不是不对新人开放吗?"

"普通新人跟内部专业人士能一样吗?应该是走的内部推荐渠道吧。"

"什么时候《凶案解析》能再出一个像达达那样的高智商美女啊?三天对这个游戏的资格测试卡得太严了,让圈里再掀起一场风浪吧!"

"说不定那个新人也在这里,大家说话小声点。"

"对啊。你们猜是哪个？"

贺决云一面竖着耳朵听，一面打量自己对面这位退休的"专业人士"，觉得有点好笑。

这群人缩着脖子，隐蔽地在人群中搜索"新人"，可惜没有找到合适目标。他们完全没猜到穹苍身上，只以为她是玩家家属或者三天的工作人员。

一无所获后，几人又开始讨论副本的剧情。

"×，你们不知道，我扮演的是陆声，我真的太惨了。我的工作不是游戏主播吗？我以为线索全在游戏好友里，就不停地带着观众打游戏刷副本，熬夜套娃做主播。结果到最后才发现，我演的其实是一个舔狗！我还为了刷本，连续两次挂了李毓佳的电话！"

"比我好，我演一个出轨的女人。我把陆声找出来了，我以为他是凶手，把他叫到了家里，和吴鸣摊牌。结果吴鸣怒了，暴打情夫，剧情崩了，我就被弹出来了。"

几人长吁短叹地说着令人喷饭的细节。贺决云一个没留意，一口面呛到了自己，憋着咳嗽憋出两汪泪花来。

"得了吧，你们这只能叫意外，和我同副本的那个玩家才是脑子有坑，拽着我跟我打架，非说自己才是对的，让我听他的话。啊，我呸！团队副本凭什么要我听他的话啊？他分明是在蹭热度赚钱啊，我能给他递梯子吗？于是我们两个开场打了一架，双双进了医院，在里面待了两天，等出院的时候顺便被弹出游戏了。"

"我抽到了吴鸣你们知道吗？为了观众，我穿了女装和高跟鞋，然后去找李毓佳摊牌，李毓佳被我吓蒙了，就这，就这也能崩剧情，你们信吗？"

几人讨论着也发现了不对劲。

"怎么都崩了啊？就没一个过关的吗？"

"这游戏也没个存档功能，每次都崩得我猝不及防。重来一次我肯定可以。"

"所以主要还是得看队友啊。就隔壁那个新人的直播间，陆声那个玩家也是个混子,什么都没干,新人靠本事探索出 80% 的剧情,跳过了'谋杀之夜',最后副本探索度居然是完美。我看着都要哭了好吧!"

"我看那个副本的李毓佳也是个混子,不过演技挺好的,就还有点用。"

贺决云没想到吃个瓜还能殃及自己,表情阴沉,目光冷飕飕地扫向说话那人。

记住他了。下次副本安排成路人甲。

贺决云还在分神偷听,穹苍已经吃完了。她将筷子平放,大碗一推,两手搭在桌上看他。

贺决云后知后觉地察觉,被她这样盯着饭也吃不进去,挪动着往边上滑了半个人的位置。

穹苍立即跟了过去。

贺决云不得不承认这人是在针对他。

"干什么呢?"贺决云说,"你吃完了,不用等我。"

穹苍道:"大家都是朋友了,有件事希望你帮个忙。"

贺决云说:"你先说。"

穹苍说:"我想见李毓佳。"

贺决云第一反应是她在挑逗自己,故意提他角色的事,筷子都举到半空了,准备拍下,突然想到,她可能指的是李毓佳的原型人物。

这下动作卡在半空,不尴不尬。

"你见她干什么?"贺决云调整了下,淡定收回手臂,说,"不行,这不合规矩。"

穹苍浅浅地笑了下,并不纠缠:"那好吧。打扰了。"

她放弃得如此干脆,贺决云反而不自在了。

就这?这女人不知道什么叫求人吗?还是她以为用一点时间陪自己吃个饭就是难得的诚意了?

可能还真是。

贺决云别扭道:"如果你可以给出足以说服我的理由,我能试着帮你转告她的律师。"

穹苍的手指抠着身份卡的边角，片刻后说："今天已经很晚了。"

外面的天已经黑了。

贺决云问："你要讲很长的话吗？"

"没有，没什么很长的故事。"穹苍说，"只是今天太累了。"

贺决云说："那就明天？"

穹苍说："明天再看吧。我先回去了。"

贺决云道："我送你。你不会开车吧？"

穹苍笑道："不用了，方起说来接我，他也住在A大附近，我们顺路。"

贺决云想了好久方起那厮是谁，等穹苍的身影不见了，才回忆起来，是那个负责测评的心理医生。

这段时间恰好是许多玩家结束游戏的高峰期，休息室里的人越来越多，环境也嘈杂起来。

贺决云低着头，突然觉得面前的冷面变得寡淡起来。

兴致索然。他起身离座，让服务生过来端走餐盘。

贺决云本来以为，穹苍说的那几句话其实是推托，没想到第二天早上，穹苍给他发了一个地址，约他到地方见面。

当车辆行驶到指定地点的时候，贺决云不意外地看见了捧着两束花，安静站在路边的穹苍。

她今天穿了一身黑色的衣服，整个人显得更加形销骨立了，没什么气色。不远处石碑上刻着的金色字体，更是让他的眼睛被刺了一下。

贺决云说："墓园？"

他记得穹苍的母亲很早就死了，资料上显示也没什么亲朋好友。

穹苍说："过来吧。"

第十八章

江 凌

"对不幸的人来说,命运是一个迷宫。"

夏末的早晨是沁凉的,尤其在墓园这种太阳还没照到的地方。山间吹来的风,带着一种特别的沉闷味道。

贺决云一路跟随穹苍,同她来到了靠近中间的一个位置,他看着穹苍蹲下身,将手里的花束分别摆在相邻的两个墓碑前。

灰色的石板与白色的菊花,人死之后的存在会变得如此简单。

贺决云想起穹苍以前说过的,她因为买了两个坟地而濒临破产,应该就是这里了。只是他不明白这跟李毓佳之间会有什么关系。

他弯下腰,凑近墓碑查看上面的刻字,等看清上面的字,他怔住了。

"她们是……"

穹苍点了点头,说:"一年前,她很高兴地告诉我,她的儿子快要出狱了。但是呢,已经等了十年,她很紧张,她不知道应该要怎样面对,不知道用什么样的态度,才能保护好她的儿子,既不会让他对疏离的亲情感到不适,又能劝他尽快接受新的生活。我说:'我没有主攻过心理学,我不知道。但是,他应该能理解你对他的包容。'"

贺决云听她说话就知道,穹苍与这位叫"江凌"的女士,关系不一般。

她提到这个人的时候语气会有波动,看着这个冰冷的墓碑时眼神会有哀伤。

谢奇梦觉得她是一个不近人情、缺乏同理心的人，显然不是。

贺决云思绪飘远，就听穹苍说："在她儿子入狱的十年时间里，她一直没有放弃申诉。她始终认为她儿子是冤枉的，因为范淮是这样对她说的。作为一个母亲，她只能依靠对儿子的信任坚持下去。但是，直到范淮出狱，他们都没有找到可以翻盘的证据。"

穹苍的手指在照片上拂了一下，将上面的灰尘擦去。

照片上的女人五官明丽，笑容明亮，是她年轻时拍的证件照。因为在范淮入狱之后，她就没有再拍过漂亮的照片了。

穹苍站了起来，退了一步。"既然范淮已经要出狱了，她希望一切都可以过去，哪怕没有所谓的真相也没关系。那么久的奔走，让她明白，不停地执着于一件没有结果的事，可能会将下半生也蹉跎过去。范淮还年轻，他才26岁。十年的时间也很漫长，让许多人都忘记了当年的事情。她觉得，也许一切可以重新开始。"

疲惫是会让人妥协的。令人绝望的是，终于选择了妥协的人，到最后发现，等待她的依旧是那个结局。

贺决云叹道："对不幸的人来说，命运是一个迷宫。"

不知道什么时候就会忽然转弯。你以为，你在朝着未来的捷径行驶。可你不知道，那也许只是猎人设下的一个陷阱。即便你提心吊胆地面对每一个拐角，出口也在与你相背的地方。

"我从来不认为，所谓的重新开始是一种乐观的想法。本质不过是一厢情愿的逃避而已。"穹苍冷笑了下，说，"可是在这个世界上啊，懦弱不是错误。对江凌来说，那是她最好的结果，我能理解。可对某些人来说，一切才刚刚开始。将近沸腾的水，又怎么能依照江凌的意愿，平静下来呢？"

贺决云看着她被晨光照着的背影，问道："你觉得，范淮是一个什么样的人？"

穹苍想了想，仰起头评价道："范淮，是一个偏科的天才。他上学时的成绩一直普普通通，那是因为学校没有适合他的课程，而他本身也不喜欢校园的学习氛围，没有求学的上进心，整天浑浑噩噩。他属于班级里那种活跃气氛，喜欢起哄，可是不令人讨厌的学生。每个人身边都有。但是其实他的空间思维能力十分出色，远超常人，这也是他后来可以在毫无规划的情况下，避开所有监控，逃出警方严密包围的原因。"

穹苍说："我跟他其实并没有直接的接触，你问我他是一个什么样的人，除了学术上的评价以外，我无法给你客观的答案。因为我对他所有的了解，都来自江凌。而江凌对他的评价，想必你不会采纳。"

贺决云问："你当初，为什么会收他做学生？"

穹苍说："范淮在某本科学杂志上看见了我的信息，对我很好奇，抱着试探的态度给我写了信，我没有收到。后来他又请求他母亲帮他递信。"

穹苍说着声音停了下来。她想起第一次看见江凌时的场景。

那时候她早就已经开始独立生活了，只是因为没有大人的教导，日子过得比较糟糕。她在那种粗糙又糟糕的环境里学习、成长，摒弃了所有她认为多余的东西，成为一个大众眼中的怪人——性格阴鸷，态度冰冷，不修边幅，邋遢阴暗。

很少有人会靠近她，也很少有人关心她。社交礼仪上的客套，是她能获得的最大友善。

她从无数人的表情里看出过畏惧和厌恶的存在，她同样也不喜欢他们。

那时候，江凌手里拿着一份信件，谦卑地站在她的门口。隔一段时间，就抬手敲一次门。

宿舍楼的楼梯间窗户大开，到了夜里，温度骤降。

穹苍并不是基于对江凌的同理心，而是因为持续被打扰的不悦，过去打开了门。

见到她，江凌那张明明年轻却已经爬满了皱纹的脸，先是露出惊喜，将面上的疲惫驱散，然后是惊讶，冲着穹苍上上下下打量许久。显然她也不知道，她儿子所谓的"A大老师"，只是一个看起来比她儿子的个子还小很多，明显营养不良的女生。

穹苍等了会儿，见她不说话，冷漠地要将门关上。江凌仓促之中，将手卡了进来。

门板重重挤压手指，江凌发出一声痛呼，却也成功阻止了穹苍的拒绝。

穹苍冷眼看着她，想要探寻出她真正的目的。

"没什么，不要怕。我就是发了下呆，手是我自己夹到的。"江凌因疼痛而不停抽气，将信件塞进怀里，腾出一只手按着发肿的指节，朝穹苍露出一个友善的笑容，她问："你家里没有大人吗？"

穹苍歪过头。第一次从一个陌生人身上看到这种包含尴尬、讨好、亲切的难以具体描述的表情。她从这个女人的身上感受到了不同于他人的真诚。

她的感觉从来不会错。

也正是因此，她没有把这个女人赶出去。

"我帮你整理一下房间吧。"江凌说，"你是不是没扔厨房的垃圾？我好像闻到了味道。"

穹苍默不作声，稍稍让开一点位置。

江凌走进屋，发现情况比她想象的还要严重一点。她揣着手，脚尖不慎踢到了地上成堆的外卖盒，而前方的情况比门口更加糟糕。她转过头看着穹苍。

穹苍问："干什么？"

江凌打量着她，伸手扯了扯她脖子边的T恤领口，笑道："我先去给你买两件衣服吧。你喜欢什么样的衣服？"

穹苍嘴唇翕动，不大习惯地挑起眉毛。她从江凌的脸上读出了高兴的情绪，让她以为是自己的错觉。

"都一样。"穹苍当时说，"随便吧。"

贺决云沉闷的声音打断了她的思绪，他问道："你是那个时候认识他母亲的？"

"是的。"穹苍翘起唇角，"她对我很好。她的女儿上了大学，还没毕业就跟人结婚，和她关系疏远，儿子身陷囹圄，没有办法陪伴她。她很孤独，很想被需要。她是一个温柔的人。可惜她的人生经历，让所有认识她的人都拒绝接受她的温柔。正好我看起来缺人照顾，于是她将自己的母爱转赠给了我。"

穹苍就是看在江凌的面子上才会收范淮做自己的学生，并认真给他指导的。

起先，她对那个见不到面的学生并没有任何特殊的感觉，只是觉得，这样的行为可以算作给江凌的"保姆费"。她不喜欢亏欠别人。

可是，江凌同样教了她很多。

这个中年女人总是絮絮叨叨的，有说不完的话，在任何小事上展露着自己的关爱。

江凌潜移默化地影响着穹苍，在不知不觉中构成了她单调人生里转折性的一笔，甚至让她有种是一家人的错觉。

穹苍在江凌的影响下，开始变得体面，变得礼貌。

她知道衣服需要常洗常换，知道T恤叠穿T恤不是一种正确的穿法，知道生活需要品质，保持卫生是一种良好习惯，知道乐观是一种态度，幽默是一种优点，甚至还在江凌的推荐下，研读了《中外冷笑话大全》——虽然并没有派上用场。

穹苍的声音细碎地飘在风里，一字一句却很清晰。

"她小心翼翼地想要寻求一种平衡，想要在这个脆弱暴躁的世界里安然地生活下去。

"但是，四个多月前，她女儿死了，他儿子再次成为一个凶残的凶杀犯。所有的证据都证明，他就是一个穷凶极恶、不可被原谅的人。所以她也自杀了。"

一个失去信仰的人，带着难以释怀的伤痛，离开了这个世界。

贺决云看了眼墓碑上记录的日期，是鲜红的4月3号。也就是范淮被警方全城搜捕的那一天。

"她临终时给我打了一个电话，对我说：'对不起，也许我不应该让你教导我的儿子。'"穹苍笑容里带上了苍白，"我觉得她的道歉莫名其妙。我根本不可能因为将来发生的事情，对过去做出评判。而且人类也不应该单一地从结果来对过程进行评价。我不认为，我所教授的知识，使范淮走上歧路，更不会因此而觉得后悔。如果我当时能分心多鼓励她一句，也许她还能坚持下去。"

贺决云看着穹苍没有血色的嘴唇，以及似乎要被风吹倒的瘦削身形，心底莫名生出一股难言的涩意。

翻过山顶扫射过来的阳光，在她身上披了一层半透明的金衣。

贺决云第一次那么强烈地感觉到，这个人，和普通人是一样的。

她并不冷静，也不冷漠，她只是习惯性地用沉默来面对这个世界。

她不将自己的喜怒哀乐展示给别人看，不代表她无动于衷。

一个浮萍似的年轻人和一个找不到家的母亲。贺决云甚至能想象到她们两个人笨拙地互相扶持，互相寻求安慰的样子。

她们在各自的生活中扮演了比她们想象的还要重要的角色。

贺决云听着自己声音干哑地说："你相信范淮是无辜的吗？"

贺决云的这个问题让穹苍好生恍惚了一下。

穹苍想起来，那个时候江凌偶尔会跟她说范淮的案子。

江凌总是缺少沟通对象，她的女儿不想长久地活在自欺欺人的世界里，她就尽量不在女儿的面前提起。可是对着社会上的陌生人，她也不能告诉别人，说自己已经被法院判决的儿子其实是无辜的，她觉得那样对死者太不尊重了。

只有在面对早熟又沉默的穹苍时，她内心难以压抑的倾诉欲才渐渐冒头。

她其实并不是想要得到穹苍的认同，她只需要穹苍的沉默。

穹苍因为好奇，去查了当年的相关资料，并在江凌再次提起的时候，对她说："我查过范淮的案件。当年的人证和物证都很齐全，证人互相之间没有关系，跟范淮毫无恩怨，案件证据充分，逻辑清晰，是冤案的可能性很低。"

江凌像是被吓住了。她脸色猛地白了下去，似乎生怕穹苍说出下一句，支支吾吾道："是……是吗？他……他……可能吧。"

穹苍看见江凌这么大的反应也很惊讶。穹苍很快想到，类似的话可能有无数的人曾对江凌说过，且后面紧跟着的措辞一定不会那么好听。于是穹苍又补充了一句："除非真正的凶手有很大的能量。"

大概是穹苍不善说谎，说话的样子太违心，江凌没有相信，并因为这句话陷入了巨大的惶恐。

　　江凌真的很善良,她接受了社会道德对罪犯家属的精神惩罚,接受那是一种犯罪成本。

　　等过了很久,江凌再也没有提过这件事,穹苍才知道,自己当时的一句无心之语,可能伤害到了她。

　　穹苍手指微动,被她握成拳按在手心。"我从不以好坏这种虚无缥缈的标准去判定别人。我只相信证据跟事实。如果江凌对所谓的真相如此耿耿于怀的话,我也挺感兴趣。"

　　贺决云深深看了她一眼,然后说:"周三有空吗?"

　　穹苍低下下巴,朝他致谢。

　　贺决云还是有一个想不通的问题。他抬手按了按鼻根,掩饰自己眼眶的酸涩,问道:"你为什么会找我帮忙?"他们两个其实并不算熟悉吧?

　　穹苍真诚道:"因为你是一个好人。"

　　如果只有这一句也就罢了,她非得加上一句:"比较好骗。"

　　贺决云顿时犹如患了心梗。

　　"好人"就是被他们这群人弄成贬义词的。

　　穹苍却在他对面单纯地笑了一下。

　　贺决云将穹苍送到大楼门口,穹苍没有马上从车里出去,而是邀他上去坐坐。

　　贺决云在她脸上辨识了片刻,觉得她应该只是客套,就说:"不必了吧?"

　　谁知穹苍很快应道:"好的。"

　　贺决云脸色一沉。这么直白的吗?不知道三推三让才能显示出诚意吗?

　　紧跟着穹苍又说:"那我请你吃个饭吧?"

　　贺决云对穹苍的请客简直有了心理阴影,这回肯定地说:"这不必了。不劳你破费。"

　　穹苍闻言笑了下,说:"我付钱,真的。"

　　贺决云表情舒缓了点。

穹苍低下头，在兜里掏东西，并说："刚好，我有附近那家店的商品抵用券，再不去要过期了。"

贺决云面容麻木。还好他没来得及完成从大惊到大喜的情绪转变。他就不应该相信这样的人。

谁想到穹苍最后摸出的是一张银行卡，她两指夹着，在半空晃了下，笑道："骗你的。三天第一场直播的打赏到账了，我连付清房子尾款的钱都有了，请你吃顿饭算是感谢吧。"

连番被她整了几次，贺决云再蠢也明白了："你是故意在耍我吧？"

穹苍一脸无辜："发现得这么快呀？"果然智商提高了啊。

贺决云呼吸沉重地指责："你有没有一点良心！"

穹苍摆正态度，认识错误："真心请你吃饭的。"

贺决云恼羞成怒，直接伸长手臂，越到她的位置帮她开了门。他由于太过激动，忘了解自己的安全带，身形在半空被扯了下，差点撞到穹苍身上。好在他的手指已经碰到了开门的位置，他以扭曲的姿势强行别过脸，快速按了下去。

热浪从门缝里吹进来，也驱散了他的尴尬。贺决云掩饰地轰赶道："我懒得理你！下车下车！"

穹苍假惺惺地叹了口气，推开车门走下去。她本以为自己要吃一嘴汽车尾气的，站在边上已经做好准备，不想贺决云竟没有在第一时间启动汽车，还停在原地。

黑色的贴膜让穹苍看不清里面的场景，两人一个车里一个车外，静静对峙了足有一分钟。

穹苍不知道贺决云有没有在透过车窗悄悄观察她，但她知道这个好人此时过的每一秒肯定都不自在。她笑了一下，抬步往大门走去。

等她开了楼下的防盗门，贺决云的车才掉转方向缓缓离开。

穹苍两手插兜，没有选择坐电梯，而是踩着楼梯有节奏地上去。走到门口的时候，穹苍听了下，她已经听见了里面的动静。

穹苍低头摸出钥匙，开门后发现里头果然坐了个人。对方看起来还很年轻。跷着个腿正窝在沙发里打游戏。手机音效开得老大，各种技能的声音从扬声器里传出,还有女角色被攻击时的娇声呻吟。

穹苍问:"你怎么在这里?"

"你逃了我两次预约,我来看看你出事了没有。你知道我一秒钟值多少钱吗你就跑单?"方起头也不抬道,"你别忘了,想继续参加《凶案解析》的话,还得靠我给你写精神测试报告,不要那么快就打过河拆桥的主意啊。"

穹苍没理会他的不正经,在沙发的另外一端坐下。她思绪飘远,目光涣散,用手指挂着钥匙圈,不停地甩动。

金属撞击声的存在感胜过了游戏的音效。

方起输了一把,大叫道:"不要甩了,吵死了吵死了!"

穹苍停下动作,看着他认真说:"我怀疑你有躁郁症。"

方起说:"你要我给你科普一下躁郁症吗?"

穹苍说:"算了。"

穹苍起身过去烧水削水果,好歹算是招待一下这位不请自来的客人。等她端着果盘回来的时候,方起正在游戏里疯狂暴躁:"是谁?敢偷老子的家!这人是傻子吗?游戏都不会玩还打什么游戏!"

穹苍站在离他一米远的位置,嫌弃地注视着她。

方起迟缓地察觉到自己的失态,抬头看了她一眼,羞愧道:"不好意思,共情了。我们这行的通病。"

臭不要脸。

贺决云比他可爱多了。

方起切出游戏界面,点开一首节奏轻缓的轻音乐,把手机放到旁边,然后拿起牙签吃桌上的水果,一点也不客气。

穹苍坐在一旁查看电脑上的资料。

正当房间里氛围变得松弛的时候,方起突然问道:"身为你的心理咨询师,为什么我不知道,你有创伤后应激障碍?"

穹苍说:"我没有。"

方起说:"你说你怕黑,而且不是普通的怕黑。从症状来看确实不是。"

穹苍长长的睫毛扇动了一下,说:"我骗贺决云的。"

方起说:"我看你是骗我的吧?"

穹苍敷衍道:"怎么会呢?"

方起皱眉,表情严肃道:"你不配合我的话,我只能去咨询我的老师了。你既然邀请我为你做心理测试,我就要对我的专业负责。"

穹苍点头:"嗯,你去吧。"

方起站起来,坐到她边上的座位,说:"我是不明白,你为什么那么讨厌我的老师。你是我见过的第一个不喜欢他的人。怎么说你们也有八竿子打得到的亲戚关系吧?"

穹苍平静道:"没有人会喜欢跟一个永远在工作状态的心理医生待在一起。"

"那现在我们确实是工作状态,你不应该抗拒我。应激障碍是能治疗的,我想帮助你。"方起顿了一下,问,"范淮找你了吗?他有没有向你传递什么信息?很多时候,人类的大脑,比你以为的更加容易受到影响。你一个人不能解决所有事,我希望你能相信我。"

穹苍说:"没有。"

方起狠狠咬字道:"你在说谎。"

穹苍终于移开视线,在他脸上扫了一遍,说:"你才是在说谎。"

方起:"……"

他撸了把头发:"你是火眼金睛吗?"

穹苍谦虚道:"就还行吧。"

方起和她胡扯了一阵,发现自己确实无法从这个人的嘴里套出什么她不想回答的事情,于是放弃了。

浪费时间一向不是他的准则。方起在带来的报告上随意打了几个钩,又写了个评语,拿起文件准备离开。

在他走到玄关位置的时候,穹苍冒出一句:"下次来希望你能先给我打个电话。今天我差点就带着男人上楼了。要是他看见你,有什么误会怎么办?"

方起想说自己打过了,可穹苍的手机全天不在线,正常人哪里找得到。说到一半才明白她话里的意思,万分惊恐道:"是谁?"

穹苍朝他笑了一下。

方起又一惊一乍地说："真的？！"他立马飞扑到窗户边往下张望。可是此时楼下早已是空空一片。

穹苍暧昧道："请你尊重成年人的生活。"

方起的内心十分复杂，他的身份却又让他不得不克制，只能干巴巴地道："那好吧。"

他走到门口，又不舍地回头问了一句："到底是谁？"

穹苍挥手："再见。"

周三早晨，秋雨淅淅沥沥地下了起来。

贺决云换了辆低调的车过来接人，因为天气转凉，还在车上放了一件风衣。

穹苍捧着杯豆浆，捏着个肉包，站在路边等他。

贺决云问："怎么不吃？"

穹苍问："你要吗？"

贺决云愣住了。

这不接嘛，不甘心，毕竟是穹苍第一次真真正正地请他吃饭，哪怕它可能只值五块钱，哪怕这场合十分不正式，但是接嘛……他已经吃过早饭了。

穹苍扯开塑料袋，当着他的面，一口咬了下去。

贺决云面部肌肉抽搐了一下，又变成看透世事的沧桑，说："下车吧。主动点。"

穹苍忍笑说："谢谢。今天真的请你吃饭，真的。"

贺决云一面发车，一面气道："你以为双重肯定就能表示真实了吗？你到底能不能严肃一点？我稀罕吃你的饭吗？稀罕吗！"

穹苍沉默地听着，在一旁点头附和。

她也没想到自己开什么低级玩笑贺决云都能信，尤其还对自己请客吃饭这件事有如此深的执念，连豆浆、包子都不介意。

真不至于。

她之前是真的想请他吃饭的，结果他自己走了。

贺决云的愤愤不平没能持续两分钟就消了，转头说起会面时的注意事项，让她在见到对方的时候，不要生气，也不要激动，更不可以喧哗。

不过他认为这三种情绪在穹苍身上很难见到，倒是不用担心。

在门口签过字之后，两人进了单独的隔间。

对面的女人明明才二十七八岁，看起来却已经有三十五六的年纪。她就是李毓佳的原型。

从面容来看，她和李毓佳并不像，真人的五官比模型要精致一点，而身上的颓丧之气让她的美貌完全失色。

出生在中产家庭，丈夫是亿万富翁，最后过成了这个样子，她的人生经历实在很让人唏嘘。

穹苍拉开椅子，在她的对面坐下。

两人隔着玻璃窗，互相对望，除了眼睛还在眨动，没有其余任何动作。

一个表情麻木，眼下一片青紫，肩膀颓废地垮着，似乎已经失去了对生活的所有希望。

另外一个面无表情，气场沉沉地压下，只有眼睛一动不动地盯着对面。

房间里一片静谧，秒针走动的声音都变得清晰。

贺决云抬手看了眼表，确认时间的确是在流动的，不是他突然出现了什么异能，而现在也是在现实中，不是在游戏里。

贺决云换了个姿势，目光在两人之间来回巡视，怀疑她们有什么特殊的交流技巧。

在这诡异的一幕持续了十几分钟后，贺决云忍无可忍，弯下腰道："你们能不能用一点我可以理解的方式进行对话？"

穹苍点头。

贺决云等了等，不见她吭声，又说："你知道这次探视只有半个小时吗？不是你非让我带你来看她的吗？你想知道的只是与她含情脉脉对视的感觉？"

穹苍听见时间提醒，动了下，终于开口道："你好。"

玻璃对面的女人看着她，还是没有回应。

"我是范淮的老师。"穹苍说,"你可能不知道,或者不关心,他已经被全国通缉了。"

穹苍自顾自地说道:"我今天来找你,是想问你,为什么你会知道你丈夫当年抢劫和做伪证的事?"

女人的头发已经被剪短了,整张脸清楚地展露出来,让穹苍可以一眼看穿她脸上任何细微的表情。

穹苍说:"不会是他告诉你的,因为他对你不信任。这是他的秘密,任何人他都不会说。也不应该是他醉酒后顺口说出来的,如果他有这个习惯的话,多年混迹酒桌,早就已经暴露了。当然更重要的是,现场的布置和前三起杀人案件中一些警方未公布的信息重合,你却还原出来了。那不可能是单纯的巧合。只有真正的凶手,才能告诉你那些细节。"

女人的眼神闪动了下,眼下的肌肉也有些微的抽动。虽然她掩饰得很好,但穹苍还是看出来了。

贺决云见穹苍刻意露出了然的神色,眯起眼睛,探究似的盯着对面的人。

"杀人之后,到安排布置凶案现场的时间间隔很短。说实话,你能那么快冷静下来,让我感到很不可思议。毕竟,你不是一个那么清醒的人。我敢肯定,虽然那一天你不是故意杀死你丈夫,但从你的反应来看,你早就在心里设想过那样的场景。有人给过你指示,教你如何布置现场,嫁祸给范淮。你记在了心里。"

女人不回避地直视着她,却咽了一口唾沫。

"是谁?"

女人微微抬起下巴,像是坐得不舒服,开始小幅动作。

穹苍两手按住桌面,逼近女人,注视着她的眼睛,加重语气问道:"是谁?"

女人依旧没有回应。

穹苍耐心告罄了,语气也在长期的试探中染上了不耐烦:"这件事情发展到现在,已经有很多人死了。你得到了你想要的,为此,你牺牲了范淮的一生,连同他母亲和妹妹的生命。或许背后,还会有更多人。你的人生,已经比你丈夫要卑劣无耻得多。你的余生，真的还能够恢复安然平静吗？"

女人张了张嘴，终于说出一句话："这世上总有人会不幸罢了。"

"不幸？"穹苍犹如听见了很好笑的事情，也确实笑出来了，只是无比讽刺，她说，"你的不幸是你自己选择的。当初有人逼你嫁给你丈夫吗？有人逼你在那个家庭里卑微地生活七年吗？有人逼你出轨染病、逼你犯罪坐牢吗？你明明有过无数可以选择、回头的机会，可是你没有。是你自己一步步走到了今天，对错都应该由你自己承担。可是范淮呢？他的人生什么时候能让他自己选择？他的不幸是他的错误造成的吗？你却说，总有人会不幸？你凭什么和他相比？"

穹苍身体往后一靠，说："你那不叫不幸，叫愚蠢。他那也不叫不幸，叫人为。不是吗？"

贺决云很怕穹苍激得太过，让女人扭头就走。

对面的人深吸一口气，反驳道："我没有要陷害范淮，警方也没有因此怀疑他。甚至我还帮他排除了嫌疑，不是吗？"

"这就是你自欺欺人的借口？"穹苍问，"你为什么要替那个凶手隐瞒事实呢？你已经要坐牢了，你们之间没有利益关系了。何必呢？"

女人说："我不知道范淮当年是不是无辜的，跟我没有关系，我也不需要为他负责。"

贺决云能明显感受到"李毓佳"的松动。她因为范淮而产生动摇，可是在提到所谓的凶手的时候，她又冷静了下来。

穹苍："吴鸣……我是说你丈夫，他当年的证词，和其余几人逻辑洽和，才会成为重要证据。他没有办法独自编纂出那一段话来，可是他和其余证人又没有明确关联。那他的证词是怎么出来的？会不会有人像对你一样，对他进行诱导、洗脑、串供？范淮出狱以后，所有的证人都出事了。这可以说是范淮在复仇，也可以说，他没有了翻案的机会。"

女人对穹苍的话不置可否地笑了一下，没有了那种被指责时的不安。看来她并不认为杀死证人的与十年前诬陷范淮的是同一人。或者说，她不认为，策划如今这起连环杀人案的真凶，是为了对范淮不利。

她甚至理解并认同那种行为。

女人站起身，任由椅子在身后推拉发出刺耳的噪声，然后身形晃动着朝门口走去。

穹苍也站了起来。贺决云搭住她的肩膀，示意她不要冲动。穹苍很平静，只淡淡问了一句："为什么？"

"我还是那句话，这世上总有人会不幸。不幸会传染，有的人能坚持，有的人不能。"女人看着门外狭长的走道，然后侧过脸，道，"你们想找的答案，不一定是你们想要的。真的，算了吧。"

（未完待续）

© 中南博集天卷文化传媒有限公司。本书版权受法律保护。未经权利人许可，任何人不得以任何方式使用本书包括正文、插图、封面、版式等任何部分内容，违者将受到法律制裁。

图书在版编目（CIP）数据

案件现场直播 / 退戈著. -- 长沙：湖南文艺出版社，2021.8
ISBN 978-7-5726-0248-1

Ⅰ.①案… Ⅱ.①退… Ⅲ.①长篇小说—中国—当代 Ⅳ.①I247.5

中国版本图书馆 CIP 数据核字（2021）第 122201 号

上架建议：畅销·小说

ANJIAN XIANCHANG ZHIBO
案件现场直播

| 作　　者：退　戈
| 出 版 人：曾赛丰
| 责任编辑：匡杨乐
| 监　　制：毛闽峰
| 策划编辑：张园园
| 特约编辑：王　静
| 营销编辑：刘　珣　焦亚楠
| 封面设计：recns
| 版式设计：潘雪琴
| 插图绘制：沉　风　柳　条　凌家阿空
| 出　　版：湖南文艺出版社
（长沙市雨花区东二环一段 508 号　邮编：410014）
| 网　　址：www.hnwy.net
| 印　　刷：北京中科印刷有限公司
| 经　　销：新华书店
| 开　　本：640mm×915mm　1/16
| 字　　数：275 千字
| 印　　张：18
| 版　　次：2021 年 8 月第 1 版
| 印　　次：2021 年 8 月第 1 次印刷
| 书　　号：ISBN 978-7-5726-0248-1
| 定　　价：48.00 元

若有质量问题，请致电质量监督电话：010-59096394
团购电话：010-59320018